JAPANISCHE BIBLIOTHEK

IM INSEL VERLAG

IBUSE MASUJI
PFLAUMENBLÜTEN IN DER NACHT

Erzählungen

Ausgewählt, aus dem Japanischen übertragen und mit einem Nachwort versehen von Jürgen Berndt

Insel Verlag

Originaltitel der Titelerzählung: *Yofuke to ume no hana*
Die Rechte an der deutschen Übersetzung von *Ehrerbietung aus der Ferne*
liegen beim Aufbau-Verlag Berlin und Weimar.
Die Japanische Bibliothek folgt der japanischen Regel, wonach der
Familienname dem Vor- oder Schriftstellernamen
vorangestellt wird.

Erste Auflage 1990
Insel Verlag Frankfurt am Main 1990

Lizenzausgabe für die Bundesrepublik Deutschland, West-Berlin,
Österreich und die Schweiz
Druck: MZ-Verlagsdruckerei GmbH, Memmingen
Printed in Germany

INHALT

DER SALAMANDER

Der Salamander war betrübt.

Er hatte aus dem Felsloch, in dem er wohnte, herausgewollt, aber sein Kopf blieb im Ausgang stecken, und so war nichts daraus geworden. Das Felsloch, nun für alle Ewigkeit sein Domizil, hatte einen gar zu schmalen Zugang. Ziemlich finster war es auch. Als er sich mit Gewalt hinauszuzwängen versuchte, pfropfte sein Kopf wie ein Korken den Eingang zu. Jetzt hatte der Salamander den Beweis dafür, wie sehr er in den letzten beiden Jahren gewachsen war. Das machte ihn bestürzt und betrübt.

»So ein Reinfall!«

Er wäre gern in möglichst weitem Bogen in seiner Felshöhle herumgeschwommen. Wenn Menschen nicht mehr weiter wissen, laufen sie ja auch oft in ihrem Zimmer herum. Aber sein Unterschlupf war zu eng, als daß er darin hätte Kreise ziehen können. So vermochte er kaum seinen Körper ein bißchen nach vorn und hinten, nach links und rechts zu bewegen. Dabei berührte er die schlüpfrigen Wände des Lochs, so daß er meinte, sein Rücken, Schwanz und Bauch wären schon mit Moos bewachsen. Er stieß einen tiefen Seufzer aus, und, als hätte er einen großen Entschluß gefaßt, murmelte er dann vor sich hin: »Sollte ich hier wirklich nicht mehr rauskommen, weiß ich schon, was ich tue.«

In Wahrheit aber hatte er gar keinen nützlichen Gedanken.

Auf der Decke seines Loches wucherten Haarmoos und Leberkraut. Die grünen Schuppen des Leberkrauts breiteten sich in der Form jenes Spieles aus, das die Kinder »Landaufteilen« nennen, und das Haarmoos setzte an der Spitze seiner ganz feinen rötlichen Stengel winzige Blüten an. Aus den winzigen Blüten wurden winzige Kapseln, und diese begannen bald nach den Gesetzen, nach denen Kryptogamen Samen verbreiten, ihre Sporen auszustreuen.

Der Salamander liebte den Anblick des Haarmooses und Leberkrauts nicht. Die Pflanzen waren ihm sogar zuwider. Er glaubte nämlich, daß ihm das Haarmoos durch das dauernde Verstreuen von Sporen das Wasser in seinem Unterschlupf verschmutze. Sein größter Ärger aber waren die Schimmelkolonien, die in den Vertiefungen der Felsen und der Decke wuchsen. Was für törichte Gewohnheiten dieser Schimmel doch hatte! Ständig verschwand er, und dann war er auf einmal wieder da, gerade so, als hätte er überhaupt nicht die Absicht, sich weiter auszubreiten. Gern steckte der Salamander seinen Kopf in den Zugang zu seinem Felsloch, um sich die Szenerie draußen anzuschauen. Denn aus dem Dunkeln heraus einen hellen Ort zu beobachten, das ist doch interessant, nicht wahr? Und man sieht niemals so viele Dinge, als wenn man aus einem kleinen Fenster hinausblickt.

Gebirgsbäche scheinen es an sich zu haben, bald in wilden Wirbeln dahinzufließen, um dann an ganz unerwarteten Stellen einen großen Stau zu bilden. Der Salamander konnte von seinem Felsloch aus so einen großen Stau eines Gebirgsbaches betrachten. Auf dem Grund wucherte dort ein Büschel Wasserlinsen. Die einzelnen feinen Stengel reckten sich senkrecht in die Höhe. Hatten sie die Wasseroberfläche erreicht, hörten sie auf zu wachsen. Nur ihre Blüten ließen sie aus dem Wasser ragen. Die vielen Kärpflinge hatten offensichtlich ihren Spaß daran, zwischen den Stengeln hindurchzuschwimmen. In dem Stengelwald formierten sie sich zu einem Schwarm und bemühten sich gemeinsam, von der Strömung nicht davongetragen zu werden. Mal trieb der ganze Schwarm nach links, mal nach rechts. Scherte aus Versehen auch nur ein einziger der kleinen Fische nach links aus, dann schwenkte alles nach links, als fürchteten die meisten, hinter dem anderen zurückzubleiben. Mußte einer nach rechts ausweichen, weil ihm der Stengel einer Wasserpflanze im Weg war, folgten ihm die anderen sogleich in diese Richtung. So schien es dann für einen einzelnen außerordentlich schwierig zu sein, sich von all den anderen Gefährten freizumachen.

Während der Salamander die Fische beobachtete, konnte er sich eines spöttischen Lächelns nicht erwehren.

»Was sind das doch für unfreie Gesellen!«

Das gestaute Wasser befand sich in einer stetigen langsamen Drehbewegung. Das ließ sich aus einem weißen Blütenblatt schließen, das auf das Wasser gefallen war. Zuerst beschrieb es einen weiten Kreis, doch allmählich wurden die Kreise enger, und das Blütenblatt drehte sich immer schneller. Schließlich beschrieb es nur noch einen ganz kleinen Kreis, bis es in dessen Mitte vom Strudel hinabgezogen wurde.

»Dabei wird einem ja ganz schwindlig«, murmelte der Salamander.

Eines Abends verirrte sich ein kleiner Krebs in das Felsloch. Dieses winzige Tier klammerte sich an die Felswand. Es schien mitten in der Laichzeit zu sein, denn sein durchscheinender Bauch war prall mit Eiern gefüllt, die wie Hirsekörner, die man den Spatzen hinwirft, aussahen. Eine Weile tastete es mit seinen langen Fühlern, deren Enden im Unsichtbaren verschwanden, umher. Dann stieß es sich offenbar mit einer ganz bestimmten Absicht von der Felswand ab und hing nach zwei, drei gekonnten Überschlägen auch schon an der Flanke des Salamanders.

Der Salamander, neugierig, hätte sich am liebsten umgedreht, um zu sehen, was der Krebs dort machte, aber er bezähmte sich. Denn bei der leisesten Bewegung würde das winzige Tier sicherlich aufgeschreckt entfliehen.

»Aber was will dieses unverschämte schwangere Gezücht eigentlich auf mir?«

Zweifellos hielt der Krebs die Flanke des Salamanders für einen Felsen und legte darauf seine Eier ab. Oder aber er war in tiefes Grübeln versunken.

Hochmütig meinte der Salamander: »Wer sich grämt und ins Grübeln gerät, ist doch ein Narr!«

›Ich muß aus diesem Loch heraus‹, sagte er sich. ›Denn nichts ist törichter als diese ewige Grübelei. Das ist jetzt kein Spaß mehr.‹

Er spannte alle Kraft an, um den Ausgang zu durchstoßen. Aber es endete damit, daß sein Kopf wie ein Pfropfen steckenblieb. Nachdem er neue Kraft gesammelt hatte, gelang es ihm, den Zugang zu entkorken.

Durch diese Raserei trübte sich das Wasser in der Höhle, und der Krebs erschreckte sich über alle Maßen. Aber dann brach er in ein lautes Gelächter aus über den Anblick, wie die Spitze der Keule, die er für ein Stück Felsen gehalten hatte, plötzlich den Eingang verrammelte und wieder herauswuchtete. Es gibt wirklich kein anderes Lebewesen, das derart in trübem Wasser lacht wie so ein Krebs.

Der Salamander versuchte es ein weiteres Mal. Aber wieder war alle Mühe umsonst. Der Kopf blieb in dem Loch stekken. Aus seinen Augen rannen Tränen.

»O Gott! Wie bist du unbarmherzig! Da war ich bloß zwei Jahre lang ein wenig achtlos, und schon werde ich zur Strafe lebenslänglich in dieses Felsverlies gesperrt. Das ist Tyrannei! Ich glaube, ich werde wahnsinnig.«

Mag auch noch niemand einen Salamander gesehen haben, der den Verstand verlor, so schließt das nicht aus, daß dieser Salamander sehr nahe daran war. Spotten Sie nicht über diesen Salamander, meine Herrschaften! Sie müssen bedenken, daß er den dunklen Badetrog bis zum Überdruß satt hatte und es darin einfach nicht mehr länger aushielt. Da mag einer noch so geistesgestört sein, trotzdem fleht er ständig darum, aus der Zelle, in die man ihn gesperrt hat, herausgelassen zu werden. Ist das nicht so? Und selbst ein Häftling, der die Menschen über alles haßt, verhält er sich etwa anders?

»O Gott! Warum muß ausgerechnet mich dieses elende Schicksal treffen?«

Draußen vor der Höhle spielten auf dem Wasser zwei Teichläufer, ein großer und ein kleiner. Der kleine hatte sich auf den Rücken des größeren gehockt, aber, aufgeschreckt durch das Auftauchen eines Frosches, flüchteten sie dann in wildem Zickzack hin und her. Der Frosch strebte mit kräftigen rhythmischen Stößen vom Grund an die Wasseroberfläche, doch sobald er seine dreieckige Nasenspitze in die Luft gesteckt hatte, tauchte er auch schon wieder hinab auf den Grund.

Der Salamander verfolgte mit gerührten Blicken diese lebhaften Bewegungen, aber was blieb ihm anderes übrig, als den Blick von dem, was ihm da so naheging, abzuwenden. Er schloß die Augen. Er war traurig. Er hielt sich selber sozusagen für ein Stückchen Schrott.

Sicherlich vergleicht sich niemand gern mit allzu Nichtigem. Nur jemand, dem das Unglück das Herz zerreißt, wird auf die Idee kommen, sich selber für ein Stückchen Schrott zu halten. Solche Leute verschränken dann meistens die Arme vor der Brust und versinken ins Grübeln. Zwischendurch wischen sie sich ihre schwitzenden Hände an der Weste ab. Niemand neigt so sehr wie sie dazu, die Pose einzunehmen, die ihnen gerade am besten behagt.

Der Salamander gab sich keine Mühe, seine geschlossenen Augenlider zu öffnen. Mehr als seine Lider zu schließen und zu öffnen war ihm auch gar nicht möglich. Er hielt also die Lider geschlossen, und da trat etwas Unfaßbares ein. Der einfache Umstand, daß er die Augen schloß, hatte ihn nämlich in eine riesenhafte Schwärze versetzt. Diese Schwärze erschien ihm als ein schier grenzenloser Schlund. Wohl niemand wird die rechten Worte finden, um die Tiefe und Weite dieses Schlundes zu beschreiben.

Meine Herrschaften, ich muß Sie noch einmal ersuchen, mir bitte den Salamander nicht zu verachten, daß er solchen Nichtigkeiten nachhängt. Selbst ein Gefängniswärter wird, wenn er nicht gerade ausgesprochen übel gelaunt ist, einen zu lebenslänglicher Haft Verurteilten wegen ein paar Seufzern auch nicht gleich beschimpfen.

»Ich fühle mich so verlassen, daß es mich schaudert!«

Kein empfindsames Herz wird das aus dem Felsloch dringende Schluchzen des Salamanders überhören.

Eine vor Gram vergehende Kreatur soll man nicht sich selbst überlassen. Der Salamander jedenfalls schien mit der Zeit bösartig geworden zu sein. Denn eines Tages verlegte er einem Frosch, der sich in die Höhle verirrt hatte, den Ausgang. Der Frosch, außer sich vor Angst, erkletterte die Felswand, sprang an die Decke und klammerte sich an die Schuppen des Leberkrauts. Es war jener Frosch, der den Salamander so neidisch gemacht hatte, als er quicklebendig vom Grund des Tümpels an die Wasseroberfläche auf und von da wieder hinab auf den Grund getaucht war. Sollte er durch eine Unvorsichtigkeit von der Decke herabfallen, wartete unten der Bösewicht von einem Salamander schon auf ihn. Und den Salamander erfüllte es mit größter Befriedigung, daß er das andere Tier nun in die gleiche Lage hatte bringen können, in der er sich befand.

»Dich sperr ich hier lebenslänglich ein!«

Drohungen eines Übelwollenden haben ihre Wirkung, wenn auch nur für eine bestimmte Zeit. Der Frosch kroch sehr vorsichtig in eine Aushöhlung. Dort wähnte er sich sicher. So steckte er denn seinen Kopf heraus und sagte: »Das läßt mich kalt.«

»Komm 'raus!« donnerte der Salamander. Damit begann ein heftiger Wortwechsel zwischen beiden.

»Ob ich rauskomme oder nicht, das ist doch meine Sache.«

»Na schön, dann soll es bis in alle Ewigkeit auch deine Sache bleiben!«

»Du bist ein Idiot!«

»Nein, du bist einer!«

Diese Sprüche wiederholten sie unzählige Male. Sowohl

am nächsten als auch am übernächsten Tag beharrte jeder mit den gleichen Worten auf seinem Standpunkt.

Ein Jahr verging.

Mit dem Wasser und der Wärme des Frühsommers erwachten die zu Stein erstarrten beiden Gefangenen in der Felshöhle wieder zum Leben. Und dann führten sie den ganzen Sommer hindurch folgenden Dialog, wobei der Frosch offenbar inzwischen durchschaut hatte, daß der Salamander aus der Höhle nicht mehr hinaus konnte, da sein Kopf viel zu dick geworden war: »Stimmt's? Du kommst da nicht 'raus, weil du mit dem Kopf steckenbleibst.«

»Und du kommst von da oben auch nicht mehr 'runter!«

»Versuch du erst mal rauszukommen!«

»Komm du doch erst mal 'runter!«

Wieder ging ein Jahr hin. Die beiden Steine verwandelten sich erneut in zwei Lebewesen. Aber während dieses Sommers schwiegen sie. Ein jeder war nur darauf bedacht, den anderen nicht sein Seufzen hören zu lassen.

Doch dann stieß der Frosch in seiner Felsausbuchtung trotz aller Besonnenheit früher als der Salamander einen tiefen Seufzer aus. Das hörte sich wie das ganz leise Säuseln des Windes an. Zu diesem Stoßseufzer hatte sich der Frosch verleiten lassen, als er das Haarmoos wie im vergangenen Jahr seine Sporen ausstreuen sah.

Natürlich hatte der Salamander diesen Seufzer nicht überhört. Er blickte nach oben und fragte freundlich: »Sag mal, hast du eben nicht geseufzt?«

Der andere machte sich Mut und antwortete: »Na und?«

»Red nicht so! Von mir aus kannst du jetzt ruhig runterkommen.«

»Ich bin so verhungert, daß ich mich nicht mehr bewegen kann.«

»Dann ist es also aus mit dir?«

Der andere antwortete: »Ja, es scheint so.«

Nach einer ganzen Weile fragte der Salamander: »Woran denkst du jetzt eigentlich?«

»Ach, weißt du«, erwiderte der andere sehr schüchtern, »selbst jetzt bin ich nicht mal böse auf dich.«

1923

DER KARPFEN

Vor gut einem Dutzend Jahren bereitete mir einmal ein Schmuckkarpfen argen Kummer. Ein Freund von mir, Aoki Nampachi – er starb vor ein paar Jahren –, hatte ihn mir in meiner Studentenzeit aus ehrlicher Zuneigung geschenkt. Er hatte ihn, wie er mir erzählte, in einem Teich in seinem ziemlich weit entfernten Zuhause gefangen.

Der Karpfen maß damals etwa einen Fuß und war schlohweiß.

Ich war gerade dabei, Taschentücher zum Trocknen vor dem Fenster meiner Unterkunft aufzuhängen, als Aoki Nampachi mir in einem Aluminiumtopf, auf dem eine dicke Schicht Wasserlinsen schwamm, den schlohweißen großen Karpfen brachte. Ich wollte mich dankbar erweisen für so viel Wohlwollen und schwor Aoki, den weißen Karpfen niemals zu töten. Dann holte ich einen Zollstock hervor; wir maßen die Länge des Fisches und beratschlagten, wo man ihn am besten unterbringen könne.

Im Garten der Pension gab es einen flaschenkürbisförmigen Teich. Aber weil darauf eine Menge Holz- und Bambusstücke herumschwamm, war mir bei dem Gedanken, den Karpfen dort auszusetzen, nicht ganz wohl. Doch nach einiger Überlegung mußte ich einsehen, daß mir nichts anderes übrigblieb. Der Karpfen tauchte auf den Grund des Teiches hinab und ließ sich viele Wochen hindurch nicht mehr blicken.

Im Winter jenes Jahres zog ich in ein Privatquartier um. Ich hätte auch gern den Karpfen mitgenommen, aber weil ich kein Netz besaß, mußte ich es mir versagen. Als dann die Tagundnachtgleiche vorüber war und man endlich mit dem Angeln beginnen konnte, ging ich zu dem flaschenkürbisförmigen Teich meiner früheren Pension, um meinen Karpfen zu fangen. Am ersten Tag angelte ich zwei kleine Karauschen. Ich zeigte sie dem Wirt, der an sich fürs Angeln nichts übrig hatte. Doch als er die Fische sah, sagte er: »Daß es in dem Teich Karauschen gibt, hätte ich nicht gedacht.« Und vom nächsten Tag an angelten wir gemeinsam.

Am achten Tag gelang es mir endlich, meinen Karpfen mit einem Seidenwurmköder zu fangen. Der Karpfen war genauso weiß wie zuvor und auch kein bißchen abgemagert. Aber an seinen Flossenenden hatten sich durchsichtige Parasiten angesiedelt. Ich entfernte diese Parasiten vorsichtig und setzte den Karpfen dann in eine mit kaltem Wasser gefüllte Waschschüssel. Darüber deckte ich Feigenblätter.

Bei meinen jetzigen Wirtsleuten gab es keinen Teich oder etwas Ähnliches. Deshalb war ich drauf und dran, dem Karpfen kurzentschlossen den Garaus zu machen. Immer wieder hob ich die Feigenblätter an. Jedesmal sperrte der Karpfen dann sein Maul auf und schnappte friedvoll nach Luft.

Ich nahm die Waschschüssel und machte mich auf den Weg zu Aoki Nampachi, um mich mit ihm zu beraten.

»Deine Liebste hat in ihrem Garten doch einen ziemlich großen Teich. Ob sie den Karpfen wohl in Verwahrung nehmen würde?«

Ohne auch nur einen Augenblick zu zögern, führte mich Aoki Nampachi an das Ufer des von Mispelzweigen umrahmten Teiches. Bevor ich den Karpfen aussetzte, erklärte ich mit allem Nachdruck, daß ich ihn nach wie vor ganz entschieden als mein Eigentum betrachte, auch wenn er von nun an in dem Teich leben werde, der Nampachis Liebster gehöre. Aoki Nampachi schien meine Worte für bloße Beschwichtigung zu halten und sah mich kühl an. Ich hatte ihm immerhin einmal geschworen, diesen Fisch wie meinen Augapfel zu hüten.

Mit dem Wasser aus der Waschschüssel glitt der Karpfen tief in den Teich hinab.

Im Frühsommer sechs Jahre darauf starb Aoki Nampachi.

Ich hatte ihn ein paarmal am Krankenbett besucht, aber nicht die leiseste Ahnung gehabt, daß es schlimm um ihn stehen könnte. Ich war manchmal sogar ungehalten darüber, daß er nicht mit mir spazierenging, und hatte auch ungeniert an seinem Bett geraucht.

Im Taiwan-Pavillon einer Ausstellung kaufte ich einen Kaktus mit vierundzwanzig kleinen und großen Blüten und beschloß, ihn Aoki zu schenken. An dem Tag aber, als ich mit diesem Topf zu ihm ging, war er schon tot. Ich stand vor dem Haus und klingelte ein paarmal. Endlich erschien seine Mutter. Kaum daß sie mich erblickte, begann sie heftig zu weinen. Ich wußte nicht, woran ich war. Als ich dann unter den Schuhen im Vorraum auch ein Paar eilig ausgezogene Damensandalen entdeckte, die nur Aokis Liebster gehören konnten, stellte ich den Kaktus auf den Dielenrand und ging wieder.

Bei der Beerdigung einige Tage später stand auf dem Sarg meines verstorbenen Freundes neben der bräunlichen Studentenmütze, die er mit Vorliebe getragen hatte, der Kakteentopf von mir. So schnell wie möglich wollte ich nun den weißen Karpfen aus dem Teich im Garten der Liebsten meines Freundes wieder herausholen und ihn an mich nehmen. Denn nur ein einziges Mal hatte Aoki Nampachi mich kühl angeschaut, und das war wegen des Karpfens gewesen.

Ich entschloß mich, der Dame einen Brief zu schicken. – Damit mich die Seele Aokis nicht mißversteht, gebe ich den vollen Wortlaut des Briefes hier wieder.

»Sehr verehrte Dame!
Zum Dahinscheiden von Aoki Nampachi spreche ich Ihnen mein aufrichtiges Beileid aus. Vor nunmehr sechs Jahren habe ich mir durch freundliche Vermittlung von Aoki gestattet, einen Karpfen, der mir gehört (er ist weiß und hatte derzeit eine Länge von etwa einem Fuß), in den Teich Ihres herrschaftlichen Gartens zu setzen. Erlauben Sie mir, daß ich ihn mir jetzt zurückhole. Ich hoffe, Sie haben nichts dagegen, wenn ich am kommenden Sonntag, gleichgültig wie das Wetter sein

wird, morgens meine Angel im Teich Ihres herrschaftlichen Gartens auswerfe, und möchte Sie bitten, die Hinterpforte nicht abzuschließen.

Ihr Ihnen sehr ergebener ...«

Die Antwort kam. – Damit die Seele Aokis die Liebste nicht mißversteht, führe ich den vollen Wortlaut an.

»Ich habe Ihren Brief erhalten. So unmittelbar nach dem Begräbnis vom Angeln zu reden, finde ich zwar reichlich ungehörig, aber da Ihnen der Fisch offenbar sehr viel bedeutet, will ich mich Ihrer Bitte nicht verschließen. Allerdings werden Sie entschuldigen, wenn ich Sie nicht persönlich empfange, doch angeln Sie bitte ruhig nach Ihrem Fisch.

In Eile ...«

Am Sonntag stahl ich mich in aller Frühe in den Garten der Liebsten des dahingeschiedenen Aoki Nampachi, ausgerüstet mit einer Frühstücksschachtel, einer Angelrute, einem Köder und einer Waschschüssel. Ich war ziemlich aufgeregt. Hätte ich doch bloß den Antwortbrief eingesteckt, um mich notfalls glaubwürdig machen zu können.

Die Früchte der Mispel waren schön gelb und schon reif und regten meinen Appetit an. Nachdem ich mich vergewissert hatte, daß man mich durch das dichte Buschwerk am Rande des Teiches weder von den Fenstern des oberen Stockwerkes noch vom Balkon aus sehen konnte, drehte ich meine Angelrute um und schlug mir eine Mispelfrucht herunter. Da mir der Karpfen erst kurz vor der Abenddämmerung an den Haken ging, habe ich mir unerlaubt eine ziemliche Zahl von Mispelfrüchten genehmigt.

Ich setzte den Karpfen im Teich der Waseda-Universität aus.

Der Sommer kam, und die Studenten begannen darin zu baden. Ich spazierte jeden Nachmittag zum Teich hinunter, trat an den Drahtzaun und bewunderte die Schwimmkünste der Studenten. Weil ich damals schon keine Arbeit mehr hatte, war dieses Zuschauen für mich die beste Ablenkung, die ich mir denken konnte. – Wenn die Sonne zu sinken begann, kamen die Studenten aus dem Wasser heraus, legten sich nackt, wie sie waren, unter die Lackbäume, rauchten und schwatzten miteinander. Beim Anblick ihrer gesunden Körper und ihres fröhlichen Treibens im Wasser entfuhr mir öfter als einmal ein tiefer Seufzer.

Sobald die Studenten aufhörten, nach Herzenslust in den Teich zu springen, glättete sich die Wasserfläche, und sogleich kamen Schwalben geflogen. Sie flatterten über dem Teich oder streiften mit dem Bauch das Wasser. Aber mein weißer Karpfen blieb drunten in der Tiefe und ließ sich nicht blicken. Vielleicht lag er auch schon tot auf dem Grund.

Eines Nachts fand ich, weil es gar so schwül war, bis zum Morgen keinen Schlaf. Deshalb ging ich hinunter zum Teich, um die frische Luft des anbrechenden Tages zu atmen. Bei solcher Gelegenheit glaubt dann wohl ein jeder, er sei schrecklich einsam, meint, er müsse sich nach Arbeit umschauen, oder er steht einfach reglos da, die Hände in den Taschen.

»Der Karpfen!«

Mein weißer Karpfen glitt dicht unter der Wasseroberfläche in wahrhaft bewunderungswürdigen Bewegungen dahin. Mit leisen Schritten trat ich in die Umzäunung und stieg auf das Sprungbrett, um ihn ganz genau betrachten zu können.

Geschickt maß mein Karpfen die Weite des Teiches aus und glich dabei einem König. Obendrein hatte er ein Gefolge von einigen Karauschen, ein paar Dutzend Haseln und Breitlingen hinter sich. Wie stattlich nahm sich doch mein Karpfen aus!

Von diesem herrlichen Bild zu Tränen gerührt, kletterte ich behutsam, um jeden Laut zu vermeiden, vom Sprungturm herab.

Die kalte Jahreszeit kam, und das Laub der Bäume fiel in den Teich. Dann fror er zu. Ich hatte es aufgegeben, nach dem Karpfen Ausschau zu halten. Trotzdem wurde ich es nicht leid, jeden Morgen an den Teich zu gehen. Ich vergnügte mich damit, kleine Steine auf das Eis zu werfen. Wenn ich die Steine mit leichtem Schwung warf, dann rutschten sie geschwind über das Eis und verursachten ein kaltes Geräusch. Warf ich sie kräftig nach unten, blieben sie im Eis stecken. Eines Morgens deckte feiner Schnee den Teich zu.

Ich suchte mir einen langen Bambusstecken und versuchte, ein Bild auf die Eisfläche zu zeichnen. Es stellte einen Fisch von einem halben Dutzend Metern Länge dar. In meiner Vorstellung war das mein weißer Karpfen.

Als das Bild fertig war, wollte ich zuerst vor der Nase des Fisches ein paar Worte hinschreiben, ließ es dann aber und zeichnete statt dessen einen Schwarm von Karauschen und Breitlingen, die dem Karpfen folgten, bemüht, nicht den Anschluß zu verlieren. Doch wie nichtig und erbärmlich sahen die Karauschen und Breitlinge aus! Einige von ihnen hatten keine Flossen, andere keine Augen und keinen Mund. Ich war tief befriedigt.

1926, endgültige Fassung 1928

PFLAUMENBLÜTEN IN DER NACHT

Eines Nachts, genauer gesagt, gegen zwei Uhr am zwanzigsten Februar des vorigen Jahres, ging ich, von schrecklichem Hunger geplagt und über alle Maßen verdrossen, durch das Ushigome-Benten-Viertel und hoffte, irgendwo noch ein billiges Lokal für einen Eintopf zu finden. Hinter dem hohen Zaun eines vornehmen Hauses blühte ein Pflaumenbaum. Er war hübsch anzusehen. Ich hatte den Kopf ein wenig gehoben, weil ich mir gerade den Mantelkragen hochschlagen wollte. Genau in dem Moment und für mich völlig überraschend kam ein Mann aus dem Schatten eines Telegrafenmastes hervorgetorkelt und vertrat mir den Weg. Er streckte sein Kinn vor und rief: »He, du! Ist mein Gesicht nicht blutverschmiert?«

Was der Mann da sagte, erschreckte mich mächtig. Im Schein einer Laterne betrachtete ich mir sein Gesicht, und tatsächlich, auf der rechten Backe hatte er eine Verletzung, die mir sehr danach aussah, als hätte jemand ziemlich kräftig zugeschlagen. Außerdem klafften unter der Nase und im Mundwinkel zwei Risse. Das Blut quoll ihm in gleichbleibendem Rhythmus aus den Wunden und durchtränkte seinen Kragen. Immer wieder wischte er mit der Hand darüber. Er trug wie ich einen Mantel und hatte einen Filzhut auf. Zudem roch er ziemlich stark nach Schnaps.

»Die Wunden sehen schlimm aus. Hat es eine Prügelei gegeben?« fragte ich, nachdem ich zwei, drei Schritt zurückgetreten war. Denn irgendwie lag in seiner Haltung mir gegenüber noch die ganze Erregung, die vielleicht aus einem Streit bei einer Trinkerei herrührte.

Aber er zog mich so kräftig am Ärmel, daß ich um meinen Mantel fürchtete, und hielt mich fest.

»Laß mich los!«

»Nein, ich laß dich nicht los. Ich will nämlich eine Anzeige machen. Vier, fünf Mann von der Feuerwehr haben mich verprügelt. Das meld ich bei der Polizei. Und du bist mein Zeuge, verstanden?«

»Das geht nicht. Ich war doch nicht dabei. Aber bist du nicht vielleicht den Feuerwehrleuten frech gekommen?«

»Betrunken bin ich und kann mich an nichts mehr erinnern. Gleichgültig, ob Feuerwehr oder sonst wer, einen Menschen zu verprügeln ist eine verdammte Gemeinheit. Du bist mein Zeuge, einverstanden?«

»Das geht nicht! Bezeugen kann ich bloß, daß du ziemlich schlimme Verletzungen hast. Wenn du das willst. Da drüben ist eine Polizeiwache.«

Die Lampe von der Wache an der Enokistraße war von dort aus, wo wir standen, gut zu erkennen. Aber der Mann sagte: »Weißt du, ich wohn hier ganz in der Nähe und möcht nicht, daß jeder gleich davon erfährt. Da flieg ich nämlich aus dem Laden. Mich ärgert das zwar mächtig, aber besser ist wohl, wenn ich mich dreinschicke.«

Für einen Betrunkenen und erst recht für einen, der so sehr wie er auf Rache aus zu sein schien, bewies er wirklich viel Vernunft. Doch als ich nun gehen wollte, packte er mich wieder am Ärmel und ließ mich nicht los.

»Hau nicht immer gleich ab! Hör mal, was sag ich bloß meinem Chef morgen? Wenn der die Wunden sieht, weiß er doch gleich, daß ich mich geprügelt hab.«

»Das ist wohl anzunehmen. Aber zeig doch noch mal deine Wunden her! Vielleicht läßt sich eine Ausrede finden.«

»Wie sieht's aus? Schlimm?« fragte er, nachdem er mir sein Gesicht hingehalten hatte. Mit der gekünstelten Gelassenheit eines Arztgehilfen besah ich mir in dem dämmerigen Licht sorgfältig die Wunden.

»Hm, ganz schön.« Die linke Hand in der Manteltasche, drehte ich mit der rechten das blutüberströmte Kinn des Mannes nach oben und unten und nach links und rechts. »Donnerwetter! Nimm das Gesicht mal ein bißchen höher! Die haben dich ziemlich zugerichtet! Auf der Backe hier, das sieht ja aus, als ob da einer mit einem spitzen Stock zugestoßen hat.«

»Besinnen kann ich mich nicht darauf, weil ich viel zu besoffen war.«

»Auch die Lippe hier ist aufgerissen. Die Zähne wackeln nicht?«

Der Mann fuhr sich mit der Zungenspitze über die Zahnreihen.

»Mit den Zähnen ist nichts.«

»Na, ein Glück. – Wenn du ins Geschäft kommst, sagst du deinem Chef folgendes: Du warst betrunken, bist in die Straßenbahn gestiegen und auf der Plattform stehengeblieben, um dir den Wind um die Nase wehen zu lassen. Die Hände hast du in den Taschen gehabt. Als dann die Straßenbahn plötzlich in eine Kurve fuhr, bist du kopfüber rausgefallen. Dazu sagst du noch, zu allem Übel bist du mit der Backe auf die Kante von irgendwelchen ausgebuddelten Pflastersteinen geschlagen.«

»Verstehe. Genau so werd ich's ihm erzählen.«

»Das Dumme ist nur, daß die Wunden ein bißchen zu schlimm aussehen. Aber wenn du ordentlich auf ihn einredest, nimmt er es dir vielleicht ab.«

Ich nahm meine Hand von seinem Kinn und fügte hinzu: »Damit kannst du aber nicht rechnen, wenn du nicht ein paarmal wiederholst, daß du kopfüber runtergefallen bist und eben daß du betrunken warst.«

»Verstehe. Danke! Du bist gar nicht so dämlich!«

Er blies die Backen auf, stieß die Luft aus, schwankte ein bißchen hin und her und spuckte aus.

»Na, dann!« sagte ich und wollte gehen.

»Was, du gehst schon? So was von Kaltherzigkeit!«

Weil er mir auf den Fersen blieb, glaubte ich, er wollte sich mir auf meinem Spaziergang anschließen, doch dann streckte er auf einmal seine rechte Hand aus.

Ich dachte, er wollte mir nach Art der Betrunkenen die Hand schütteln, und streckte auch meinerseits die Hand aus. Aber statt sie zu schütteln, versuchte er, mir irgend etwas in die Hand zu drücken. Instinktiv zog ich meine Hand zurück, und hörbar fiel etwas Metallenes zu Boden. Mit der einen Hand hielt er mich am Mantel fest, mit der anderen hob er das, was im Dunkeln auf der Erde lag, auf und hielt es ins Licht.

»Eine Kupfermünze! Nein, damit ist es nicht getan!«

Eilig ließ er die Kupfermünze in seine Manteltasche gleiten und zog etwas anderes hervor.

Ich merkte, wie sich mein Gesicht zu einem Grinsen verzog, und entwand mich seinem Griff, um mich davonzumachen, aber blitzschnell steckte er mir das, was er in der Hand hielt, in die Manteltasche. Ich griff danach. Es war ein Fünfyenschein. »Für mich? Nein, mein Lieber, den behalt mal schön!«

Ich legte den Geldschein auf die Krempe seines Hutes und wollte losrennen. Aber er hielt mich am Mantel fest. Und ehe ich mich versah, hatte er mich auch schon an der Brust gepackt.

»Loslassen! Loslassen, sag ich! Was fällt dir ein!«

»Du willst den Schein nicht nehmen! So was Eingebildetes! Du nimmst ihn, oder ich erzähl allen, daß du es warst, der mich so zugerichtet hat.«

Von sich und seinen Fähigkeiten offenbar selbst sehr überzeugt, begann er mich zu würgen.

»Hör auf!« Jetzt hieß es, Besonnenheit zu zeigen. »Hör auf! Ich nehm den Schein ja.«

»Dann nimm ihn! Ich laß mich nicht gern beleidigen.«

»Am Morgen komme ich und hole ihn mir.«

»Red nicht solchen Blödsinn, sonst pack ich noch ein bißchen fester zu.«

»Wozu denn gleich so gewalttätig! Gut, ich nehme ihn, und jetzt laß mich los!«

Er hob den zu Boden gefallenen Geldschein auf und steckte ihn mir in die Tasche, sprang einen Schritt zurück und nahm eine Positur ein, die mir Schläge verhieß, sollte ich mich nähern.

»Na schön. Dann machen wir es so: Morgen früh kaufe ich für dieses Geld ein paar Süßigkeiten oder so etwas und komme bei dir vorbei, um mich zu erkundigen, wie es dir geht. Dabei werde ich dann ja auch deinen Chef treffen, und ihm sage ich: Das ist nur eine kleine Aufmerksamkeit für einen seiner Leute. Und bei der Gelegenheit erzähle ich ihm auch geschickt die Geschichte mit der Straßenbahn.«

»Eine großartige Idee!«

Er gab seine feindselige Haltung auf und war wieder derselbe Betrunkene wie zuvor.

»Du mußt mir aber noch deinen Namen und deine Adresse sagen!«

Ganz traute er mir offenbar immer noch nicht, denn er hielt sich ein Stückchen von mir entfernt, als er mit lallender Stimme antwortete: Murayama Jūkichi bei Ishikawa, Tsurumakicho siebenunddreißig.

Während ich den Schein in meiner Manteltasche vierfach und achtfach zusammenfaltete, prägte ich mir ein, was er mir gesagt hatte.

»Murayama Jūkichi bei Ishikawa. Nummer siebenunddreißig. Murayama Jūkichi bei Ishikawa.«

»Ganz recht! Und vergiß das Zeug zum Knabbern nicht. Sag ihm, es ist für den Geschäftsführer.«

»Mach ich. Bei Ishikawa.«

Offenbar ganz zufrieden, wankte er davon. Mich aber begannen die fünf Yen mehr zu beunruhigen, als wenn ich, sagen wir, mir eine Fundsache unrechtmäßig angeeignet hätte, so daß ich es aufgab, weiter nach einem billigen Speiselokal zu suchen.

Am nächsten Morgen kam in aller Frühe, als ich noch im Bett lag, Tawa Yasuo zu mir. Wir waren seit unserer Studentenzeit befreundet. Er arbeitete in der Börsenabteilung des Handelshauses Yamakano. Vor ein paar Tagen sei ihm das Glück hold gewesen, und deshalb wolle er mich zum Essen einladen, sagte er und hatte es so eilig, mich auszuführen, daß er es kaum erwarten konnte, bis ich mich gewaschen hatte.

»Ich habe einen schönen Gewinn gemacht, darum werde ich dir mal was spendieren.«

Wir gingen ins Beniya in Kagurazaka, und er ließ allerlei schöne Sachen auftragen.

Er besuchte mich meistens zwei-, dreimal im Monat und redete dann hauptsächlich über die Veränderungen auf dem Aktienmarkt. Dazu, daß ich, ohne eine feste Anstellung zu haben, nach Aufträgen zum Korrekturlesen von Druckerei zu Druckerei lief, meinte er: »So in den Tag hineinzuleben, ohne daß man weiß, was weiter mit einem wird, das ist doch nichts. Naja, eigentlich bleibt es sich gleich, was man tut, man darf sich innerlich nur nicht gehenlassen. Du mußt deinen Blick mehr auf die Zukunft richten. Frohen Mutes mußt du sein, froh und heiter!«

Eines Tages brachte er mir einen mit roter Seide gefütterten Frauenüberwurf und hängte ihn mit dem Futter nach außen an die Hutablage in meinem Zimmer, weil er meinte, daß mich das wenigstens ein bißchen aufmuntern würde.

»Das ist schön und gut, wenn du zu mir sagst, ich soll frohen Mutes sein. Aber so einfach geht das bei mir nicht.«

»Du glaubst, du mußt dich dauernd von der Welt bedroht fühlen. Ich werde dir mal eine neue Seele einpflanzen. Frohen Mutes mußt du sein, froh und heiter!«

Aber für gewöhnlich gelang es ihm nicht, mich wirklich aufzuheitern.

Vom Beniya aus gingen wir wieder zu mir nach Hause und unterhielten uns noch bis in die Nacht hinein. Deshalb kam ich auch nicht dazu, Murayama Jūkichi aufzusuchen, wie ich es ihm in der Nacht zuvor versprochen hatte. Während Tawa Yasuo die Abendzeitung las, schrieb ich Murayama Jūkichi rasch einen Eilbrief.

»Ich bitte um Vergebung wegen gestern nacht. Ihre Verletzungen machen mir Sorgen. Eigentlich wollte ich Sie heute morgen besuchen, aber unerwartet kam ein Freund in einer äußerst dringenden Angelegenheit zu mir. Obwohl ich es selbst bedaure, will ich mich denn wenigstens brieflich nach Ihrem Wohlbefinden erkundigen. Auf dem Aktienmarkt geht es in letzter Zeit sehr hektisch zu, und darüber habe ich auch jetzt noch mit meinem Freund zu sprechen. Seien Sie mir deshalb bitte nicht böse. Und was die Geschichte von gestern abend anbelangt, da trifft doch die Hauptschuld wohl den Schaffner. Ob Sie nun betrunken waren oder nicht, spielt dabei keine Rolle. Fest steht, daß der Schaffner einen großen Fehler begangen hat, indem er es an der nötigen Umsicht fehlen ließ. Bevor die Straßenbahn in die Kurve einbog, hätte er Sie warnen müssen. Das wäre nicht mehr als recht und billig gewesen. Sie haben in dem Augenblick, die Hände in den Taschen, auf der Plattform gestanden und sich den Wind ins Gesicht wehen lassen. Als dann die Bahn plötzlich in die Kurve bog und Sie kopfüber hinausfielen, bewahrheitete sich wieder einmal das Sprichwort, daß ein Unglück selten allein kommt. Denn dort, wo das passierte, waren wegen Bauarbeiten die Pflastersteine aufgenommen worden, und da mußten Sie sich ja derart an Wange und Lippen verletzen. Ich sprang eilig aus dem Wagen, leistete Erste Hilfe und erfragte Ihre Adresse. Die Kaltherzigkeit des Schaffners indessen spottet jeder Beschreibung. Obwohl Sie so heftig auf die Steine aufgeschlagen waren, daß Sie hätten ums Leben kommen können, hielt er es nicht einmal für nötig, die Straßenbahn anzuhalten. Ich an Ihrer Stelle würde diesen Schaffner wegen seines unmenschlichen Verhaltens vor Gericht bringen. Was ich im Augenblick am meisten befürchte, ist, daß sich Ihre

Wunden entzünden könnten. Geben Sie bitte deshalb sehr auf sich acht, damit Sie sich alsbald wieder bester Gesundheit erfreuen. Eigentlich sollte ich Ihnen dann wenigstens morgen einen Besuch abstatten, aber ich habe, wie schon gesagt, mit meinem Freund über den Aktienmarkt zu reden und andere dringende Dinge zu erledigen, deshalb müssen Sie mich schon entschuldigen. Ich hoffe, Sie nehmen es mir nicht übel. Sobald ich ein wenig Zeit erübrigen kann, werde ich Sie aufsuchen. Und wenn ich Ihnen etwas in aller Aufrichtigkeit sagen darf, dann soviel, daß ich Ihnen gute Besserung wünsche.

Am Abend des einundzwanzigsten Februar.«

Meine Adresse und meinen Namen schrieb ich nicht dazu. Ich brachte es einfach nicht über mich. Denn um die Wahrheit zu sagen, hatten Zigaretten, Briefumschläge, die Reparatur meiner Holzsandalen und das Abendessen die fünf Yen der letzten Nacht ziemlich schrumpfen lassen. Und nun lagen mir die fünf Yen mehr auf der Seele, als wenn ich einen Diebstahl begangen hätte. In meiner Kindheit habe ich einmal aus dem Opferkasten vor einem buddhistischen Altar ein paar Münzen entwendet, um mir dafür Angelhaken zu kaufen. Aber selbst das hat mich längst nicht so bedrückt wie jetzt die Geschichte mit dem Fünfyenschein und den versprochenen Süßigkeiten.

Fünf, sechs Monate vergingen.

Am Sechsundzwanzigsten eines jeden Monats war Zahltag, und ich bekam wenigstens etwas Geld in die Hand. Um jederzeit darauf vorbereitet zu sein, Murayama Jūkichi die fünf Yen zurückzugeben, hatte ich am Sechsundzwanzigsten nichts Eiligeres zu tun, als den saubersten Fünfyenschein, den ich fand, in den Schreibkasten auf meinem Tisch zu stecken. Weil ich mir deshalb wegen der fünf Yen keine Sorgen zu machen brauchte, beunruhigte es mich auch nicht weiter, wenn ich Murayama Jūkichi nicht aufsuchte und ihm das Geld nicht zurückgab.

Unglücklicherweise aber gelang es mir nie, mein Geld zusammenzuhalten. An jedem Zehnten hatte ich alle Rechnungen des vorhergegangenen Monats über Kost und Logis zu begleichen, und dann blieb mir in den sechzehn Tagen bis zum Nachmittag des Sechsundzwanzigsten nicht einmal mehr so viel, daß ich in eine Straßenbahn steigen konnte, ohne um das nötige Fahrgeld bangen zu müssen. Am Ende steckte ich so arg in der Klemme, daß ich nach den fünf Yen im Schreibkasten griff, obwohl ich sie beiseite gelegt hatte, um sie Murayama Jūkichi zurückzugeben.

Ein ganzes Jahr ging darüber hin, daß ich die Fünfyennote in den Schreibkasten legte, sie wieder hervorholte und ausgab und so lange nicht die geringsten Gewissensbisse empfand, wie die fünf Yen wohlverwahrt im Kasten lagen. Sobald ich sie mir aber für eine Weile ausgeborgt hatte, lebte ich nur noch in der Angst, ich könnte Murayama Jūkichi irgendwo zufällig begegnen, weil ich ja nicht wußte, ob er mir nicht plötzlich von hinten an die Gurgel gehen würde.

Wenn mich das so sehr beunruhigte, warum brachte ich dann diesem Murayama Jūkichi die fünf Yen nicht zurück? Es gibt für diejenigen, die ein solches Leben wie ich führen, zwei Arten von Schulden, wobei die Höhe gar keine Rolle spielt, nämlich Schulden, die man zurückzahlen kann, und solche, die man nicht zurückzahlen kann. Und die Schulden, die ich bei Murayama Jūkichi hatte, gehörten offensichtlich zur zweiten Kategorie. Nur besaßen sie die Eigenschaft, einen ständig zu beunruhigen, solange man sie nicht beglichen hat.

Zu allem Übel war Murayama Jūkichi offenbar ein Mensch, der zu Gewalttätigkeiten neigte, weshalb man dauernd auf der Hut sein mußte. Was dann, wenn er plötzlich aus dem Dunkeln hervortreten und mir den Weg versperren würde ...

»He, du! Ist mein Gesicht nicht blutverschmiert?«

Da sehe ich den Zaun vor dem vornehmen Haus im Benten-Bezirk vor mir und die weißen Pflaumenblütenzweige, die darüber ragen. Er hält mich fest und will mich nicht loslassen. Ich hätte das Geld nicht anrühren dürfen, um es ihm jederzeit zurückzahlen zu können. Aber jetzt habe ich keine fünf Yen ... Solche Wahnvorstellungen packten mich manchmal, wenn ich durch dunkle Straßen ging. Eiskalt lief es mir dann über den Rücken.

Die Pflaumen blühten wieder, ja, sie waren schon fast verblüht. Auch der alte Baum, dessen Zweige über den hohen Zaun des vornehmen Hauses im Benten-Bezirk ragten, hatte wieder wunderhübsch in Blüte gestanden.

Nicht an einem Zahltag, sondern an einem Tag, da mir außer den fünf Yen in dem Schreibkasten nicht einmal mehr die kleinste Münze geblieben war, beschloß ich, Murayama Jūkichi aufzusuchen, weil nämlich selbst die Pflaumenblüten zu enthüllen schienen, daß ich jemanden um fünf Yen betrogen hatte. Ich war mir sicher, daß Murayama Jūkichi unter dem Pflaumenbaum dahergetorkelt kommen würde. Vielleicht würde er mir mit blutverschmierter Hand die Wangen streicheln oder aber mir die Kehle zudrücken. Eines Abends in der Bedürfnisanstalt auf der Kreuzung in Iidabashi glaubte ich doch wahrhaftig, daß mir solches widerfahren sei. Und mir war, als hätte ich hinterher auch eine ganz klein gedruckte Notiz über diesen Vorfall in einer der letzten Zeitungen gelesen.

Die Wohnung von Murayama Jūkichi, per Adresse Ishikawa, Tsurumakicho Nummer siebenunddreißig, fand ich sofort. Es handelte sich um die Pfandleihe Ishikawa. Geschäftsführer, hatte er gesagt. Dann war er also der Geschäftsführer dieser Pfandleihe.

In dem Moment, da ich unter dem kurzen Ladenvorhang mit der Aufschrift »Pfandleihe« hindurchschlüpfte, ging mir auf, wie ich am besten aus der ganzen Geschichte herauskommen könnte. Ich brauchte nur so zu tun, als wäre ich angerückt, um meinen Mantel zu versetzen, und könnte Murayama dann mit ein paar Ausreden wie vor einem Jahr in dem

Brief die fünf Yen zurückgeben. Und wenn er über genügend schlechten Geschmack verfügte, sich davon beeindrucken zu lassen, mit welcher Miene ich meinen Mantel auszog, würde er ihn mir vielleicht sogar für zehn Yen verpfänden. Der Mantel war noch derselbe wie im vorigen Jahr.

»Guten Tag«, sagte ich und knöpfte meinen Mantel auf. »Ich möchte ihn gern verpfänden.«

Aber hinter dem Ladentisch sah ich nicht Murayama Jūkichi, sondern einen dicklichen Mann von etwa vierzig Jahren. Mit einem altmodischen Fotoapparat, der offensichtlich auch verpfändet worden war, versuchte er, eine Kamelienblüte auf dem Tisch zu fotografieren.

Mit viel Getue nahm er meinen Mantel, drehte das Futter nach außen, maß die Länge, und als er schließlich den abgeschabten Kragen hinten am Hals und den ausgefransten Saum musterte, setzte er eine besorgte Miene auf.

»Sie sind zum erstenmal hier?«

»Ja, zum erstenmal«, sagte ich und zog mein Siegel für die Formulare hervor.

»An wieviel haben Sie denn gedacht?«

»Zehn Yen.«

»Zehn Yen? Nein, daraus wird nichts.«

»Machen Sie sich keine Sorgen. Ich löse ihn rechtzeitig wieder ein.«

»Trotzdem. Sehen Sie sich doch bloß mal den Kragen und den Saum an. Den haben Sie sicherlich fertig gekauft. Auf dem Rücken ist die Farbe auch schon ausgeblichen. Ich kann mir nicht helfen, aber dieses Baumwollmischgewebe taugt wirklich nicht viel.«

In beiden Ohren hatte er Baumwollwatte stecken. Schon das brachte mich gegen ihn auf.

»Solange ich ihn nicht verpfändet habe, gehört er immer noch mir, und deshalb hören Sie bitte sofort damit auf, meinen Mantel schlechtzumachen!«

»Aber zehn Yen! Wissen Sie!«

»Außerdem stehe ich mit Ihrem Geschäftsführer Murayama Jūkichi auf vertrautem Fuße. Also, zehn Yen!«

»Der ist doch schon längst nicht mehr da.«

»Nicht mehr da? Wo ist er denn?«

»Das weiß ich auch nicht. Aber wie ich ihn kenne, wird er wohl weiter krumme Dinge drehen.«

Murayama Jūkichi, so erfuhr ich, war seit der Nacht, in der wir uns im vergangenen Jahr begegneten, mit dem Geld zum Einkauf von Waren spurlos verschwunden. Nachdem ich zu dem Mantel noch meine Uhr gelegt hatte, bekam ich zehn Yen geliehen.

›Nun mag geschehen, was will‹, dachte ich. Murayama Jūkichi hatte seinen Schrecken für mich verloren. Er war ja ein viel schlimmerer Übeltäter als ich. Jetzt hatte ich einmal das Glück auf meiner Seite gehabt. Ich ging ins Beniya in Kagurazaka und rief von dort aus Tawa Yasuo in der Handelsfirma Yamakano an. Aber er war außer Haus. Dabei hatte ich mir alles so schön zurechtgelegt. Wenn er nämlich dagewesen wäre, hätte ich ihn ins Beniya gerufen und ihm in der gleichen Art, wie er sich mir gegenüber immer aufführte, gesagt: »Vor ein paar Tagen habe ich einen schönen Gewinn gemacht, darum werde ich dir mal was spendieren.« – Schließlich muß ich ja frohen Mutes sein!

Zum Auftakt wollte ich mir einen Kaffee und eine süße Suppe aus roten Bohnen leisten, weshalb ich in die obere Etage hinaufstieg. Ich stellte meine Füße, die in Pantoffeln steckten, auf den Gasofen in der Ecke, vergaß Murayama Jūkichi und auch die Pflaumenblüten völlig und betrachtete mir die Gäste und die Kellnerinnen.

Auch hier waren die Kellnerinnen in den letzten Jahren viel hübscher geworden.

Vom Beniya aus ging ich in ein Lokal europäischen Stils nahe der Edogawa-Brücke. Inzwischen brannten überall schon die Lampen. Die Mädchen dort waren sehr geschminkt und, obwohl es noch gar nicht spät war, auch nicht mehr ganz nüchtern. Sie pafften Zigaretten von der Sorte Shikishima, die sie den Gästen abgegaunert hatten, und waren mit dem Nachschenken schnell bei der Hand. Eines der Mädchen, das sich die Zähne gelb gefärbt hatte, klimperte mit stolzer Miene auf einer zweisaitigen Gitarre.

Als ich von dort wegging, war ich schon betrunken. Trotzdem kehrte ich noch in ein zweites Lokal von der gleichen Art ein.

Nachdem ich zwischen den mir völlig fremden Gästen einen Platz gefunden hatte, trank ich weiter und sah mich dabei in dem Raum um. Besonders taten es mir vier Bierplakate an, die ringsum an den Wänden und den Glastüren klebten. Denn auf dreien von ihnen waren hübsche Mädchen in voller Lebensgröße mit über den Ohren zusammengekringelten Haaren so wunderbar dargestellt, als wären sie lebendig, und alle drei blickten mit einem Lächeln zu mir herüber. Außerdem hielten sie in jeder Hand ein überschäumendes Bierglas, als wollten sie es mir anbieten. Auch das andere der vier Plakate warb für Bier, aber auf ihm war ein Pierrot abgebildet. Den Körper komisch verrenkt und das Gesicht zu einer Grimasse verzogen, lachte er. Weil ganz deutlich zu erkennen war, daß er sich nicht über mich lustig machte, obwohl ich mich doch mit billigem Fusel hatte vollaufen lassen, war ich ihm von ganzem Herzen zugetan. Er lachte so hübsch, daß auch ich schließlich anfing zu lachen.

Ich war schon ziemlich schwer betrunken, als ich von dort fortging, dennoch kehrte ich noch in ein drittes Lokal der gleichen Art ein. Allerdings torkelte ich mehr hinein.

»Komisch, je betrunkener ich werde, desto besser bin ich beieinander«, murmelte ich vor mich hin, wankte auf einen Stuhl zu, setzte mich und bestellte. Es waren dort viele Gäste, und alle waren betrunken. An solch einem Ort kann derjenige, der am meisten betrunken ist, auch den größten Rand riskieren. Und das Spaßige dabei ist, daß es demjenigen dann auch noch so vorkommt, als wären ihm die anderen alle ganz besonders gewogen. Etwas Angenehmeres kann man sich eigentlich gar nicht vorstellen. Am Ende war ich so betrunken, daß ich den Teller mit der Suppe, die ich mir bestellt hatte, für einen Aschenbecher hielt.

»Keiner in ganz Tōkyō ist so betrunken wie ich! Aber je betrunkener ich werde, desto besser fühle ich mich«, schrie ich lauthals, als ich das Lokal verließ und dabei so sehr schwankte, daß ich meine liebe Not hatte, auf den Beinen zu bleiben.

Die Fenster und Türen in den Straßen waren alle zugesperrt. Deshalb hallte das unregelmäßige Geklapper meiner Holzsandalen laut wider, und es hörte sich so an, als schlüge jemand gegen den Boden eines leeren Fasses. Es wehte ein kalter Wind. Ich hatte meinen Mantel vielleicht doch ein bißchen zu voreilig versetzt.

Plötzlich rief mich eine tiefe Stimme von der Seite her an: »He, du!«

Mir stockte der Atem. – Das war dieselbe Stimme wie im vorigen Jahr. – Murayama Jūkichi!

Bevor ich begriff, daß die Stimme aus dem Schilderhäuschen des Revierpolizisten kam, sah ich von einem Schilderhäuschen gar nichts, sondern erblickte, als ich den Kopf zur Seite wendete, den hohen Zaun des vornehmen Hauses im Benten-Bezirk. Und tatsächlich, über mir hingen weißblühende Pflaumenbaumzweige, und starr stand vor meiner Nase ein Telegrafenmast.

Ich rannte, so schnell ich konnte, davon.

»He, du!«

Ich blieb stehen.

»Ist mein Gesicht nicht blutverschmiert?«

Ich wischte mir mit der flachen Hand das Blut von der Backe. – Ich bin der Geschäftsführer des Leihhauses.

»Wohin willst du?«

Im selben Moment verschwanden der Zaun des vornehmen Hauses, die Pflaumenblüten und auch der Telegrafenmast. Und die Stimme war die des Revierpolizisten. Als ich das endlich begriffen hatte, war alle Furcht wie verflogen.

»Wohin willst du?«

»Es hat wohl eine Schlägerei gegeben?«

Ich wischte mir noch einmal über die Backe, aber da war kein Blut.

»Weiß nicht. Ich bin ein bißchen betrunken.«

»Sieh zu, daß du nach Hause kommst!«

Jetzt wurde mir deutlich bewußt, daß ich nicht Murayama Jūkichi war, und ich begriff, daß die weißen Pflaumenblüten und der hohe Zaun von vorhin nichts als Hirngespinste waren, die mich das ganze Jahr hindurch verfolgt hatten. Triumphierend, wenn auch wankend, manchmal fast zu Boden stürzend und mich ab und an erbrechend, strebte ich meiner Behausung zu. Und ich grölte: »Je betrunkener ich bin, desto besser fühle ich mich. Du würdest dich wundern, Murayama Jūkichi! Ich habe keine Angst vor dir, Murayama. Komm schon, Murayama Jūkichi, beeil dich! Komm schon!«

1925

SAWAN AUF DEM DACH

Wahrscheinlich hatte ein verrückter Jäger oder ein anderer allzu übermütiger Schütze auf die Wildgans angelegt. Ich entdeckte sie am Rand eines moorigen Teiches. Sie quälte sich sehr. Ihr linker Flügel war ganz blutig. Vergebens schlug sie mit dem heilen rechten Flügel um sich und schickte jämmerliche Rufe über den mit Wasserpflanzen dicht bewachsenen Sumpf.

Mit leisen Schritten näherte ich mich dem verletzten Zugvogel und hob ihn auf. Kaum daß ich die Wärme seines Federkleides und seines Körpers in beiden Händen spürte und feststellen mußte, daß er schwerer war, als ich erwartet hatte, fühlte sich meine zergrübelte Seele getröstet. Ich beschloß, den Vogel, koste es, was es wolle, gesund zu pflegen, und trug ihn auf den Armen nach Hause. Nachdem ich die hölzernen Regentüren meines Hauses zugeschoben hatte, machte ich mich im Schein einer fünfkerzigen Glühlampe an die Behandlung der Wunden.

Doch eine Wildgans kann offenbar auch noch im Schummrigen sehen, denn sie stieß die Karbolsäure in der Waschschüssel und die Jodflasche mit den Füßen weg und hinderte mich an der Operation. Ich verfuhr vielleicht ein bißchen unsanft mit ihr, wenn ich ihr schließlich mit einer Schnur die Beine zusammenband, ihr den rechten Flügel, mit dem sie wild um sich schlug, fest gegen ihren Körper drückte, ihren langen dünnen Hals zwischen meine Schenkel klemmte und dabei schimpfte: »Halt still!«

Sie aber verstand meine guten Absichten völlig falsch und stieß zwischen meinen Beinen so lange, wie ich ihre Wunden behandelte, unaufhörlich jenen Schrei der Wildgänse aus, mit dem sie an späten Herbstnächten über den Himmel ziehn.

Auch als ich fertig war, ließ ich sie gefesselt, bis sie nicht mehr blutete. Denn ich fürchtete, daß sie sonst im Zimmer umherflattern würde und Schmutz in ihre Wunden dringen könnte.

Über den Erfolg der Operation war ich mir gar nicht sicher. Da ich keinerlei Instrumente besaß, hatte ich die vier Schrotkörner mit einem Federmesser aus dem Flügel der Wildgans herausoperiert, die Wunden mit Karbolsäure ausgewaschen und hernach mit Jod bestrichen. Sechs Schrotkörner hatten den Flügel von unten her getroffen, zwei waren durchgeschlagen. Wahrscheinlich hat der Mann, der auf sie schoß, in dem Augenblick abgedrückt, als sie zum Himmel aufstieg. Von den Kugeln getroffen, wird sie schräg herabgestürzt sein und sich zwischen den Wasserpflanzen verborgen haben, um die Wunden auszuheilen. Dort war ich nun zufällig vorbeigekommen, als ich unaussprechlich bedrückt am Rand des Sumpfteiches entlangspazierte.

Ich ließ die gefesselte Wildgans im Zimmer liegen, wusch mir in dem Raum daneben die nach Karbolsäure riechenden Hände und bereitete Futter für die Gans zu. Aber dann überkam mich die Müdigkeit, und ich wollte, an das Holzkohlenbecken gelehnt, wenigstens für einen Moment die Augen zumachen. Doch wie es so ist, wird aus solch einem Schläfchen manchmal wider Erwarten ein langer Schlaf, und man wird erst wieder wach, wenn es schon tiefe Nacht ist.

Es war schon gegen Mitternacht, als ich aufwachte, nein, als mich laute Wildgansrufe weckten. Dreimal kurz und schrill rief die verletzte Wildgans im Zimmer nebenan. Als ich leise an die Schiebetür trat, da hatte die an Beinen und Flügeln gebundene Wildgans der fünfkerzigen Glühlampe ihren Hals entgegengestreckt und schien gerade noch einmal einen Ruf ausstoßen zu wollen. Wahrscheinlich hielt der verwundete Zugvogel das Licht der Lampe für den mitternächtlichen Mond.

Nachdem die Wunden völlig ausgeheilt waren, stutzte ich der Wildgans beide Flügel, so daß ich sie frei im Garten halten konnte. Sie wurde sehr zutraulich. Wenn ich fortging, kam sie mir bis ans Tor hinterher, und spät abends machte sie ihre Runden ums Haus. Sie verhielt sich genauso wie ein Hund gegenüber seinem Herrn. Ich gab ihr den Namen Sawan, und sie begleitete mich auf meinen Spaziergängen durch die Felder und zum Teich.

»Sawan! Sawan!« brauchte ich nur zu rufen, und schon kam sie hinter mir hergewatschelt.

Der Sumpfteich hatte bereits sein Frühsommerkleid angelegt. An seinen Rändern wucherte fast mannshohes feines Schilfgras, und auf dem Wasser schwammen die großen Blätter und leuchtendweißen Blüten der Sumpfpflanzen. Sawan schien diesen Teich sehr zu lieben. Sobald sie ins Wasser geglitten war, flatterte sie mit ihren kurzen Flügeln und wippte mit dem Schwanz, und solange sie nicht selber vom Baden genug hatte, kam sie nicht wieder heraus, wie sehr ich auch rufen mochte. Ich streckte mich dann ins Gras und hing meinen Gedanken nach. Denn ich kam schließlich nicht an den Teich, um Sawan beim Baden zuzuschauen, sondern ging spazieren, um die Sorgen, die mir auf der Seele lagen, zu vertreiben.

Sawan schwamm nicht nur gern auf dem Wasser herum, sie tauchte auch gern. Bisweilen verschwand sie ganz und gar unter Wasser. Aber da der Teich glücklicherweise sehr klar war, konnte ich sie auf ihrer Jagd nach Futter gut mit den Augen verfolgen.

Wildgänse scheinen die Helligkeit des Tages und die Wärme der Sonne von Natur aus nicht zu lieben. Wenn ich Sawan sich selbst überließ, dann verkroch sie sich unter dem Fußboden der Diele und döste den ganzen Tag über vor sich hin. Aber dafür wurde sie nachts um so munterer und versuchte, den Zaum zu durchbrechen oder über die Holzpforte in meinem Garten zu springen, die ich vorsorglich verschlossen hielt, damit Sawan mir nicht weglief.

Der Sommer ging vorüber. Es wurde Herbst. Eines späten

Abends, als sich der heftige kalte Wind des Tages gelegt hatte, saß ich mit einem gefütterten Schlafrock über dem Nachthemd am Holzkohlenbecken und trocknete über der Glut meine feuchten Socken, die ich am Nachmittag gewaschen hatte. Wenn man so dahockt, überläßt man sich völlig seinen eigenen Gedanken, oder man hat seine Arme verschränkt und redet sich selber gut zu, am nächsten Morgen zeitig aufzustehen. Da passiert es dann sogar, daß man nicht einmal merkt, wenn die über der Glut trocknenden Socken schon ganz versengt riechen ... Auf einmal hörte ich Sawans schrilles Rufen. Diese Rufe verwandelten die Stille der Nacht in lautes Lärmen. Bestimmt war draußen etwas geschehen, was Sawan in größte Erregung versetzte.

Ich öffnete das Fenster und rief: »Sawan! Mach nicht solchen Krach!«

Aber Sawans klagende Rufe hörten nicht auf. Draußen in den Zweigen der Bäume hing noch die Nässe des Regens. Hätte man die Bäume geschüttelt, wären Aberhunderte von Tropfen auf einmal herabgefallen. Aber der Himmel hatte sich schon aufgeklärt, und es schien der Mond.

Ich stieg durchs Fenster hinaus in den Garten. Oben auf dem First meines Hauses stand Sawan, streckte ihren langen Hals gen Himmel und rief, so laut sie nur konnte. Dort, wohin sie ihren Hals streckte, schien am Himmel der Mond – ein rötlich schmutziger, nicht makellos runder Mond, wie so oft jener Mond, der erst spät in der Nacht aufgeht. Und hoch am nächtlichen Himmel flogen drei Wildgänse von links nach rechts am Mond vorüber. Jetzt wußte ich Bescheid. Diese drei Wildgänse hoch oben am Himmel und Sawan oben auf dem Dach riefen sich gegenseitig mit der ganzen Kraft ihrer Stimme. Stieß Sawan drei Rufe aus, antwortete jede der drei Wildgänse auch mit drei Rufen. Zweifellos sprachen sie über etwas miteinander. Denkbar wäre gewesen, daß Sawan den drei Artgenossen zurief: »Nehmt mich doch mit!«

Ich hatte Angst, Sawan könnte sich davonmachen, und rief in ihr Klagen hinein: »Sawan, komm herunter vom Dach!«

Aber Sawan schien wie ausgewechselt zu sein und beachtete meine Aufforderung überhaupt nicht, sondern schickte weiter ihre verzweifelten Rufe den drei Wildgänsen hinterher. Ich pfiff und winkte Sawan heran, bis ich mich schließlich nicht mehr beherrschen konnte und mit einem Knüppel gegen ein paar Äste schlug und Sawan beschimpfte: »Sawan! Das ist gefährlich, so hoch hinaufzusteigen. Komm herunter, und zwar ein bißchen schnell! Was ist los mit dir? Willst du wohl hören!«

Doch solange die drei Artgenossen nicht gänzlich entschwunden und ihre Schreie nicht völlig verklungen waren, machte Sawan keinerlei Anstalten, vom Dachfirst herunterzukommen. Ein jeder, der dies mitverfolgt hätte, wäre beim Anblick Sawans auf dem Dache bestimmt an das Bild eines bejahrten Philosophen erinnert worden, der, auf eine ferne einsame Insel verschlagen, nach zehn Jahren ein Schiff weitab auf dem Meer vorüberziehen sieht.

Damit Sawan nicht noch einmal aufs Dach hinaufkletterte, sollte ich sie wohl besser an einen Pfahl anbinden, sagte ich mir, aber unterließ es dann doch wieder, weil es mir wie eine Vergewaltigung erschien und ich mir auch einfach nicht vorstellen konnte, daß sie meine Zuneigung zu ihr verraten und in ferne Weiten entfliehen würde. Ich hatte ihre Flügel so kurz geschnitten, daß es, ohne sie zu verletzen, kürzer schon nicht mehr ging. Und so grausam wollte ich nicht zu ihr sein.

Am nächsten Morgen dann schimpfte ich sie nur aus: »Sawan! Du willst doch nicht etwa weg von mir. Nein, so kaltherzig darfst du nicht sein!«

Ich gab ihr so viel Futter, daß sie es nicht einmal in drei Tagen hätte auffressen können.

Es wurde zu einer Gewohnheit Sawans, aufs Dach zu klettern und schrille Schreie auszustoßen. Allerdings tat sie das nur in hellen Mondnächten und auch nur zu später Stunde.

Ich lauschte dann, die Ellenbogen auf den Tisch gestützt oder schon im Bett liegend, den Schreien der über den nächtlichen Himmel ziehenden Wildgänse, mit denen sie die Rufe Sawans beantworteten. Diese fernen Stimmen der Wildgänse waren so leise, daß man sich schon sehr anstrengen mußte, um sie überhaupt wahrzunehmen. Horchte man nach ihnen, erschienen sie einem manchmal wie das Seufzen der späten Nachtstunde über die eigene Einsamkeit, und dann war einem, als spräche Sawan mit den Seufzern der Nacht.

Eines Nachts schrie Sawan noch schriller als sonst. Es klang schon fast wie ein Wehklagen. Aber da ich wußte, daß Sawan, wenn sie auf das Dach geklettert war, nicht auf mich hören würde, ging ich gar nicht erst hinaus. Ich versuchte, ruhig an meinem Tisch sitzen zu bleiben, und flehte inständigst, sie möge endlich mit ihrem Schreien aufhören. Dann sagte ich mir, daß ich ihr die Freiheit zurückgeben müsse, und wollte ihr deshalb vom nächsten Tag an nicht mehr die Flügel stutzen. Daraufhin ging ich zu Bett, zog mir wie ein Kind bei einem Unwetter die Decke über den Kopf und bemühte mich einzuschlafen. So hörte ich zwar Sawans Wehklagen nicht mehr, aber das Bild, wie sie, auf dem Dachfirst stehend, ihre Rufe gen Himmel sandte, verschwand dadurch noch lange nicht aus meinem Herzen. Und weil auch die im Traum mir erschienene Sawan mit schriller Stimme rief, litt ich nicht weniger als zuvor.

Mein Entschluß stand fest: Am nächsten Morgen würde ich Sawans Flügel mit einer Medizin bestreichen, damit ihre Federn schnell wieder nachwuchsen. Mit den neuen Flügelfedern könnte sie dann nach Herzenslust hoch hinauf in den Himmel steigen. Sollte ich weiter meinen altmodischen Gefühlen nachhängen, könnte ich ihr ja einen Ring aus einem Stückchen Blech um ein Bein legen, und ich könnte auch mit einem kleinen Messer in das Blech die Worte ritzen: »Fliege, Sawan! Fliege hoch hinauf in den mondhellen Himmel und freue dich!«

Am nächsten Morgen war Sawan nirgends zu sehen.

»Sawan! Komm her!«

Ich war bestürzt. Sawan war weder unter der Diele noch auf dem Dach. Dann sah ich eine Brustfeder auf dem Vordach aus Wellblech, und es war ganz sicher eine Brustfeder Sawans. Eingeklemmt in eine Ritze, bewegte sie sich in der leichten Morgenbrise. Ich eilte an den Sumpfteich.

Auch dort schien Sawan nicht zu sein. Das am Rand wachsende hohe Gras trug an seinen Spitzen Rispen und Büschel und streute seine flaumigen Samen auf meine Schultern und meinen Hut.

»Sawan! Bist du da, Sawan? Wenn du da bist, komm her zu mir. Ich bitte dich, Sawan, komm!«

Abgestorbene Blätter waren auf den Grund des Teiches gesunken, aber Sawan war auch dort nicht, das sah ich. So wird sie denn auf den Schwingen ihrer Gefährten zu ihrer Jahreszeitenreise aufgebrochen sein.

1929

ZU HAUSE BEI HERRN TANGE

Herr Tange hielt Strafgericht über seinen Diener. (Herr Tange ist siebenundsechzig, sein Diener siebenundfünfzig.) Der in die Jahre gekommene Diener hatte sich angewöhnt, tagsüber dann und wann ein Schläfchen zu machen. Aus diesem Grunde, so meinte Herr Tange, müsse man nun neue Saiten aufziehen. Nie zuvor habe ich Herrn Tange so außer sich gesehen.

Ich stand im Schatten des Badehauses und verfolgte von dort aus den Fortgang der Bestrafung. Herr Tange holte aus einem Schuppen drei Strohmatten hervor und breitete sie unter einem Persimonenbaum aus.

»Auf die Matten mit dir!« befahl er seinem Diener.

Vor heftiger Erregung Schaum in den Mundwinkeln, klammerte sich der Diener an den Persimonenbaum. Gestraft wird auch in einer ländlich abgeschiedenen Gegend wie dieser meistens sehr hart. Herr Tange zog seinem Diener den Tabakbeutel aus dem Gürtel und warf den Beutel auf die Matten. Dann herrschte er ihn in strengstem Ton an: »Du legst dich jetzt rücklings auf die Matten und rauchst vor meinen Augen deine Pfeife. Den linken Hacken dort auf den Auswuchs des Persimonenbaumes, den rechten auf das linke Schienbein gestützt, wirst du schön auf dem Rücken liegen und gemächlich bis zum Einbruch der Dämmerung Pfeife rauchen. Ich bleibe hier stehen und werde mir etwas von dir in großartiger Manier vorrauchen lassen. Wenn ich dir sage, du legst dich hin, dann legst du dich auch hin, und zwar sofort. Verstanden!«

Der Diener preßte seinen linken Arm auf die Stelle, wo sein Tabakbeutel im Gürtel gesteckt hatte, mit dem rechten umklammerte er weiter den Stamm des Persimonenbaumes und machte keinerlei Anstalten, den Befehl unverzüglich zu befolgen. Andererseits aber lag es auch nicht in seiner Absicht, sich etwa gegen seinen grausamen Herrn aufzulehnen.

»Es kann doch nicht sein, daß Sie mich so hart strafen wollen, nur weil ich mal ein Mittagsschläfchen gehalten habe«, sagte er, und die Blätter einer am Stamm sprießenden Orchidee berührten dabei fast sein Gesicht. »Wenn es sein muß, lege ich mich natürlich auf die Matten. Bloß habe ich das Gefühl, Sie lassen es nicht dabei.«

»Keine frechen Reden! Du wirst es schon überleben.«

Darauf streifte der Diener seine Strohsandalen ab und streckte sich ängstlich am Rand der Matten aus. Dann wälzte er sich herum und blieb auf dem Rücken liegen.

»'runter mit deinen Sachen!« befahl Herr Tange in rauhem Ton.

Der Herr legte mit Hand an, als sich der Diener auszog. Er hatte eine breite kräftige Brust. Hastig hoben und senkten sich seine Rippen, so schnell ging sein Atem. Zweifellos beunruhigte ihn der Ablauf des Strafgerichts. Wenn er den Willen oder auch nur die geheime Absicht gehabt hätte, sich aufzulehnen und sich davonzumachen, dann hätten sich seine Rippen bestimmt stetiger und kraftvoller bewegt.

Herr Tange umschritt einmal die Matten, blieb am Kopfende stehen und befahl dem vor ihm liegenden Mann mit barscher Stimme: »Den linken Hacken dort auf den Auswuchs des Persimonenbaumes!«

Die Brust des Sünders hob und senkte sich jetzt noch heftiger und schneller. Er legte die Ferse des linken Fußes auf den knorrigen Auswuchs des Persimonenbaumes.

»Und nun den rechten Fuß auf das linke Schienbein!«

Der auf dem Rücken liegende Sünder tat, wie ihm befohlen.

»So, und jetzt wird geraucht!«

Herr Tange langte nach dem Tabakbeutel neben dem Kopf des liegenden Mannes, stopfte die Pfeife, zündete sie an und steckte sie dem armen Sünder in den Mund. Rauch stieg ihm aus Nase und Mund, aber nach drei Zügen begann er, die Pfeife zwischen den Zähnen, zu barmen: »Ich darf hier nun im Liegen meine Pfeife rauchen, trotzdem glaube ich, daß das nicht der Güte und Freundlichkeit zu danken ist, wie ich sie sonst von Ihnen kenne. Irgendwie habe ich ein ungutes Gefühl.«

»Du hältst deinen Mund und schläfst jetzt!« schalt ihn Herr Tange, woraufhin der auf der Erde Liegende auch die Augen schloß. Doch sogleich wandte er sich an seinen Herrn, ohne dabei die Augen zu öffnen: »Ich gebe mir ja alle Mühe, aber ich glaube, ich kann nicht schlafen. Oder sieht es etwa so aus, als würde ich ein Nickerchen machen?«

»Du sollst deinen Mund halten, habe ich gesagt. Warum schläfst du nicht richtig?«

»Das hört sich ja so an, als ob das meine Schuld ist!«

In dem Augenblick weitete sich ein einziges Mal die Brust des liegenden Mannes, aber gleich darauf bewegten sich die Rippen wieder genauso hastig wie zuvor. Es war ihm doch wohl nur ein tiefer Seufzer der Hoffnungslosigkeit entfahren.

Als Herr Tange sich erneut seinem Diener zuwandte, hatte er sich wieder einigermaßen in der Gewalt. Er hielt ihm vor, daß es doch allerhand von einem Diener sei, wenn dieser, ohne vorher seinen Herrn zu fragen, am Brunnenrand Flaschenkürbisse pflanze. Er sagte weiter, daß ein Diener harte Strafe verdiene, wenn er nach eigenem Gutdünken im Garten die Zweige der Kiefer und die Wedel der Palme zurechtbiege und dadurch das Aussehen der Bäume verschandle, und er meinte, daß irgend jemand während seiner Abwesenheit dem Karpfen im Teil übel mitgespielt haben müsse, weil dieser nämlich in letzter Zeit sehr scheu geworden sei und sofort tief untertauche, sobald sich jemand dem Teich nähere. Dieses und noch vieles andere sagte Herr Tange und fügte dann hinzu: »Du gibst wirklich eine imposante Figur ab. Ich nehme an, du wirst einen guten Schlaf haben.«

Der Mann auf dem Boden entgegnete in einem verzweifelten Ton: »Wie kommen Sie bloß darauf! Wo ich schon ganz steif bin.«

Herr Tange rückte seinen Hut zurecht und zog seine Taschenuhr hervor. Er hielt sie sich ans Ohr, schüttelte sie und warf dann einen Blick auf das Zifferblatt. Es war offenbar höchste Zeit für ihn, zum Dienst zu gehen. Eilig verließ er sein Anwesen durch das Seitentor. – Herr Tange war ein fleißiger Beamter. Auf seinem Türschild stand: Tange Ryōtarō, Steuereinnehmer der vereinigten Gemeindeverwaltung von Himedani, Shigawa und Imobara.

Selbst als Herr Tange gegangen war, machte der Mann auf den Matten keinerlei Anstalten, seine Lage zu verändern. Aber er schlief bestimmt nicht, denn sonst wäre ihm ja die Pfeife aus dem Mund gefallen.

Ich bemühte mich, für diesen armen Sünder auszuspähen, wo Herr Tange gerade war. Hatte er nämlich nur so getan, als wäre er fortgegangen, und hielt sich in Wirklichkeit dicht an der Pforte auf, dann würde über den auf den Matten liegenden Mann ein mächtiges Donnerwetter hereinbrechen, rührte er sich auch nur ein bißchen vom Fleck. Ich hatte Herrn Tange schon öfter beobachtet und wußte deshalb einigermaßen Bescheid. Immer wenn er zum Dienst ging, ließ er seinen Blick über die Terrassenfelder und das Getreide vor dem Tor schweifen oder zupfte mal hier, mal dort ein paar Unkrauthalme aus der steinernen Umfriedung. Manchmal ließ er auch die Ähren des Weizens auf dem Terrassenfeld durch seine Hände gleiten, um sich davon zu überzeugen, daß seine Ernte reicher sein würde als die auf den Feldern der anderen.

Ich schaute über die Mauer hinweg ins Tal und konnte Herrn Tange mit eiligen Schritten die Straße entlanggehen sehen. Den Hut in den Nacken geschoben, behielt er ständig das gleiche Tempo bei, egal ob es bergauf oder bergab ging. Nur Menschen, die in entlegenen bergigen Gegenden aufgewachsen sind, können so gleichmäßig gehen.

Ich machte den auf den Matten liegenden Sünder auf mich aufmerksam.

»Sie können ganz beruhigt aufstehen. Der Steuereinnehmer läuft jetzt an dem Baumwollfeld entlang. Vor dem Abend wird er nicht zurück sein.«

Der Angesprochene riß die Augen auf, ließ die Pfeife aus dem Mund fallen, hob leicht den Kopf und wandte sich zu mir um. Als er sah, daß ich über die Mauer hinweg ins Tal hinabspähte, stand er auf und rieb sich erst einmal die Hüften und alle seine Gelenke. Vor lauter Aufregung hatte er sich wahrscheinlich so sehr verkrampft, daß ihm jetzt alles weh tat.

Er kam zu mir an die Mauer, hielt sich aber hinter mir verborgen, damit es so aussah, als schaute nur ich über die Mauer, falls Herr Tange drüben von der Straße herüberblikken sollte. Tatsächlich sah Herr Tange dann auch einige Male herüber, aber er dürfte kaum etwas bemerkt haben.

In kurzen Abständen wuchsen Bäume und Sträucher zu beiden Seiten der Straße. Wenn die Gestalt des Herrn Tange zwischen den Bäumen auftauchte, konnte ich sie noch immer gut erkennen. Der Diener, der meinen Körper als Schutzschild benutzte, redete ungeniert darauflos, während er in die Ärmel seines Kittels fuhr. Wenn das der Wahrheit entsprach, was er da erzählte, dann hatte ich allen Grund, über seine Eröffnungen doch ziemlich verblüfft zu sein.

Er schickte dem Steuereinnehmer einen Blick hinterher und ließ sich dann folgendermaßen über ihn aus: »Jetzt habe ich nichts mehr zu befürchten. Wenn er auf seinem Weg ins Amt mit den Armen so weit ausholt, dann ist er nicht mehr böse auf mich. Schon als Kind, wo ich noch so klein war, daß mein Kopf nicht über diese Mauer reichte, habe ich ihm von hier aus immer nachgeblickt. Ich habe mir eine Fußbank geholt und mich lang gemacht, habe hinter ihm hergeschaut und mir gewünscht, daß er bald wiederkommt. Seit wer weiß wieviel Jahrzehnten habe ich noch nie versäumt, ihm von hier aus nachzublicken. Sehen Sie, er mag mich noch so hart bestrafen, trotzdem darf ich es ihm gegenüber nicht an Respekt fehlen lassen. Und daß ich ihm mit den Augen das Geleit gebe, das gehört nun mal dazu, meinen Sie nicht?«

Drüben auf der Straße kam dem Steuereinnehmer aus der anderen Richtung ein Mann entgegen. Dort, wo Straße und Bach sich berühren, trafen die beiden aufeinander. An der Stelle ragt ein gewaltiger Fels aus dem Bach. Das Wasser prallt dagegen und versprüht fortwährend weißen Gischt. Herr Tange zog seinen Hut. Der andere band sich das Tuch, das er sich um die Stirn geschlungen hatte, ab, und beide begrüßten sich mit so höflichen Verbeugungen, daß ihre Hände bis zu den Knien hinabreichten. Genauer gesagt hielten sie die Kniescheiben mit den Händen umfaßt und knickten bei jeder Verbeugung in den Kniegelenken ein, was sie an die zehnmal taten.

»Das ist Yōnoji«, wisperte der Diener neben mir.

Der Mann namens Yōnoji steckte sich eine Pfeife an, der Steuereinnehmer tat es ihm gleich. Dann begannen sie sich weitschweifig zu unterhalten, wobei sie mit den Händen herumfuchtelten und ihre Oberkörper weit nach hinten bogen.

Der Diener klärte mich über den Mann namens Yōnoji da drüben auf.

»Yōnoji vermittelt Geschäfte mit Kiefern- und Mischwäldern. Jetzt redet er bestimmt wieder wie geschmiert. Das sehe ich selbst von hier aus auf den ersten Blick.«

Der Makler Yōnoji hätte, so erzählte mir der Diener, die Namen der Waldbesitzer auch der entlegensten Gemeinden und das Durchschnittsalter der Bäume genau im Kopf. Dauernd sei er zu den Holzhändlern in den Städten unterwegs und halte sie über alles und jedes auf dem laufenden, zum Beispiel, daß die Kiefern auf dem Noro-Berg in der Gemeinde Imobara sich jetzt gut zu fußbreiten Brettern schneiden ließen und daß der Besitzer jenes Waldstückes gern verkaufen würde, weil er am Fünfzehnten des kommenden Monats die Feier zum siebenten Todestag seines Vaters auszurichten hätte und deshalb dringend Geld brauche. Als Lohn für seine Vermittlung kassiere Yōnoji vom Käufer wie vom Verkäufer jeweils ein Hundertstel des erzielten Preises.

»Jetzt scheint Yōnoji seine Dienste anzubieten. Ich bin sicher, daß er den Kiefernwald von Takitsuse in Shigawa an den Mann bringen will.«

Auf der Straße drüben hatten die beiden Gestalten gleich an Ort und Stelle zu feilschen begonnen, was sich in der Weise vollzog, daß der eine dem anderen abwechselnd die Hände in die Rockärmel steckte. Herr Tange fing damit an und lehnte sich dabei weit zurück. Wahrscheinlich lachte er. Anschließend steckte der Makler seine Hände in Herrn Tanges Ärmel und bog dabei seinen Oberkörper ebenfalls weit zurück. Dann fuhr er sich mit einem Tuch über die Stirn. Nachdem beide einige Male dieses Spielchen wiederholt hatten, nahmen sie eine etwas förmlichere Haltung an und klatschten im gleichen Takt in die Hände.

»Klappklappklapp, klappklappklapp, klappklappklapp.«

Dreimal hintereinander klatschten sie im Dreierrhythmus. Zu uns aber klang nur das letzte dreimalige Klatschen herüber, nachdem die beiden ihre Hände schon wieder gesenkt hatten. So weit führte die Straße durch den tiefen Talgrund weg.

Die beiden verbeugten sich wie zuvor wieder mehrmals so tief voreinander, daß sie mit den Händen die Knie berührten. Dann ging jeder in eine andere Richtung davon.

Wir waren uns sicher, daß sich die beiden über ein Stück Kiefernwald handelseinig geworden waren. Der Diener ritzte mit dem Fingernagel undeutlich Linien in den Putz der Mauer und erklärte mir: Das sei der Kiefernwald von Takitsuse in Shigawa. In der Schlucht stünden die besten Bäume, und ein Holzfäller brauche bestimmt mehr als vier Stunden, um einen einzigen zu fällen. Am liebsten würde er mit mir gleich einmal zu dem Kiefernwald hinübergehen und den Baumbestand ansehen, aber vielleicht sei es doch besser, es zu lassen, denn, so sagen die Leute, die Bäume im tiefen Wald würden nicht mehr wachsen, wenn die Menschen allzu oft nach ihnen schauten.

Zwei Tage darauf erhielt der Diener einen Brief. Statt zu Herrn Tange kam er damit zu mir und bat mich darum, ihm den Brief vorzulesen. Denn Herr Tange neidete es ihm offenbar, daß er Post erhalten hatte.

»Ein Brief für dich! Aber damit du es weißt, ich habe diesmal zu Neujahr sechzehn Glückwunschkarten gekriegt«, hatte er gesagt und nicht die geringste Neigung gezeigt, seinem Diener den Brief vorzulesen. Er sah darin offenbar etwas Ungebührliches, wenn ein Diener von soviel Jahren in dieser weltentlegenen Gegend Post bekam, ohne daß es sich um die Mitteilung eines betrüblichen Ereignisses handelte. Herr Tange selbst hatte schon seit zwei Wochen nicht mehr einen einzigen Brief erhalten.

Auf dem Umschlag stand »persönlich«. Ich bekam nun zum erstenmal mit, daß der Diener Tanishita Eisuke hieß. Herr Tange rief ihn immer nur »Ei! Ei!«. Der Absender des Briefes war Tanishita O-Tatsu. Ich öffnete den Brief.

»Darf ich ihn lesen? Hier auf dem Umschlag steht nämlich ›Persönlich‹. Nach den Schriftzügen zu urteilen, hat das der Absender zweifellos von jemandem draufschreiben lassen.«

Der Diener führte mich unter den Persimonenbaum und bat mich, den Brief vorzulesen. Ehrlich gesagt, elegant geschrieben war er gerade nicht.

»Ganz schnell ein paar Zeilen. Heut nachmittag bin ich da gewesen, wo die Seidenkokons getrocknet werden. Dort haben sie allerlei erzählt, und das war ganz lustig, bis dann die Rede auf Dich kam, und da hab ich einen Schreck gekriegt. Dann hab ich weiter nachgefragt, und da hat mir der, wo die Kiefern verkauft, alles ganz genau verklart. Du hast Deine Arbeit schlecht gemacht und dafür eine Strafe gekriegt, hat er gesagt. Ich hab mich bei ihm bedankt, und auf dem Nachhauseweg hab ich geweint und geweint, weil ich ganz verbiestert war und immerzu an Dich denken mußte. Jetzt bist du schon zwölfmal bestraft worden. Wenn man mal nachrechnet, dann ist das einmal alle zwei Jahre, seit wir verheiratet sind. Und jedesmal hab ich dann Urlaub bei meiner Herrschaft genommen, damit ich nach Dir sehen konnte. Auch jetzt bin ich entschlossen, zu Dir zu kommen, sobald es sich einrichten läßt. Wenn man seinen Dienst schlecht tut, dann ist das für unsereins genauso, wie wenn einer ein schlechtes Geschäft macht. So kommen wir niemals zu einem eigenen Hausstand. Ich hoffe, du wirst Dein Bestes tun.«

Ich gab dem Diener den Brief zurück. Ziemlich geknickt ließ er ihn in der Hemdtasche verschwinden. Sein Gesicht legte sich in tiefe, dicke Falten und zeigte, wie betroffen er war. Aber es entsprach nicht seinem Wesen, groß Trübsal zu blasen.

»Ich kann machen, was ich will, es kommt doch so, wie's kommen soll. Also wird auch das vorübergehen!«

Mit diesen Worten holte er sich eine Säge aus der Tenne und ging in den Wald. Das war bestimmt das richtige, um auf andere Gedanken zu kommen. Das Sägen würde ihn trösten.

Wenn er in den Wald gehe, so hatte er mir einmal erklärt, würde er an einem Tag mehr als ein ganzes Klafter Brennholz machen. Und einen Baum mit einem Stamm von zweieinhalb Fuß würde er umsägen, ohne ein einziges Mal abzusetzen.

Aus dem Wald tönte das Kreischen der Säge herauf. Diesen »Rokusa-Wald« bildete ein dichter Bestand von Nadelbäumen. Wenn ich aus dem Fenster des Nebengebäudes blickte, dann sah ich, weil dieses kleine Haus auf einem Felsvorsprung errichtet war, fast genau auf den Rokusa-Wald hinab. Und schaute man auf diesen üppig grünenden Wald, dann mußte man die Augen zusammenkneifen, um nicht von dem leuchtenden Widerschein der Sonne geblendet zu werden. Die von den Nadelspitzen flirrend in den Himmel aufsteigende Hitze strich aber, wenn der Wind entsprechend stand, eher wie ein kühlender Windhauch über mein Gesicht. Tief vom Grund dieses Waldes hörte man den Diener sägen. Ein solch monotones Geräusch kann man leicht nachmachen, indem man zum Beispiel mit einem Federhalter über eine Tischdecke aus Popeline mal nach links, mal nach rechts streicht, nur daß es dann bestimmt nicht so bedächtig und gleichmäßig klingen würde. Offenbar sägte der Diener an einem ziemlich dicken Baum.

Herr Tange kam zu mir in die Hütte. Nachdem er eine bestimmte Stelle im Rokusa-Wald etwas genauer in Augenschein genommen und aufmerksam dem Kreischen der Säge gelauscht hatte, fragte er mich geheimnisvoll: »Was stand denn eigentlich in dem Brief an unseren Ei?«

Da wurde mir plötzlich bewußt, daß ich schon von dem Moment an, als ich Augenzeuge des sonderbaren Strafgerichts geworden war, eine Abneigung gegen Herrn Tange empfand. So antwortete ich denn auch mit abgewandtem Gesicht: »In dem Brief war von grausamer Bestrafung die Rede.«

»Ach, du liebe Zeit! Dann wird O-Tatsu ja bald kommen, um unserem Ei mal wieder ins Gewissen zu reden. So ist es doch, nicht wahr?«

Daraufhin lehnte Herr Tange sich weit aus dem Fenster, blickte auf den Rokusa-Wald hinab und gab seinem Diener einen Befehl. Das wirkte aber eher so, als würde er mit der größten Lautstärke, zu der er in seinem Alter noch fähig war, einem riesigen Lebewesen, das da Rokusa-Wald hieß, etwas zurufen.

»Hallo, Ei! Wenn O-Tatsu kommt, dann sieh mal lieber zu, daß du das Haus sauber kriegst, sonst wirst du dir von O-Tatsu wieder einiges anhören müssen!«

Aus der Tiefe des Waldes war eine Antwort zu vernehmen, aber so leise, daß es nicht die Antwort des Waldes sein konnte.

»Soll O-Tatsu doch schimpfen. Das kümmert mich gar nicht.«

Gleich darauf war wieder das Kreischen der Säge zu hören.

Ohne daß ich darum gebeten hatte, begann mir Herr Tange in einem kaum zu bremsenden Redefluß die Lebensgeschichte seines Dieners zu erzählen. Wahrscheinlich schämte sich der alte Mann jetzt, daß er in meiner Gegenwart plötzlich mit so lauter Stimme in den Wald hineingerufen hatte. Es kommt ja oft vor, daß jemand, der sich auf einmal in einer peinlichen Situation sieht, zu einem ausgesprochenen Schwätzer wird, und sei es auch nur für kurze Zeit, um diese Peinlichkeit vergessen zu machen.

»O-Tatsu wird heuer schon dreiundfünfzig«, begann Herr Tange zu erzählen, »und trotzdem sorgt sie sich um ihren Mann immer noch wie eine jungvermählte Braut. Nun müssen Sie aber wissen, daß O-Tatsu, seit sie mit meinem Ei verheiratet ist, nie einen eigenen Hausstand hatte. Und denken Sie nur: Gleich am Tag nach der Hochzeit hat sie erklärt, sie gehe, sich eine Stellung suchen, und das hat sie auch getan. Bei den Leuten lebt sie seither, und jedesmal läßt sie ein ganzes Jahr verstreichen, bevor sie Ei einmal besuchen kommt. Und Ei seinerseits hat O-Tatsu noch nie besucht. Schließlich kann er nicht einfach in das Haus gehen, wo sie in Stellung ist, auch wenn ein verheiratetes Paar von über dreißig mal für sich allein sein möchte. Wenn er zu ihr gegangen wäre, dann hätte die Frau des Hauses doch gleich gedacht, daß er nur deswegen gekommen sei. Ja, so ist das. Und O-Tatsu findet auch nie einen rechten Grund, sich sehen zu lassen. Es sei denn, Ei ist krank oder hat sich mal wieder was geleistet. Ich selbst habe nicht die leiseste Absicht, die beiden voneinander fernzuhalten. Es täte mir leid, wenn Sie das glaubten. Es ist mit ihnen wie mit einem Ehepaar, bei dem beide weit weg aus dem Haus gehen, um Geld zu verdienen. Nur daß Ei und O-Tatsu eben nirgends ein gemeinsames Zuhause haben, wohin sie zurückkehren könnten. Das fängt damit an, daß Ei überhaupt niemanden auf der Welt hat. O ja, wie lange liegt das nun schon wieder zurück! Ich war noch jung und hatte gerade auf dem

Gemeindeamt zu arbeiten angefangen. Das muß so ungefähr vor fünfzig Jahren gewesen sein. Ich enthülste auf der Tenne Reis, als plötzlich ein Junge vor mir stand. Die Ärmel seines Kimonos hingen lose herab, denn er hielt die Arme vor der Brust. Tränenspuren zogen sich über sein Gesicht. Ich hatte den Jungen noch nie gesehen und fragte ihn deshalb, woher er denn käme. ›Ich komm von da drüben‹, sagte er und zeigte in die Richtung der Brücke, die über das Tal führt. Er wird über die Brücke gekommen sein und sich in unser Haus verirrt haben, dachte ich bei mir und versuchte mit freundlichen Worten, etwas mehr aus ihm herauszubringen, aber immer nur die eine Antwort: ›Ich komm von da drüben.‹ Und damit war nichts anzufangen. Nach der Art, wie er sprach, mußte er von ziemlich weit her sein und sich irgendwie verlaufen haben. Ich gab ihm zu essen, ließ ihn eine Weile schlafen, drückte ihm dann eine Kleinigkeit in die Hand und schickte ihn weg. Aber als es Abend wurde, stand er wieder vor mir. Vielleicht ist der Junge nicht ganz richtig im Kopf, sagte ich mir. Er zog dauernd die Nase hoch und seine Ohren liefen, daß es nicht mit anzusehen war. Trotzdem konnte ich ihn doch nicht mit Gewalt davonjagen. Ich schrieb an die dreißig Briefe an die Gemeindeämter hier und dort, aber es war nicht herauszubekommen, wohin der Junge gehörte, und zwar deshalb nicht, weil er über sich selber überhaupt nichts wußte. Ja, nicht einmal seinen Namen wußte er. Wer hätte da nicht Mitleid gehabt!«

Herr Tange verlor sich in Erinnerungen an die Zeit vor einem halben Jahrhundert und schien dann von irgend etwas so ergriffen zu sein, daß seine Augen in Tränen zu schwimmen begannen. Er schaute aus dem Fenster auf den Rokusa-Wald und horchte angespannt auf das Sägen. Aus dem Bach stiegen Nebelschwaden auf und überzogen die ganze Gegend um den Wald mit einem weißen Dunstschleier.

Sobald Herr Tange sich bewußt wurde, daß er weinte, lachte er, als wollte er sich selbst verspotten, und meinte:

»Was für ein Unsinn! Da denkt man nun an ganz unnütze Dinge zurück. Ja, damals stand unsere Familie in hoher Blüte und hatte viele Leute. Als ich Ihnen meine Visitenkarte gab, haben Sie doch gesehen, was hinten draufgedruckt ist. Wie es da in meinem kurzen Lebenslauf heißt, war unsere Familie wirklich wohlhabend. Und mein alter Lehrer, Sakatani Rōro, hat Worte des höchsten Lobes über die Schriftrollen und alten Gegenstände, die im Besitz unserer Familie waren, geschrieben. Ja, das waren Zeiten! Aber Frühlingswinde und Herbstregen . . . Jetzt bin ich alt und einsam, und wer könnte all den Kummer zählen.«

Kaum daß Herr Tange geendet hatte, schien seine Trauer über das Vergangene auch schon wieder verflogen zu sein.

»Das Wasser ist heiß. Wollen Sie nicht ein Bad nehmen?« sagte er zu mir.

Die Lebensgeschichte des Dieners, die sich fast wie die eines Mönches anhörte, machte mich betroffen, weckte aber zugleich auch Zweifel in mir, so daß ich denn Herrn Tange in tadelndem Ton fragte, warum er dem Paar kein eigenes gemeinsames Zuhause zugestanden habe. Aber er antwortete eher hochmütig: »Das ist doch wohl eine Sache der beiden ganz allein. Über die Gründe, warum jemand Enthaltsamkeit übt, kann sich ein Außenstehender sowieso kein Urteil erlauben.«

Herr Tange richtete seinen Blick in die Höhe, dachte eine Weile nach, stieß dann einen tiefen Seufzer aus und bekannte: »Ja, wenn Sie mich fragen, was ich für Ei eigentlich getan habe, war es vielleicht wirklich nicht viel mehr, als daß ich dem Jungen damals den Namen Tanishita Eisuke gab. Mehr habe ich wohl tatsächlich nicht für ihn getan. Wenn ich daran denke, fühle ich mich schrecklich.«

Ich ließ den alten Mann allein, nahm mir Schaufel und Eimer und ging fort. (Ich vergaß zu erzählen, daß ich in diese weltabgeschiedene Gegend gekommen war, um die Reste alter Öfen, in denen die sogenannten Himedani-Keramiken gebrannt wurden, auszugraben. In der Geschichte der japanischen Keramik gelten die Himedani-Schüsseln und -Teegefäße als besonders wertvoll.)

Als ich am Wald vorüberkam, sah ich den Diener, wie er einen umgestürzten trockenen großen Baum in Stücke zu je sechs Fuß Länge zersägte. Ringsum waren Büschel eines wilden Liliengewächses niedergetreten, und auf dem Boden lag eine Unmenge von grünen runden Samenkapseln verstreut. Sowie der Diener meine Schritte hörte, hielt er mit der Arbeit inne und grüßte mich ehrerbietig in einer Art und Weise, als hätten wir uns seit Tagen nicht mehr gesehen.

»Guten Tag! Gehen Sie weg?«

»Guten Tag!« entgegnete ich, um der Sitte Genüge zu tun, hielt mich aber nicht weiter auf.

Der zerfallene Brennofen befand sich oben auf einem kleinen Hügel. Diese Anhöhe war von einem lichten Wald mächtiger Eichen eingefaßt, und wenn man oben auf der Spitze stand, konnte man zwischen den Baumstämmen hindurch auf die terrassierten Felder blicken. Ich setzte mich auf einen Haufen von Bruchstücken und anderen Dingen, die ich ausgegraben hatte, und genoß den Anblick des schon langsam reifenden Getreides. Die Hirse war ausgewachsen und neigte ihre kolbenartigen Rispen in der eigentümlichen Art der Getreidepflanzen leicht nach vorn. Im Sonnenlicht lag ein schwärzlicher Glanz auf den Rispen. Als ich an dem Hirsefeld vorübergegangen war, hatte ich gesehen, wie eine kleine Feldmaus, aufgeschreckt durch meine Schritte, von einem der Halme heruntergesprungen war. Auf dem Baumwollfeld hatten sich die Pflanzen schon braun gefärbt, und auf den Kapseln von der gleichen braunen Farbe saßen schneeweiße Wattebällchen. Die meisten Kapseln hatten sich wie ein von Sorgen geplagtes Haupt gesenkt, wenn sich auch die Wattebällchen auf ihnen üppig bauschten. So manches Mal wäre ich am liebsten mit der Hand darüber gefahren.

Meine Ausgrabungen machten keine rechten Fortschritte.

Zwei Wochen lang hatte ich mich abgemüht, aber lediglich eine einzige Wasserkanne zutage gefördert. Auf dieses Stück würde schwerlich ein Antiquitätenhändler hereinfallen. Das dickbauchige Gefäß war mit einem einfarbigen Rankenmuster verziert. Als ich es Herrn Tange und seinem Diener gezeigt hatte, meinte dieser verächtlich: »Sieht aus wie eine unhandliche Reisweinkaraffe!«

In der Sonne oben auf dem Hügel war es heiß, im Schatten der Eichen aber kühl. Am Stamm der mächtigsten Eiche wanden sich einige Akabiaranken hinauf. Die noch grün und fest aussehenden Früchte hingen in Dutzenden von Dolden an den Ranken herunter.

Nach dem Abendessen saßen Herr Tange, sein Diener und ich auf der Veranda und sprachen gerade davon, an einer tiefen Stelle im Bach Karpfenbrut auszusetzen, als O-Tatsu erschien. Sie war größer als ihr Mann und hatte eine kräftige Statur.

In der einen Hand trug sie ein mit Stroh umwickeltes Bündel, in der anderen einen halbrunden, aus Bambus geflochtenen Korb mit ein paar Hühnerküken darin. Sie setzte ihr Gepäck auf dem Trittstein neben der offenen Veranda ab und begrüßte mit einem herzlichen Lächeln auf den Wangen, um die Augen und den Mund demutsvoll zuerst Herrn Tange. Während sie sich mehrmals so tief verbeugte, daß ihre Fingerspitzen die Unterschenkel berührten, begann sie zur Begrüßung, in einem rhythmischen Tonfall, gleichsam als singe sie leise ein Lied, erst einmal vom Wetter zu reden. Herr Tange stand neben ihr und grüßte mit fast den gleichen Bewegungen und auch fast den gleichen Worten zurück. Eine Stelle aus ihrer Begrüßung lautete zum Beispiel: »Schon lange hab ich immer wieder dran gedacht, mir zu erlauben, Ihnen einen Besuch abzustatten. Jetzt gehst du endlich, hab ich mir gesagt. Ich hab zwar immer wieder dran gedacht, hab aber nie die Zeit gefunden ...«

In seiner Erwiderung darauf bediente sich Herr Tange tatsächlich fast der gleichen Ausdrücke. Dem Singsangdialog entnahm ich, daß sich O-Tatsu von dort, wo sie in Stellung war, morgens um neun aufgemacht hatte, daß sie am Damm des Teiches im Kureyama-Tal ihr Mittagbrot gegessen, aber vor lauter Kummer nur die Hälfte heruntergekriegt hatte. Der Grund ihres Kummers wäre, so sagte sie, daß ihr Mann seine Arbeit nicht ordentlich mache, und so sei sie denn gekommen, um sich für die Schlechtigkeit ihres Mannes zu entschuldigen.

Als die Begrüßungszeremonie mit Herrn Tange beendet war, kam ich an die Reihe. Weil Herr Tange mich ihr mit den Worten vorgestellt hatte, daß ich ein Sammler sei, aus Tōkyō komme, um alte Keramiken auszugraben, neigte sie ehrfürchtig ihr Haupt und sagte: »Soso, der Herr ist von so weit hergereist.«

Nach dieser Vorbemerkung wiederholte sie dann fast das gleiche, was sie zuvor bei der Begrüßung von Herrn Tange gesagt hatte. Um die rechten Antworten verlegen, warf ich zwischen ihrem Singsang sinngemäß ein, daß der Diener dieses Hauses sich bester Gesundheit erfreue und daß er seinem Herrn stets mit großer Selbstaufopferung diene.

Nachdem sie auch mich begrüßt hatte, musterte sie ihren Mann und murmelte kurz angebunden: »Du taugst wirklich zu nichts!«

»Wieso tauge ich zu nichts!« gab der alternde Diener zurück.

Als wollten sie sich gegenseitig tadeln, wandten sie sich voneinander ab und schwiegen. Obwohl sie sich nach zwei Jahren zum erstenmal wiedersahen, genügte ihnen offenbar diese sparsame Begrüßung.

Herr Tange forderte seinen Diener auf, O-Tatsu ins Bad hinüberzugeleiten, aber der dachte gar nicht daran, diesen Auftrag zu befolgen. Vielmehr besah er sich das neben dem Trittstein abgestellte Geschenk O-Tatsus und murmelte mißlaunig: »Was soll man damit anfangen. Das taugt zu nichts.«

Daraufhin holte er sich von der Tenne ein Bündel Stroh und einen Holzhammer, legte das Stroh auf einen flachen Stein und begann, es mit dem Hammer zu bearbeiten. Eigentlich hatte er wohl nur seiner gewohnten Abendbeschäftigung nachgehen wollen, aber er schlug mit dem Hammer doch kräftiger zu als sonst, um damit vielleicht zu zeigen, wie bedrückt er war.

O-Tatsu ging allein ins Bad hinüber, kam jedoch sehr bald wieder zurück. Sie hatte sich einfach nur die Hände und das Gesicht gewaschen, sagte aber zu Herrn Tange: »Das Wasser war wirklich angenehm.«

Herr Tange hatte den Diener schon eine ganze Weile bei seiner Arbeit beobachtet, jetzt trat er ein paar Schritte auf ihn zu und flüsterte: »Sei doch nicht so ein Querkopf!«

O-Tatsu schämte sich zweifellos selber über das ärmliche Geschenk, das sie mitgebracht hatte. Ohne Herrn Tange zu fragen, suchte sie auf der Tenne und im Schuppen herum, bis sie einen alten Hühnerkäfig zum Vorschein brachte. Sie stellte ihn unter den Persimonenbaum und setzte die Küken dort hinein. Die sechs Kücken glichen alle schneeweißen kleinen Baumwollhäufchen. Erschreckt durch die Hammerschläge des Dieners, rannten sie ängstlich piepsend in dem Käfig umher.

Ich ging in meine Klause hinüber und blickte aus dem Fenster hinab in das Tal. Hinter den Bergen stieg schon der Mond auf. Es war, der Jahreszeit entsprechend, ein großer roter Mond. Er schien vom Himmel herab und erleuchtete die oberen Schwaden des im Talgrund wallenden Nebels.

1931

DIE PILGERHERBERGE

Ich hatte in Tosa zu tun. Glücklicherweise ließ sich alles auch recht gut an. Doch dann war ich vorgestern im Bus eingenickt und bis zum Kap der Pilger gefahren, obwohl ich in Aki hätte aussteigen müssen. ›Fährst du eben wieder zurück‹, dachte ich, aber da stellte sich heraus, daß der letzte Bus schon durch war. Bis Aki waren es immerhin fast vierundzwanzig Kilometer. Weil ich mit dem Verlauf der Dinge bisher ganz zufrieden sein konnte, mußte ich nun nicht unbedingt sofort wieder zurück. Deshalb beschloß ich, mir auf dem Kap der Pilger in aller Ruhe ein Nachtquartier zu suchen.

Die wenigen Häuser auf dem Kap nennen sich Ortsteil Asakimisaki, Gemeinde Kap der Pilger. Auf beiden Seiten der Straße reihen sich flache eingeschossige Häuser aneinander. Und da es nur diese eine Straße gibt, braucht man auch keine Angst zu haben, sich zu verlaufen. Mir wäre es sehr lieb gewesen, in einem Gasthof mit Telefon zu übernachten. Als ich einen Fischer, der mir auf der Straße entgegenkam, danach fragte, erfuhr ich, daß es in diesem Dorf nur zwei Telefone gab, eines in der Post und das andere bei der Polizei. Und auf meine Frage nach der Zahl der Gasthöfe antwortete er mir: »Gasthöfe gar keine, bloß das Pilgerhaus.«

In dieser Gegend spricht man das Wort Pilger wie Pilgär aus. Statt Kap der Pilger sagt man Kap der Pilgär. Auch auf einem steinernen Wegweiser am Straßenrand stand »Pilgärstraße«. Und auf dem Schild am Eingang der Herberge, in der ich schließlich ein Zimmer bekam, war zu lesen: »Pilgärhaus. Heim zur Sturzsee«. In diesem Haus gab es nur drei Gästezimmer, und alles machte einen sehr ärmlichen Eindruck, aber seltsamerweise waren da fünf dienstbare weibliche Geister. Doch einen Hausvater, eine Hausmutter oder auch einen Sohn des Hauses entdeckte ich nicht. Es gab also nur Personal und niemanden, der als Besitzer dieser Herberge hätte gelten können.

Als ich vor dem Eingang dieses Gasthofes stand, dachte ich zuerst, man hätte ein Fischerhaus, so wie es ist, zu einer Herberge gemacht. Es war schon dunkel und nicht mehr allzuviel zu erkennen, aber die leichten Schiebetüren am Eingang und das tief heruntergezogene Vordach hätten genausogut zu einem ganz gewöhnlichen Fischerhaus gehören können. Ich schob die Tür auf, trat in den schmalen ungedielten Vorraum und sagte: »Guten Abend! Hallo! Hallo! Ich möchte hier gern übernachten!«

Mir gegenüber öffnete sich eine Tür, und eine Frau um die Fünfzig erschien.

»Oh! Treten Sie näher! Übernachten möchten Sie?« fragte sie.

Die Tür führte direkt in eine Art Wohnzimmer. Um ein Holzkohlebecken herum saßen dort eine etwa achtzigjährige verschrumpelte Alte und noch eine Frau von etwa sechzig Jahren. Als mich die beiden sahen, sagten sie: »Bitte, treten Sie näher!«, und etwas freundlicher fügten sie hinzu: »Kommen Sie herein, und gehen Sie ruhig nach hinten.«

Um in die hinteren Räume zu gelangen, mußte man durch das Wohnzimmer hindurchgehen. In diesem ziemlich kleinen Zimmer standen Eßtischchen und kleine Kästen für den gekochten Reis. Ich mußte über das Kohlebecken und Schreibutensilien, die da herumlagen, hinwegschreiten. Als ich über die Schreibutensilien hinwegstieg, sagte die steinalte Frau von achtzig Jahren: »Sie brauchen nicht so schüchtern zu sein, aber passen Sie auf, wo Sie ihre Füße hinsetzen. Das Licht ist in letzter Zeit ziemlich schwach.« Dabei erhob sie sich und führte mich in mein Zimmer.

Die drei Gästezimmer lagen nebeneinander, getrennt durch Schiebewände. Die Stube, die sich an das Wohnzimmer anschloß, schien beides zu sein, sowohl Gästezimmer als auch Privatzimmer. Ein Mädchen von zwölf und eines von etwa fünfzehn Jahren saßen sich an einem Tischchen gegenüber und schrieben Texte aus ihren Lesebüchern ab. Als ich durch das Zimmer ging, verbeugten sie sich artig, sagten aber keinen Ton. Beide machten einen sehr aufgeweckten Eindruck. In dem Zimmer daneben lag ein stattlicher Mann auf dem Bauch und starrte in ein Kontobuch, während er andauernd an einem Bleistift leckte.

»Entschuldigen Sie«, sagte ich, als ich durch sein Zimmer ging. Wie geistesabwesend antwortete der Mann: »Schon gut, entschuldige mich auch.«

Ich wurde in das Zimmer daneben geführt.

Die steinalte Frau holte aus einem Wandschrank ausgeblichenes gelbes Bettzeug hervor. »Breiten Sie das aus und legen sich drauf«, sagte sie und ging davon. Kaum war sie 'raus, kam die Sechzigjährige herein und brachte mir Tee.

»Die Toilette ist draußen hinter dieser Schiebetür. Wer nachts auf die Toilette will, muß hier durch. Ich hoffe, es macht Ihnen nichts aus, wenn das Licht brennen bleibt. Wollen Sie morgen sehr früh aufstehen?«

Als ich ihr sagte, daß ich wohl länger schlafen werde, meinte sie in einem Anflug von ausgesuchter Freundlichkeit: »Dann wünsch ich Ihnen eine gute Nacht. Und träumen Sie schön. Vielleicht von einem mit Schätzen beladenen Schiff. Das wär doch was.« Daraufhin ging sie.

Ich hatte noch nie von einem mit Schätzen beladenen Schiff geträumt. Und solch einen Traum wünschte ich mir auch gar nicht. Ich breitete das Bettzeug, das mir die steinalte Frau gegeben hatte, auf den Matten aus und kroch unter die Decke, nachdem ich nur meinen Paletot und meine Kimonojacke ausgezogen hatte. Für gewöhnlich nennt man ein dünnes Oberbett »Plinsendecke«, aber die Decke, unter die ich kroch, war nicht einmal eine »Plinsendecke«, sondern eher ein großes Scheuertuch. Ich zog die Beine an, drehte mich auf die rechte Seite, so daß ich mit dem Rücken zur Wand lag, und ließ meine Blicke durch das Zimmer schweifen. Aus der Decke guckten geschwärzte Balken hervor. Daran klebten Papierstreifen von Pilgern, die zu tausend Tempeln wallfahrten. Auf dem einen standen Name und Wohnort, auf einem anderen die Worte »Erfüllung eines sehnlichen Wunsches«. Mich wunderte, daß jemand, der in einer derart schmuddligen Unterkunft übernachtete, noch an die Erfüllung eines sehnlichen Wunsches denken mochte. Selbst auf der Preistafel an der Wand klebten solche Zettel. Auf der Preistafel stand in einer ziemlich ausgeschriebenen Schrift, die eher die Hand eines Mannes verriet. »Übernachtung pro Person dreißig Sen. Mahlzeiten nach Bestellung.« Vielleicht hatte das irgendeiner der Gäste geschrieben. In einer Ecke des Zimmers stand ein Shōgi-Spielbrett ohne Untersatz. Das war der einzige Zierat in diesem Zimmer. Aber durch ihn wurde mir erst recht einsam und verlassen zumute.

Ich blieb auf meiner rechten Seite liegen und schloß die Augen. Mir war die Lust vergangen, mich auf die andere Seite zu drehen und mir die Muster auf den Schiebewänden anzusehen. Im Zimmer nebenan klapperte eine Rechenmaschine und klimperte Kleingeld. Plötzlich klatschte der Mann nebenan in die Hände. Und das wiederholte sich zehn- oder elfmal. Als Antwort darauf ertönte aus dem Zimmer am Eingang schließlich ein »Ja, bitte?«. Woraufhin der Mann mit lauter Stimme rief: »Bringen Sie mir was zu trinken!«

Ich legte mir ein Taschentuch über das Gesicht und zog die Bettdecke drüber. Vielleicht weil ich ziemlich erschöpft war, schien es mir, als würde ich ohne Mühe einschlafen. Während ich noch so bei mir dachte: ›Das ist ein Glück!‹, war ich auch wohl schon eingeschlafen. An die zwei Stunden später merkte ich dann, daß ich meinen Kopf ein wenig unter der Bettdecke hervorgesteckt hatte. Durch lautes Gerede im Nebenzimmer war ich wach geworden. Es war anscheinend die dritte der Frauen, die Fünfzigjährige, die dem Mann im Zimmer neben mir beim Trinken Gesellschaft leistete.

»Das stimmt nicht, auch wenn das alle glauben«, sagte die Frau. »Die Älteste von uns heißt Okane, die zweite Ogin, und ich heiße Okura. Alle drei sind wir als Babys ausgesetzt worden. Gäste, die in diesem Haus übernachtet haben, die haben uns hier liegen lassen. Wir sind sozusagen Findlinge.«

Sie war anscheinend betrunken und redete so laut, als kümmere sie ihre Umgebung überhaupt nicht.

»Aber einer von euch dreien gehört doch wohl dieses Haus.« Der Mann war offenbar auch nicht mehr ganz nüchtern. »Trinken Sie noch einen Schluck. Man sagt doch, Schnaps ist ein Sorgenbrecher.«

Die Alte hat sich sicherlich nicht lange nötigen lassen.

»›Sorgenbrecher‹ – das hört sich fein an. Ich vertrag nicht allzuviel, aber Okane, die hat, als sie noch zehn Jahre jünger war, fast ihre zwei Liter geschafft. Ich meine, wenn ihr einer was spendiert hat.«

»Wer waren denn die Eltern von Okane? Auch welche von den Pilgern?«

»Wie soll ich das wissen. Auch die Älteste vor Okane, die war eines von den Babys, die Gäste, die hier übernachteten, einfach liegenließen. Und hier ist sie zu Jahren gekommen. Mit der Ältesten davor war es genauso. Meistens wird den Kindern hier im Haus nicht gesagt, wer ihre Eltern sind. Das ist im Laufe der Zeit so Sitte geworden. Und früher gab es ja auch gar kein Gästebuch. Da wußte man sowieso nicht, wie die Eltern von dem ausgesetzten Kind hießen. Und so ist es denn dabei geblieben, daß den Kindern nichts davon erzählt wird, wie ihre Eltern heißen oder wie sie aussehen.«

»Dann sind die beiden Mädchen hier im Haus auch Findlinge? Wer setzt denn bloß sein Kind aus! Ich versteh nicht, was sich solche Eltern denken.«

»Ich selber bin vor fünfzig Jahren ausgesetzt worden. Was sich meine Eltern dabei gedacht haben, weiß ich nicht. Aber da sind sie unterwegs zum Kap der Pilger, das Baby wird ihnen lästig, und dann erzählt ihnen jemand von der Sitte in diesem Haus. So alle zehn Jahre passiert es mal, daß hier ein Baby ausgesetzt wird.«

»Aber ist es nicht seltsam, daß es immer Mädchen sind?«

»Jungen stellen zuviel an, wenn sie größer werden. Deshalb laufen wir den Eltern hinterher und geben sie ihnen zurück. Und wenn wir nicht rauskriegen, wo die Eltern stecken, dann bringen wir die Jungen aufs Amt.«

»Und was ist mit der Eintragung in das Geburtenregister? Auch für die Mädchen müssen Sie doch einen Geburtsschein ausstellen lassen. Was soll sonst werden, wenn sie später heiraten?«

»Davon kann nicht die Rede sein. Man wird hier aufgezogen, und um seine Dankesschuld abzutragen, heiratet man nicht. Man ist von Anfang an gleichsam Witwe. Sich mit Männern einzulassen und alles so was, das kommt überhaupt nicht in Frage.«

»Du liebe Zeit! Wie sie das all die Jahre hindurch bloß aushalten!«

Ich deckte mir wieder das Taschentuch über das Gesicht, zog die Bettdecke drüber und schlief weiter. ›Ein seltsames Haus‹, dachte ich, und mir wurde recht sonderbar zumute, denn Märchen hatte die Frau in ihrer Weinseligkeit doch wohl nicht erzählt.

Am nächsten Morgen bei meinem Aufbruch sah ich mir die drei alten Frauen etwas genauer an. Die älteste hatte ein eingefallenes schmales Gesicht. Die zweite war klein und dicklich; das Wort »Fäßchen« beschreibt sie wohl am besten. Die dritte war nicht dick und nicht dünn, nicht groß und nicht klein; Augen und Nase sah man an, daß sie früher einmal eine Schönheit gewesen sein mußte. Die beiden Mädchen waren nirgends zu erblicken.

»Die Kinder sind wohl fortgegangen?« fragte ich die jüngste der drei Frauen.

»Sie sind in der Schule«, sagte sie. Ich lächelte gezwungen über meine eigene, wirklich dumme Frage.

Beim Weggehen entdeckte ich an der Tür zwei Namensschilder hübsch nebeneinander. »Kannō Oshichi, Schülerin der Volksschule im Dorf am Kap der Pilger« und »Kannō Okume, Schülerin der Volksschule im Dorf am Kap der Pilger«.

Die älteste der Frauen begleitete mich bis zum Ausgang. »Alles Gute dann, bleiben Sie hübsch gesund!« sagte sie und verbeugte sich höflich.

Auf dem Sandboden neben dem Gasthof wuchsen ein paar Strandrhododendren. Der Kontrast zwischen dem dunklen Strandsand und dem Grün der Sträucher war von einer ganz ungewöhnlichen Art.

1940

HEUTE KEINE SPRECHSTUNDE

Klinik Mikumo
drei Straßenzüge nördlich vom Bahnhof
Berater – Dr. med. Mikumo Yaharu
Direktor – Dr. med. Mikumo Gosuke
Leiter der Abteilung für Frauenheilkunde und Geburtshilfe – Dr. med. Mikumo Gosuke
Leiter der Abteilung für Innere Medizin – Uda Kyōhei
Jederzeit Annahme von Patienten

Ein Schild mit dieser Aufschrift stand seit kurzem in Kamata am Bahnhofsvorplatz. Es war ein großes Schild. Schon früher, weit vor dem Krieg, hatte an derselben Stelle einmal ein Schild gestanden, nur war es viel kleiner:

Klinik für Frauenheilkunde und Geburtshilfe
Direktor Dr. med. Mikumo Yaharu

Im Feuerregen der Bombenangriffe war es zu einem Stück ausgeglühtem Blech geworden. Irgend jemand hatte es dann mitgenommen. Natürlich war auch die Klinik niedergebrannt. Inzwischen war sie wieder aufgebaut und unter dem neuen Namen »Klinik Mikumo« eröffnet worden.

Der Direktor, Dr. Mikumo Gosuke, ein lediger junger Mann, war ein Neffe von Dr. Mikumo Yaharu, dem Berater. Dr. Mikumo Yaharu war auch noch als Polizeiarzt in dieser Gegend tätig. Deshalb hatte er die Leitung der Klinik in die Hände seines Neffen gelegt und war mehr in den Hintergrund getreten. Größere Operationen und überhaupt alle Fälle, die dem Direktor, Dr. Mikumo Gosuke, noch als zu schwierig erscheinen, übernimmt er aber meistens weiterhin. Manche Patienten wollen auch ausdrücklich vom alten Doktor Mikumo persönlich behandelt werden. Außerdem sind dort in der Gegend handgreifliche Auseinandersetzungen nicht gar so selten, und da passiert es schon, daß mal jemand mit einer bösen Verletzung angerannt kommt. Sind die Wunden sehr schlimm, dann versorgt sie Doktor Mikumo. So hat er denn bei weitem mehr zu tun als sein Neffe, der Direktor der Klinik. Es vergeht kaum ein Tag, da er abends vor elf nach Hause kommt. Den Nachtdienst versieht der Klinikdirektor, der Junggeselle Dr. Mikumo Gosuke.

Am ersten Jahrestag der Wiedereröffnung der Klinik hatte man ein Schild vor die Tür gehängt:

Heute keine Sprechstunde

Der alte Direktor Mikumo hütete allein das Haus. Alle anderen waren zu einem Ausflug aufgebrochen.

Doktor Mikumo übernachtete diesmal in der Klinik. Nachdem er noch im tiefsten Morgengrauen den Direktor und die Reinemachefrau bis vor die Tür begleitet hatte, beschloß er, den ganzen Tag über im Bett zu bleiben. Die Morgenzeitung war noch nicht da. So nahm er sich die letzte Abendzeitung und legte sich wieder hin. Kurz darauf läutete es. Das Schild »Heute keine Sprechstunde« sollte im Schein der Türlampe doch wohl nicht zu übersehen sein! Die Glocke verstummte, aber schon im nächsten Augenblick schrillte sie wieder und nach einer kurzen Unterbrechung noch einmal. ›Ein Betrunkener, der jetzt in aller Frühe nach Hause torkelt, wird das nicht sein‹, sagte sich Doktor Mikumo, als er sich erhob. Dafür war das Klingeln zu hartnäckig. Aber vielleicht trieben gleich ein paar von ihnen zusammen ihren Unfug.

Noch bevor er die Tür öffnete, rief er mit lauter Stimme: »Nun reicht's aber. He, he! Was soll denn dieses verrückte Geklingel? Wollt ihr mir die Glocke kaputtmachen?«

Im Schein der Haustürlampe zeichnete sich auf den Scheiben verschwommen eine Gestalt in rotem Pullover ab.

»Wer ist denn da?«

»Herr Doktor, entschuldigen Sie bitte«, antwortete eine

männliche Stimme recht verhalten, als fürchte sie die Nachbarn. »Es geht um eine Untersuchung. Verzeihen Sie, aber ich möchte Sie dringend darum bitten.«

»Heute ist keine Sprechstunde ... Wer sind Sie denn?«

»Matsuki. Der Polizist Matsuki von der Wache. Entschuldigen Sie, Herr Doktor!«

»Ist also wieder mal was passiert.«

Deshalb hatte der Mann, aus Sorge darüber, die Nachbarn könnten mithören, auch so leise gesprochen. Doktor Mikumo öffnete die Tür. Draußen herrschte dichter Nebel. Mit dem Schlagstock am Koppel stand der Polizist Matsuki neben einer jungen Frau in einem roten Sweater. Die junge Frau hielt den Kopf gesenkt. Sie wäre wohl am liebsten im Boden versunken. Ein Blick genügte ihm, und er wußte, daß dieses Mädchen vergewaltigt worden war.

»Kommen Sie schon herein. Seien Sie nicht so schüchtern. Es ist sicherlich kalt draußen«, sagte er möglichst freundlich. Wahrscheinlich war es seine langjährige Tätigkeit als Polizeiarzt, die ihn sofort in dieser Weise reden ließ. Denn solche Frauen verweigerten leicht die Untersuchung, wenn man ihnen gegenüber nicht gleich den richtigen Ton fand.

Der Polizist schob das Mädchen mit sanftem Druck über die Schwelle und sagte: »Sie brauchen keine Angst zu haben.« Unauffällig verriegelte er hinter sich die Tür, woran man sogleich den erfahrenen, auf alles bedachten Polizisten erkannte.

Der Doktor führte die beiden ins Sprechzimmer. Das Mädchen betrat mit gesenktem Blick den Raum, sah sich einmal rasch um und blickte sofort wieder zu Boden.

»Nehmen Sie bitte dort auf dem Stuhl Platz!«

Das Mädchen bewegte sich unsagbar langsam. Es hatte eine schlanke Figur, aber ein volles Gesicht.

»Ist Ihnen kalt?«

Das Mädchen schüttelte den Kopf, ohne richtig aufzusehen.

Der Polizist berichtete: »Das Mädchen ist gestern abend aus Ōsaka gekommen. Sie wollte jemanden besuchen, der irgendwo hier in der Gegend zur Miete wohnt. In Yokohama ist sie in die Stadtbahn umgestiegen und kurz nach zehn Uhr dreißig hier in Kamata angekommen. Sie hat lange gesucht. Aber das Haus war nicht zu finden. Sie sprach einen Polizisten an, auch er konnte ihr nicht helfen. Der Koffer wurde ihr allmählich immer schwerer. Sie begann zu schwitzen. Deshalb zog sie sich ihre Jacke aus. Dann kam ihr eine Frau in Begleitung eines jungen Mannes entgegen. Sie fragte die beiden. ›Da müssen Sie genau in die umgekehrte Richtung‹, erklärte ihr der Mann und bot sich zusammen mit der Frau als Führer an. ›Der Koffer ist sicher sehr schwer‹, meinte die Frau und riß ihr Koffer und Jacke fast aus der Hand. Das Mietshaus läge zwar in Kamata, sagte dann der Mann, es wäre für sie allerdings günstiger gewesen, erst auf der nächsten Station auszusteigen. Nach etwa einer halben Stunde – in welche Richtung sie dabei gegangen waren, das wisse sie nicht – kamen sie zu einem offenen Gelände. Rechts davon lag so etwas wie eine Fabrik. Als der Weg an der Fabrikmauer um eine Ecke bog, ließ sie ihre beiden Begleiter ein paar Schritte vorausgehen. Denn sie wollte sich im Schutze der Mauer erleichtern. Seit einer ganzen Weile hatte sie es kaum noch aushalten können. Sowie sie fertig war und um die Mauerecke ging, dachte sie zuerst, sie hätte sich in der Richtung geirrt, denn es war weit und breit niemand mehr zu sehen, selbstverständlich auch die Frau nicht, die den Koffer und die Jacke an sich genommen hatte. In dem Moment stürzte sich der Mann auf sie. Es ist anzunehmen, daß er sich an ihr vorübergeschlichen hat, als sie an der Mauer hockte.« – Soweit der Polizist.

Für den Arzt hörte sich das wie eine Geschichte an, die man ihm ebensogut ein andermal hätte erzählen können, aber für den Polizisten war das alles offenbar von größter Wichtigkeit.

»Wie ich es eben erzählt habe, so war es doch?« Der Polizist drängte das Mädchen zu einer Antwort. »Und den Sie da in dem Mietshaus besuchen wollten, stammt der auch aus Ōsaka? Ein Student oder irgendein junger Bursche? Ist es vielleicht die große Liebe?«

Das Mädchen starrte schweigend vor sich hin.

»Sie ist nicht gerade gesprächig, Herr Doktor. Nicht mal die genaue Adresse von dem Mietshaus will sie mir sagen. Sie meint, wo ihr das nun passiert sei, könne sie sowieso nicht mehr dorthin gehen. Aber wenigstens seinen Namen sollte sie uns verraten. Von uns wird er bestimmt nichts erfahren, nicht wahr, Herr Doktor? Und irgendwelche Beziehungen zwischen ihm und dem Verbrecher werden ja wohl nicht bestehen.«

»Nun lassen Sie mal. Das alles hilft mir nachher bei der Untersuchung gar nichts. Nebenbei, haben Sie den Verbrecher schon?«

»Noch nicht, aber es wird nicht lange dauern. Ein Pärchen, das sich hier in der Gegend sehr gut auskennt, und beide etwa sieben- oder achtundzwanzig. Die werden wir schon finden.«

Das Mädchen sah den Polizisten kurz an und starrte dann sofort wieder zu Boden. Ihr Gesicht hatte in dem Moment von Kummer gesprochen, vielleicht auch von Zorn, aber ganz gewiß nicht von einem übermäßigen Vertrauen in die Fähigkeiten der Polizei.

Doktor Mikumo zog ein Karteiblatt aus dem Kasten und wandte sich in einem besänftigenden Ton an das Mädchen: »Nach der langen Fahrt von Ōsaka sind Sie bestimmt sehr müde. Sagen Sie bitte: Wo wohnen Sie in Ōsaka? Wie heißen Sie, und wie alt sind Sie?«

Das Mädchen rührte sich, aber antworten wollte es anscheinend nicht. Daraufhin zog der Polizist sein Notizbuch aus der Tasche und gab an ihrer Stelle dem Arzt die erforderlichen Auskünfte: »Wohnhaft in einer Geschäftsstraße nahe der belebtesten Gegend in Ōsaka. Name: Tsuwano Yūko. Beruf: Stenotypistin für Japanisch und Englisch, versiert in japanischer Kurzschrift. Alter: einundzwanzig.«

Während Doktor Mikumo die Karte ausfüllte, seufzte das Mädchen ein paarmal. Dieses Seufzen hörte sich sehr nach einem Schluchzen an, und daran war deutlich zu erkennen, wie schrecklich sich das Mädchen schon jetzt beim Anblick des Arztes fühlte.

»Und die Uhrzeit? Wenn es gestern abend passiert ist, dann haben Sie ziemlich lange gewartet, bis Sie sich bei der Polizei meldeten. An der Fabrikmauer sind Sie von dem Verbrecher angefallen worden. Hat er Sie hinterher noch woandershin mitgenommen?«

Da das Mädchen auch diesmal nicht antwortete, warf der Polizist wieder einen Blick in sein Notizbuch und berichtete: »Gegen halb elf ist sie in Kamata ausgestiegen und dann ungefähr eine Stunde lang umhergelaufen, bevor es passierte. Das heißt, es muß gegen halb zwölf gewesen sein. Der Mann fiel sie von hinten an und drehte ihr den linken Arm um. Er packte zu wie mit Bärenkräften. Zuerst glaubte sie, er hätte es auf ihre Uhr abgesehen. Deshalb riß sie sich die Uhr ab, warf sie auf die Erde und hoffte, nun davonrennen zu können. Der Mann hob die Uhr auf, steckte sie sich in die Tasche und sagte: ›Einen Mucks – und ich garantiere für nichts! Glaub ja nicht, daß du mir weglaufen kannst. Nun komm schon! Hab dich nicht so!‹ Er zwang sie mit aller Gewalt zu Boden und verging sich an ihr. Sie war kaum noch bei Besinnung. Aber als dann ein Güterzug vorüberratterte, hörte sie den Verbrecher davonrennen. Das Getrappel entfernte sich in die Richtung, aus der sie vorhin gekommen waren. Sie selbst wollte in die entgegengesetzte Richtung laufen, aber die Kräfte versagten ihr. Sie ist dann lange umhergeirrt, bis sie auf die Polizeiwache stieß. Das war morgens gegen halb vier.

So stimmt es doch, wie ich's eben erzählt habe, nicht wahr?« fragte der Polizist. Doch das Mädchen schwieg und ließ den Kopf so tief hängen, wie es tiefer nicht ging. Ein leichtes Nicken war dennoch nicht zu übersehen.

»Na gut, dann wollen wir uns das mal angucken. Wir haben

heute eigentlich keine Sprechstunde. Deshalb ist keine von den Schwestern da. Aber das hilft alles nichts, um eine kurze Untersuchung kommen wir nicht herum«, sagte Doktor Mikumo absichtlich leichthin und erhob sich.

Bei Frauen, die mit beiden Beinen im Leben stehen, ist so eine Untersuchung kein Problem. Aber daneben gibt es auch ein paar ganz Kluge, mit denen man dann seine liebe Not hat. Und die eine oder andere ziert sich nicht nur, sondern ergeht sich obendrein noch in Schmähungen über die Medizin. Einmal kam eine Oberschullehrerin. Als die Schwester sie auf den gynäkologischen Untersuchungsstuhl führte, verfiel diese Frau von einer Klügelei in die andere und meinte, ein solcher Stuhl, der den menschlichen Körperbau derart bloßlege, sei eine Verunglimpfung gerade des weiblichen Geschlechts. Schließlich verstieg sie sich soweit, dies als den Gipfel der Selbstgefälligkeit in der Medizin zu bezeichnen. Bestimmt hatte die Frau damit nur ihre eigene Verlegenheit überspielen wollen, aber durch dieses Gehabe war sogar die Schwester ganz schön in Bedrängnis geraten.

Doktor Mikumo hatte einen leichten Kimono an. Er zog sich einen weitärmligen Schwesternkittel darüber und setzte sich eine andere Brille auf. Dann öffnete er die Tür zum Behandlungszimmer und knipste das Licht an. In diesem Raum standen ein Tisch für große Operationen und der gynäkologische Untersuchungsstuhl. Dazwischen konnte man je nach Notwendigkeit einen weißen Vorhang ziehen. Der Polizist schob das Mädchen mit sanftem Druck in den Raum hinüber zu dem Stuhl. Matsuki war ein in Ehren ergrauter Polizist, er richtete seine Augen, die wahrscheinlich die Müdigkeit gerötet hatte, auf den Arzt, nickte ihm kurz zu, verließ unnötigerweise fast schleichend den Raum und schloß hinter sich die Tür.

Das Mädchen stützte sich verängstigt mit einer Hand auf das weiße Linoleum des Stuhls und preßte die bestrumpften Beine fest zusammen. Doktor Mikumo schloß die schwarzen

Fenstervorhänge, überlegte kurz, mit was für Verletzungen zu rechnen sei, und sterilisierte die entsprechenden Instrumente. Die Spülflüssigkeit in der Flasche würde reichen.

Es war alles soweit vorbereitet.

»Wir können anfangen. Ziehen Sie bitte Ihren Schlüpfer aus!«

»Nein!« sagte das Mädchen mit einer Entschiedenheit, die überraschte.

»Überlegen Sie doch mal! Ihr ›Nein‹ könnte Ihnen hinterher leid tun. Wenn ich Sie nicht untersuche, braucht man nach dem Verbrecher gar nicht erst zu fahnden, denn man kann ihm nichts beweisen. Da Sie nun einmal Anzeige erstattet haben, verlangt die Polizei auch ein Untersuchungsprotokoll. Ich mache es ganz kurz.«

»Nein, es ist schon gut.«

»Gar nichts ist gut. Schließlich geht es nicht nur um den Beweis. Ich bin zudem verpflichtet, Ihnen ärztliche Hilfe zu leisten. Sie wissen doch, die Möglichkeit einer Ansteckung kann man nicht ausschließen. Deshalb sollten Sie sich nicht so genieren. Oder ist es Ihnen lieber, sich hinterher ständig mit dem Gefühl der Ungewißheit herumzuplagen?«

»Nein, nein, es ist schon gut.«

»Seien Sie nicht so halsstarrig . . . Sie sind bestimmt hungrig. Nachher mache ich Ihnen ein ordentliches Frühstück. Also, fangen wir an. Keine Bange, es ist gleich vorbei.«

»Nein!«

Das Mädchen glitt vom Stuhl und machte ein Gesicht, als wollte es jeden Moment in Tränen ausbrechen. Sie ließ die Schultern hängen. Ihr Blick war voller Vorwürfe. Zweifellos war sie bisher noch unberührt gewesen, um so schlimmer wäre jedes Versäumnis. Aber sie war nicht dazu zu bewegen, sich wieder auf den Stuhl zu setzen. Als er sie dann aufforderte, ihm wenigstens den oberen Teil ihres Körpers zu zeigen, damit er feststellen könne, ob sie dort irgendwelche Verletzungen habe, verweigerte sie selbst das.

»Na schön, machen wir es eben so: Hier ist dieses handliche Ding. Sehen Sie, wenn Sie draufdrücken, kommt die Spülflüssigkeit heraus. Wie Sie das im einzelnen zu machen haben, das wird Ihnen der gesunde Menschenverstand schon eingeben. Ich gehe aus dem Zimmer, und Sie behandeln sich selber. Einverstanden? Na, sicher. Sie sind doch ein vernünftiges Mädchen. Auf diese Weise verstoße ich nicht gegen die ärztliche Pflicht, und Sie brauchen sich vor niemandem zu genieren. Abgemacht?«

Sie sagte diesmal nicht nein. Statt dessen starrte sie wortlos auf den Irrigator, als flöße er ihr unüberwindlichen Ekel ein. Doktor Mikumo trat an den Medikamentenschrank, denn ihm war plötzlich das neue Mittel eingefallen, das er erst kürzlich bekommen hatte. Dieses Medikament war für den häuslichen und für den Gebrauch auf Reisen gedacht und deshalb von jeder Frau leicht zu benutzen. Auf der Verpackung waren die wichigsten Bestandteile angegeben. Wozu das Mittel diente und wie man es anzuwenden hatte, war auch ausführlich beschrieben.

»Danach nehmen Sie dann dieses Mittel. Auf dem Papier hier steht, wie Sie es machen müssen. Und daran halten Sie sich bitte. Sobald Sie mit allem fertig sind, kommen Sie ins Wartezimmer hinüber. Der Polizist erwartet Sie dort.«

Das Mädchen nickte kurz, und Doktor Mikumo verließ den Raum.

Als er ins Wartezimmer kam, schlief der Polizist, aber nicht etwa mit heruntergeklappter Kinnlade und hängendem Kopf. Er saß aufrecht im Stuhl, das Gesicht leicht nach unten gerichtet und machte in seiner strammen Haltung überhaupt nicht den Eindruck eines Schlafenden. Es hatte bestimmt einer ziemlichen Übung bedurft, um so tief zu schlummern und dabei den Anschein äußerster Korrektheit zu wahren. Bei dem Polizisten Matsuki war das sicherlich das Ergebnis eines langjährigen Trainings in den Nächten auf dem Revier.

»Donnerwetter, Sie haben den Dreh aber 'raus! Daß einer

in der Stellung so tief schlafen kann, hätte ich nicht für möglich gehalten.«

»Oh, entschuldigen Sie bitte! – Sie sind schon fertig?«

»Ihre Halsnerven sind wohl ewig wach? Daß Sie auch im Schlaf den Kopf noch so gerade halten können!«

»Wissen Sie, das ist so, ja, wie soll ich sagen, mir steht da so eine Art Schlafgott bei. – Sind Sie mit der Untersuchung schon fertig?«

»Es ist nichts zu machen! Sie will einfach nicht. Wegen des Beweises wollte ich wenigstens sehen, ob sie äußere Verletzungen hat. Aber auch das hat sie mir abgeschlagen, und dabei blieb sie. Dieses Gesindel, das sich an Frauen vergeht, ist meistens krank, deshalb habe ich sie jetzt allein gelassen, damit sie sich selbst behandeln kann.«

»Ich weiß nicht, ob man das so allgemein sagen kann, aber finden Sie nicht auch, daß die Frauen aus Ōsaka sehr extrem sind? Ich meine, die einen, die genieren sich fürchterlich, und die anderen sind das genaue Gegenteil davon. Erinnern Sie sich noch an die nicht mehr ganz junge Frau, mit der ich mal zu Ihnen gekommen bin? Die stammte doch auch aus Ōsaka. Krank wie sie war, trieb sie sich nachts herum. Das war wirklich die Schamlosigkeit in Person.«

Nach einer Weile hätte Doktor Mikumo am liebsten an die Tür zum Operationsraum geklopft. Aber um das Mädchen nicht noch mehr in Verlegenheit zu bringen, unterließ er es und faßte sich weiter in Geduld. Er glaubte förmlich vor sich zu sehen, wie sie ängstlich auf die Glasflasche starrte.

»Scheint ja in einen Stellungskrieg auszuarten«, meinte der Polizist etwas ungeduldig. Sicherlich achtete auch er den Wert fraulichen Schamgefühls, aber im Augenblick dachte er wohl mehr an die Effektivität seiner Tätigkeit als Hüter des Gesetzes.

»Soll ich Ihnen einen Tee machen? Wenn Sie sich mit dem Revier in Verbindung setzen wollen, dann telefonieren Sie doch!«

Doktor Mikumo ging hinüber in die Teeküche. Auf dem Tisch standen allerlei Schälchen und Schüsseln sowie ein Topf mit Miso-Suppe, vorsorglich von der Reinemachefrau vorbereitet. Das Wasser im Kessel auf dem Holzkohlebecken kochte. Der Arzt suchte im Schrank nach Tee und fand statt dessen eine Flasche Whisky. Mit der eckigen Flasche, einem Krug Wasser und zwei Gläsern kam er ins Wartezimmer zurück.

»Herr Doktor, sie weint! Sie klammert sich an den Stuhl und weint«, sagte der Polizist leise.

»Sie haben es also nicht lassen können!«

»Es ist ja nur, daß ich mir Sorgen machte. Selbstmord ist ja nicht auszuschließen. Daß sie weint, das beruhigt mich.«

Der Arzt goß Whisky in die Gläser und füllte sie mit Wasser auf.

In dem Moment klingelte es. Der Polizist war kaum zur Tür gegangen, da hörte Doktor Mikumo eine Frauenstimme sagen: »Ich möchte den alten Herrn Doktor sprechen«, woraufhin sich ein Wortwechsel entspann. Als der Polizist nämlich entgegnete, heute sei keine Sprechstunde, meinte die Frau, eben weil keine Sprechstunde sei, möchte sie mit Doktor Mikumo reden. Der Polizist beharrte darauf, daß das nicht ginge, weil keine Sprechstunde sei. Die Frau gab aber nicht nach und sagte, sie habe sich diesen Tag extra ausgesucht, weil keine Sprechstunde sei.

»Mit Ihnen ist ja nicht zu reden! Warten Sie einen Augenblick, ich werde den Herrn Doktor fragen«, sagte der Polizist und kam ins Zimmer zurück. Doktor Mikumo ging hinaus. Draußen vor der Tür stand eine Frau in einer von jenen Soldatenuniformen, die der Fiskus auf den Markt geworfen hatte. An den Füßen trug sie derbe Socken mit einer Gummisohle. Ihr Haar hatte sie zu einem Knoten aufgesteckt. Als sie den Arzt erblickte, errötete sie. Sie war um die Vierzig.

»Herr Doktor, es ist wirklich eine Ewigkeit her. Entschuldigen Sie vielmals, daß ich nie wieder was von mir hab hören lassen. Sie haben mich bestimmt schon vergessen. Ich bin die Frau Yukawa. Vorigen Monat sind wir umgezogen, und nun leb ich wieder hier in der Gegend.«

Doktor Mikumo erinnerte sich sofort. Diese Frau war seine erste Patientin gewesen, als er seine Klinik eröffnet hatte. Er erinnerte sich sogar, daß sie mit Vornamen Michiyo hieß, und natürlich auch, daß sie ihm das Honorar für die Operation und die Kosten für den Klinikaufenthalt schuldig geblieben war.

»Ich weiß, Herr Doktor, es ist unverzeihlich. Sechzehn Jahre ist es her. Aber jetzt hab ich's mitgebracht. Genausoviel, wie Sie damals auf die Rechnung geschrieben haben. Es ist mir sehr peinlich . . .«

Die Frau zog ein Kuvert aus ihrer Jackentasche. Doktor Mikumo war völlig verblüfft und wußte im ersten Moment nicht, was er sagen sollte. Seinerzeit hatte er es für ein schlechtes Omen gehalten, daß er ausgerechnet bei seiner ersten Patientin in der eigenen Klinik völlig leer ausgegangen war. Er hatte sie um so mehr in Erinnerung behalten, als er bei ihr einen Kaiserschnitt hatte machen müssen. Da das Ehepaar Yukawa in äußerst ärmlichen Verhältnissen lebte, hatte er, was sich eigentlich von selbst versteht, niemals auf die Bezahlung der Rechnung gedrängt. Bald darauf war der Mann an einem Schlaganfall gestorben. Seither hatte er nie wieder etwas von den Yukawas gehört. Und nun stand die Frau mit einem zerknitterten Umschlag aus Patronenpapier in der Hand vor ihm und sah ihn betrübt an. Leicht schien es diese Frau im Leben nie gehabt zu haben. Nach sechzehn Jahren wollte sie jetzt die Rechnung bezahlen.

»Ich weiß gar nicht mehr, wie hoch war denn die Summe? Fünfhundert Yen oder sechshundert?«

»Zweihundertvierzig, Herr Doktor.«

»Verdienen Sie denn überhaupt was?«

»Ich arbeite auf einem Kieskahn. Außerdem ist mein Sohn jetzt bei einer Firma angestellt. Das ist der Junge, den Sie damals auf die Welt geholt haben. Das Geld ist von ihm. Und er hat mir auch gesagt, ich soll's Ihnen bringen.«

»Das nenn ich mir einen rechtschaffenen Sohn! Wenn ich mich nicht irre, bin ich doch so etwas wie sein Pate. Na, schön, dann ist damit die Schuld beglichen.«

Es war merkwürdig, aber es machte ihm überhaupt nichts aus, das Geld anzunehmen. Und das lag wohl daran, daß er es auch ein bißchen als Theaterspiel empfand, wenn jemand kam, um eine sechzehn Jahre alte Rechnung zu bezahlen. Dennoch hätte er ganz gern etwas mehr über den Jungen erfahren, was nur zu verständlich war, denn er hatte ihm schließlich seinen Namen gegeben.

»Kommen Sie einen Augenblick herein. Ich will Ihnen wenigstens eine Quittung geben. Wie hieß doch der Junge gleich?«

»Harumi, Herr Doktor.«

Die Frau zog ihre Socken aus, kam herein und begrüßte noch einmal den Polizisten.

Doktor Mikumo ging ins Sprechzimmer hinüber und warf rasch einen Blick durch das Guckloch in der Tür zum Behandlungsraum. Das Mädchen kniete auf dem Fußboden, den Rücken gegen den Stuhl gelehnt, und studierte die Gebrauchsanweisung für das Mittel, das er ihr vorhin ausgehändigt hatte. Von hinten sah das Mädchen so aus, als würde es ein Gebet verrichten. Beruhigt darüber, daß soweit alles in Ordnung zu sein schien, setzte er sich hin, um die Quittung zu schreiben.

Als er das Kuvert öffnete, fand er darin außer den zweihundertvierzig Yen einen auf der Maschine in lateinischen Buchstaben geschriebenen Brief. Dieser Brief stammte von Harumi und war ziemlich lang. Mit einiger Mühe las Doktor Mikumo:

»Sehr geehrter Herr Doktor!
Entschuldigen Sie bitte, wenn ich mir die Freiheit nehme,

Ihnen einen Brief zu schreiben. Aber vor einigen Tagen habe ich von meiner Mutter erfahren, daß meine Eltern Ihnen das Geld für eine Operation schuldig geblieben sind. Bei der Gelegenheit habe ich auch gehört, daß ich durch einen Kaiserschnitt zur Welt gekommen bin. So ist also ähnlich wie bei Momotarō etwas Märchenhaftes um meine Geburt. Denn wäre die Operation mißlungen, dann hätte meine Mutter vielleicht sterben müssen, und ich hätte wie ein zerbrochenes Ei dagelegen. Wenn ich mich nun frage, was der bessere Teil ist, zu leben oder tot zu sein, dann glaube ich, es ist gut, daß ich lebe. Herzlichen Dank, Herr Doktor! Mir wäre es zwar lieber, hätte meine Mutter mir schon früher von der unbezahlten Rechnung erzählt, aber ihr war das zu peinlich, wie sie sagte. Vorigen Monat sind wir aus Kōchi in Tosa zurückgekommen. In Kōchi ist meine Mutter zu Hause. Bevor wir dorthin zogen, haben wir bis zur Ausbombung in Ushigome gewohnt und davor ziemlich lange in Koishikawa. Davor müssen wir hier in Kamata gelebt haben, aber daran kann ich mich nicht mehr erinnern, weil ich noch zu klein war. Ich fühlte mich ganz fremd, als wir jetzt hierher kamen. Doch meine Mutter freute sich, nach zehn Jahren wieder in Kamata zu sein. Für sie ist es so etwas wie ihre zweite Heimat, weil mein Vater, der nun schon lange tot ist, hier geboren wurde. Anfang dieses Monats entdeckte meine Mutter vor dem Bahnhof das Schild der Klinik Mikumo. Seither fand sie keine Ruhe mehr, bis sie mir dann von der Operation erzählte und auch davon, daß ich meinen Namen von Ihnen habe. Sehr bedrückt war sie wegen der unbezahlten Rechnung. Laß sie uns so schnell wie möglich bezahlen, habe ich zu ihr gesagt. Doch sie bezweifelte, daß man das nach sechzehn Jahren noch könne. Nun hat sich der Wert des Geldes ja tatsächlich verändert. Aber wenn man danach geht, werden wir die Schulden unser ganzes Leben lang nicht los, weil wir mit dem, was wir verdienen, der Inflation niemals hinterherkommen. Sie soll sich nichts draus machen, habe ich ihr gesagt, und Ihnen die zweihundertvierzig Yen bringen. Aber sie hatte Angst, die Patienten in der Klinik könnten sie auslachen. Dann mußt du an einem Tag gehen, wo keine Sprechstunde ist, habe ich zu ihr gesagt und das Geld bereitgelegt. Herr Doktor, seien Sie uns bitte nicht böse. Auch mir liegt das schwer auf der Seele. Vor sechzehn Jahren hätten diese zweihundertundvierzig Yen bezahlt werden müssen! Wenn ich das bedenke, komme ich mir wie ein Bambussprößling vor, der zwar nun im eigenen Garten aus dem Boden schießt, doch aus Wurzeln, die beim Nachbarn in der Erde stecken. Herr Doktor, ich bitte Sie nochmals um Entschuldigung.

Ihr
Yukawa Harumi«

Der Junge wird jetzt gerade im Stimmbruch sein, sagte sich Doktor Mikumo. Wenn ihm das wirklich so nahegeht, warum hat er dann seine Mutter mit einem Brief losgeschickt, statt selber zu erscheinen? Sollte er nach seiner Mutter kommen, müßte er ein ebenmäßiges Gesicht und eine schlanke Figur haben. Wahrscheinlich läuft er nun auch schon mit langem Haar herum und reibt es mit Pomade ein. Als ihm seine Mutter von der unbezahlten Rechnung erzählte, hat er vielleicht sogar den Beleidigten gespielt und ihr Vorwürfe gemacht. Jungen in seinem Alter sind oft sehr schwierig.

Doktor Mikumo datierte die Quittung auf den siebenundzwanzigsten März von vor sechzehn Jahren zurück. Dieser Tag hatte sich ihm tief eingeprägt. Darum konnte es keinen Zweifel an der Richtigkeit dieses Datums geben. Denn das war der Tag, an dem er nach seinem Ausscheiden aus der Universitätsklinik seine eigene Klinik eröffnet hatte. Am Morgen war es trüb, aber im Laufe des Tages hatte sich der Himmel aufgeheitert. Der Vormittag war vergangen, ohne daß sich ein einziger Patient hatte sehen lassen. Von einer Blumenhandlung war ein Päonientopf ins Haus geschickt worden. Die Schwestern hatten ihn auf den Tisch im Wartezimmer gestellt. Die Pflanze war sehr schön knospig, aber zwei Knospen waren, weil man wohl etwas unsanft mit dem Topf umgegangen war, an den Stengeln eingeknickt und ließen schlaff die Köpfe hängen. Er erinnerte sich noch ganz genau, daß die Stengel mit den Knospen eine Länge von etwa drei Zoll gehabt hatten. Kurz vor dem Abendessen brachte dann gleich eine ganze Schar von Leuten die Frau Yukawa. Diese Leute machten einen solchen Lärm, daß die Nachbarn aufschreckten und der eine oder andere sich an der Hintertür bei dem Dienstmädchen besorgt erkundigte, was denn los sei.

Als Doktor Mikumo mit der Quittung in der Hand ins Wartezimmer kam, schlief der Polizist wieder. Aber diesmal hatte er die Ellenbogen auf den Tisch gestützt. Harumis Mutter jedoch saß kerzengerade in einer Ecke des Sofas.

»Entschuldigen Sie, es hat ein bißchen länger gedauert. Hier ist die Quittung. Ich habe sie um sechzehn Jahre zurückdatiert.«

»O ja. Ich sehe. Der siebenundzwanzigste März ... Vielen Dank, Herr Doktor.«

Mit einer höflichen Geste nahm sie die Quittung entgegen und schob sie in die Jackentasche.

»Ich habe Harumis Brief gelesen. Bestellen Sie ihm bitte, er soll sich das mit dem Bambussprößling nicht so sehr zu Herzen nehmen. Er schreibt wohl selber Maschine?«

»Wie bitte? Ach so, ja, er ist ganz verrückt aufs Briefeschreiben. Zu Hause schreibt er sie vor, und sowie er ein bißchen Zeit hat, tippt er sie in der Firma mit der Maschine. Allein die Marken für die Briefe kosten bestimmt ein Heidengeld. Mir wird ganz Angst, wenn ich daran denke.«

»Ich glaube, Manie nennt man so was«, sagte der Polizist, der bis eben noch geschlafen hatte und nun plötzlich den Kopf hob. »Der leidet an der Briefsucht. Seine Bekannten und die Bekannten von den Bekannten bombardiert er regelrecht mit Briefen, stimmt's?«

»Ja, so ist es.«

»Wenn solche Leute erst mal mit einem Brief anfangen, dann steigern sie sich in einen Rausch. Sie schreiben und streichen und begeistern sich daran so sehr, daß am Ende was dasteht, von dem sie selber gar nicht mehr ehrlich überzeugt sind. So ist es doch?«

»Ja, und manchmal streut mein Sohn auch noch Gedichte in seine Briefe mit ein. Selbst beim Essen sitzt er da und zählt an den Fingern die Verse ab.«

»Natürlich, so ein richtig Schreibsüchtiger macht auch Gedichte. Ob Haiku oder Waka, da wird geschrieben und geschrieben. Und dann kommt meistens was bei 'raus, das mit dem, was man selber denkt und fühlt, reinweg nichts zu tun hat ...«

Plötzlich wandte sich der Polizist um, schnellte in die Höhe und sagte: »Sind Sie fertig?«

Überraschend war das Mädchen in der Tür erschienen und stand dort nun wie ein Häufchen Unglück. Sie ließ den Kopf hängen, sah leichenblaß aus und blickte mit verweinten Augen nur einmal rasch zum Polizisten hinüber.

»Dann sind wir also soweit? Alles in Ordnung?« fragte der Polizist und musterte das Mädchen. Ein kaum merkliches Nicken war die Antwort.

»Wenn etwas nicht stimmt, dann sagen Sie es mir!« ließ sich Doktor Mikumo vernehmen. Aber das Mädchen starrte unverwandt zu Boden und schwieg. Er versuchte es noch einmal: »Genieren Sie sich nicht, das hat keinen Sinn!« Doch sie reagierte wieder nicht.

»Ja, dann werd ich mal gehn ...«, sagte Harumis Mutter und stand auf. Sie hatte anscheinend sofort begriffen, daß sie hier störte, bedankte sich ohne viele Worte nochmals bei Doktor Mikumo, verabschiedete sich von dem Polizisten mit einem kurzen »Auf Wiedersehen« und einer Verbeugung und verließ das Wartezimmer.

»Sind Sie wirklich mit allem fertig?« fragte der Polizist das Mädchen in einem drängenden Ton. Sie wandte sich jedoch dem Arzt zu und zeigte deutlich, wie lästig ihr das zudringliche Gefrage des Polizisten war. Mit einer Stimme, so fein wie das Summen eines Moskitos, sagte sie schlicht: »Ich danke Ihnen, Herr Doktor!«, übersah den Polizisten geflissentlich und ging.

»Nun warten Sie doch noch einen Moment!« rief ihr der Polizist hinterher, und zu Doktor Mikumo sagte er: »Also dann, Herr Doktor! Und entschuldigen Sie, daß ich Ihnen soviel Umstände gemacht habe, wo heute gar keine Sprechstunde ist. Ich bringe das Mädchen erst mal zur Wache zurück. Und wenn sich in der Sache noch was tut, gebe ich Ihnen Bescheid ...«

Er griff nach seinem Schlagstock, der auf dem Tisch lag, und eilte auf den Korridor hinaus. Doktor Mikumo folgte ihm bis zur Haustür. Im ungedielten Vorraum schlüpfte das Mädchen gerade in seine Schuhe, und Harumis Mutter saß dort noch auf der Stufe und quälte sich mit ihren Socken ab, weil die Haken am Bund nur schwer in die Ösen paßten. Der Polizist, das Mädchen und Harumis Mutter verließen gemeinsam die Klinik.

Doktor Mikumo hatte sich diesen Tag ohne Sprechstunde so schön gedacht. Recht verdrossen ging er ins Wartezimmer zurück. Es war ihm jetzt sogar zuviel, den Tisch abzuräumen. Er griff nach einem Glas und schenkte sich von dem Whisky ein, nahm sich aber fest vor, nicht mehr zu trinken als dieses eine Glas, das er diesmal nicht mit Wasser verdünnte. Er zog sich den engen Kittel aus, und dabei fiel Harumis Brief aus der Tasche. Er hob den Brief auf, entfaltete ihn und überflog noch einmal die auf der Maschine in lateinischen Buchstaben geschriebenen Zeilen. Ab und an nahm er einen Schluck aus dem Glas. »So ist also ähnlich wie bei Momotarō etwas Märchenhaftes um meine Geburt ...«, schrieb Harumi. Wenn er glaubte, so einfach ohne Sorgen geboren worden zu sein, dann irrte er sich mächtig.

Fast zehn Leute hatten damals seine Mutter in höchster Not

auf einem Türbrett angeschleppt. »Herr Doktor, helfen Sie ihr bitte!« hatten die Leute gefleht. Als er fragte, was denn passiert sei, antworteten sie ihm: »Da stimmt was nicht. Darum haben wir sie schnell hergebracht. Vor einer Weile sah das noch nach ganz normalen Wehen aus, aber plötzlich wurde es ganz schlimm, und sie gebärdete sich wie wild. Ihr Mann ist krank. Da haben wir die Nachbarn zusammengetrommelt. Können Sie ihr nicht helfen?«

Die Patientin lag unter einer zerlöcherten schmutzigen Decke. An einem Ende schaute das Gesicht hervor. Die Frau hatte die Augen verdreht und biß die Zähne fest zusammen. Als er die Decke zurückschlug, sah er, wie sie am ganzen Körper bebte und ihre Hände krampfhaft zu Fäusten ballte. Hätte sie die Arme emporgestreckt, hätte man glauben können, sie wolle sich an der Luft festklammern. Ihm war sofort klar, daß bei dieser Frau ein Wehensturm eingesetzt hatte und er schnellstens operieren mußte. Unverzüglich ließ er sie in den Operationsraum tragen und auf den Tisch legen. Mit raschen Griffen bereitete er alles vor. Es war keine Zeit zu verlieren. Desinfektion der Hände und der entsprechenden Körperstellen der Patientin, Betäubungsspritze, eine Injektion in die Venen, Herzstärkungsmittel und schließlich der Schnitt. Zuerst die Haut, dann das Fettgewebe, die Muskelmembran, die Muskeln. Die Bauchhöhle ist geöffnet, die Gebärmutter liegt frei. Das Muskelgewebe, das Endometrium, die Fruchtblase, ein letzter Schnitt, und das Wasser tritt aus. Jetzt greift er nach den Beinen des Babys, zieht es heraus. Die Schwester durchtrennt die Nabelschnur und hüllt das Neugeborene in ein feuchtwarmes Tuch. Das Baby stößt seinen ersten Schrei aus. Er lauscht den Schreien, entfernt die Nachgeburt und näht den Schnitt. Die Operation ist glücklich überstanden! Fünfzehn- oder sechzehnmal hatte er diesen Eingriff während seiner Zeit an der Universitätsklinik schon ausgeführt, aber dabei immer den Professor hinter sich gewußt.

Die Operationsschwester, damals in den Dreißigern, hatte

er sich aus der Universitätsklinik mitgebracht. Jedermann wußte dort, wie sehr sie in Babys vernarrt war. Deshalb hatte er ihr das Neugeborene überlassen können, ohne sich selber noch darum kümmern zu müssen. Die Frau wurde im bewußtlosen Zustand auf einer Trage in das Krankenzimmer gebracht. Am zweiten oder dritten Tag kam sie für einen Moment zu sich. »Was ist mit dem Baby?« fragte sie. Als man ihr sagte: »Es geht ihm gut!«, schien sie beruhigt zu sein, verlor aber sogleich wieder das Bewußtsein. »Ist mit dem Baby alles in Ordnung?« fragte sie, als sie das nächste Mal erwachte. »Ja, Sie brauchen sich keine Sorgen zu machen«, hatte man ihr kaum geantwortet, schon schwanden ihr erneut die Sinne. Beim drittenmal sagte sie: »Ich glaube, es geht mir wieder besser. Wieviel Tage liege ich denn schon hier?« Jetzt war sie bereits so klar bei Verstand, daß sie sich offensichtlich wegen der Krankenhauskosten zu beunruhigen begann. So war das eine Weile hin und her gegangen, bis sie dann ihr Bewußtsein gänzlich wiedererlangte. Bei der Visite am siebenten Tag sagte die jüngere der beiden Schwestern: »Heute ist die erste Woche 'rum!« Daraufhin meinte die Frau: »Ob der Herr Doktor meinem Kind nicht einen Namen geben kann?« Der Schwester gefiel dieser Gedanke, sie beratschlagte mit der Oberschwester, und schließlich kamen sie auf den Namen »Harumi«. Die Oberschwester war es, die den Einfall hatte, die beiden Schriftzeichen »Haru« aus dem Vornamen des Doktors und »Mi« aus seinem Familiennamen zusammenzufügen.

Nach zwei Wochen verließen Mutter und Kind die Klinik. Eine Nachbarin holte sie ab. Sie trug auch das Baby. Die Rechnung war wegen der vielen Spritzen ziemlich hoch. Deshalb hatte er der Frau gleich gesagt, das Geld könne sie später zahlen. Er hatte ihr Morphium, Herzstärkungsmittel, Kampfer, Magnesiumsulfatlösung und Traubenzucker gegeben, nicht zuviel, aber auch nicht zuwenig. Nach der Operation waren ihre Arme und Beine überall mit Heftpflaster beklebt.

Wenn bei dieser Patientin, die ihm von so vielen Leuten ins Haus getragen worden war, der Eingriff nicht gut ausgegangen wäre, hätte er schon am Tage der Eröffnung seiner Klinik das Vertrauen der Familien ringsum verloren. Selbstverständlich hatte er sich auch aus diesem Grund doppelte Mühe gegeben, und die Schwestern hatten ihm nachgeeifert. Es war rührend, wie sie sich um das Kind bemühten, am meisten die Oberschwester, die sich sowieso in jedes Baby vernarren konnte. Von ihrem eigenen Geld hatte sie im Warenhaus in Omori Babywäsche, Höschen, Jäckchen und eine gefütterte Weste gekauft. Der Vater des Kindes aber hatte nicht einmal eine einzige Windel geschickt. Daß er selber nicht kam, war noch einzusehen, weil er krank zu Bett lag. Doch wenigstens die Nachbarn hatten ein paar Windeln, ein altes Steckkissen und eine neue Babydecke als Geschenk mitgebracht. Es waren nur zwei Wochen, aber in dieser Zeit hatte die Oberschwester wirklich alles für das Baby getan. Als sie es dann aus der Hand gab, meinte sie zwar, sie sei nahe daran, dem Trübsinn zu verfallen, doch behalten wollte sie es trotzdem nicht, auch wenn sie es niedlich fand und genau wußte, daß sie niemals ein eigenes Kind würde haben können. Und dieses Baby von damals redet jetzt, sechzehn Jahre später, von der Märchenhaftigkeit seiner Geburt und schaut mit verklärtem Blick auf seinen Eintritt in diese Welt zurück! Doktor Mikumo war inzwischen beim vierten oder fünften Glas angelangt. ›Ich bin ja schon betrunken‹, dachte er bei sich. Wie der Schatten eines dahinfliegenden Vogels huschen die Erinnerungen durch das Leben eines Menschen. Der Fötus, der wie ein Haufen Gekröse aussah, hatte sich als ein schrumpliges Baby entpuppt. Und dieses Baby von damals behauptet nun, um seine Geburt sei etwas Märchenhaftes gewesen!

»Macht nichts. Soll er bei diesem Glauben bleiben. Oh, bin ich betrunken! Verdammt noch mal, es klingelt ja schon wieder«, murmelte der Doktor ärgerlich vor sich hin. Zuerst klingelte es noch ziemlich zaghaft, aber dann läutete es Sturm, als wollte jemand sagen: »Na, wie ist es damit?« – ›Bestimmt ein dringender Fall‹, sagte sich Doktor Mikumo und stand auf.

An der Tür fragte er: »Wer ist da?«

»Hida. Ich heiße Hida«, antwortete ein Mann in ruhigem Ton. »Wir wohnen in den Wagen im Eisenbahndepot von Kamata. Herr Doktor, könnten Sie nicht schnell zu uns kommen?«

»Eine Geburt, was? ... Na sicher. Und die Hebamme schafft es nicht allein?«

»Es sieht nicht gut aus, Herr Doktor. Das Baby fing an, mit den Beinen zuerst rauszukommen, aber nun rückt und rührt es sich nicht mehr. Da hat die Hebamme gesagt, ich soll Sie rasch holen. Zwillinge scheinen es nicht zu sein, hat sie noch gesagt.«

»Hier ist weiter keiner zu Hause. Ich komme hinten 'raus. Warten Sie vorn!«

Doktor Mikumo ging nach hinten, zog sich für die Operation um und steckte alle Instrumente, die er benötigen würde, in die Arzttasche. Vorsorglich tat er auch noch ein paar Flaschen Desinfektionslösung hinein, denn er fürchtete, es könnte in dem Wagen ziemlich schmutzig sein. Das Eisenbahndepot war bei einem Bombenangriff in Brand geraten, und in den Wagen, die dabei so schwer beschädigt worden waren, daß man sie nicht mehr instand setzen konnte, hausten jetzt Eisenbahner mit ihren Familien. Ein Mädchen von dort kam zwar regelmäßig zu ihm in die Klinik, aber er selber war noch nie zu einem Krankenbesuch in den Waggons gewesen.

Er trat aus der Hintertür, legte zum Schutz vor Einbrechern ein Vorhängeschloß davor und ging nach vorn. Dort stand ein Mann in mittleren Jahren mit einem struppigen Bart. Er trug eine hochgeschlossene Jacke aus schwarzem Tuch. Seine Füße steckten in Holzsandalen.

»Entschuldigen Sie die Störung, Herr Doktor«, sagte der Mann, griff nach der Zigarette hinter seinem Ohr und verbeugte sich höflich. Danach klemmte er sich die Zigarette gleich wieder hinter das Ohr.

Doktor Mikumos Gang war unsicher. Als sie auf die Hauptstraße kamen, wurde es immer schlimmer.

»Darf ich Ihre Tasche tragen?« fragte der Mann und nahm sie ihm sofort ab. Und mit todernstem Gesicht fuhr er fort: »Sagen Sie, Herr Doktor, trinken Sie auch immer erst einen vor einer großen Operation? Ich stamme aus Okayama. Da gab es an der Medizinischen Hochschule einen Chirurgen, bei dem war das so. Zumindest erzählte man, daß er vor jeder schwierigen Operation kräftig ein paar genommen hat, immer kurz bevor es losging. Ist das auch eine schwierige Operation, ein Kind herauszuholen, das mit den Beinen zuerst kommt?«

»Ist es das erste Kind?«

»Nein, das zweite. Das erste kam vor sieben Jahren. Eine ganz normale Geburt.«

»Na, dann wird es schon nicht so schlimm werden.«

Doktor Mikumo bereitete es einige Mühe, sich auf den Beinen zu halten. Vor dem Krieg hatte es ihm nichts ausgemacht, sich betrunken noch an das Steuer seines Wagens zu setzen und in tollem Tempo zu seinen Patienten zu fahren. Er hatte wieder einmal mächtig getrunken, da klingelte um Mitternacht das Telefon. Während der Fahrt wurde ihm plötzlich schlecht. Kaum hatte er den Wagen vor dem Haus des Verletzten zum Stehen gebracht und die Tür geöffnet, mußte er sich auch schon im Rinnstein erbrechen. Irgend jemand kam aus dem Haus gerannt, streichelte ihm den Rücken und reichte ihm Wasser zum Waschen und zum Gurgeln. Als er ins Haus kam, hörte er den Verletzten stöhnen. Ohne sich erst lange zu besinnen, versorgte er die Wunden und fuhr wieder nach Hause. Am nächsten Morgen aber konnte er sich nicht mehr im geringsten daran erinnern, was er mit dem Verletzten gemacht hatte. Erschrocken sprang er aus dem Bett, verschob das Frühstück auf später und eilte zu dem Patienten der letzten Nacht. Aber der Berufssinn läßt sich so leicht nicht übertölpeln! Er hatte genau das Richtige getan. – Doch jetzt vertrug er überhaupt nichts mehr. Seit dem Luftangriff damals war es mit ihm immer mehr bergab gegangen, so daß er schon an sich selber zu verzweifeln begonnen hatte. Als ihn die Flammen vertrieben, war ihm von alledem, was ein Arzt benötigt, nur ein Stethoskop geblieben, das zufällig in der Jakkettasche steckte.

Der Klinikdirektor war zu einem Ärztetreffen in Takamatsu gewesen und hatte sich auf der Heimfahrt verletzt, als er an der Pier von Uno das Schiff verließ. Er war über irgendwelches Gepäck gestolpert, hatte den Halt verloren und wäre beinahe lang hingeschlagen. Die Verletzung war nicht schlimm, aber sie bereitete ihm besonders beim Hocken oder Knien auf den Sitzkissen Schmerzen im Knöchel. Deshalb mußte Doktor Mikumo eine Zeitlang auch alle Hausbesuche übernehmen. Meistens handelte es sich darum, der Hebamme beizuspringen. Ging es um eine komplizierte Geburt oder kam das Kind tot zur Welt oder traten starke Blutungen auf, dann war immer höchste Eile geboten. Und allein mit solchen Fällen hatte er schon reichlich zu tun. Nun kamen aber noch jene Patienten hinzu, die er in Vertretung des Klinikdirektors jeden zweiten oder dritten Tag aufsuchen mußte, manche auch einmal in der Woche. Außerdem gab es einige vornehme Häuser, wo einmal im Monat eine Visite fällig war. Das waren nicht bloß vornehme Häuser, nein, das waren Villen. Und die Besuche dort machte man nicht allein, sondern stets in Begleitung einer Krankenschwester. Doktor Mikumo war noch nie in solch einer Villa gewesen, aber nach dem, was der Klinikdirektor zu erzählen wußte, gingen einem dort nicht nur im Empfangszimmer, sondern auch im Schlafzimmer der Eheleute die Augen über. An der Wand hängt ein Ölgemälde, Rosen in voller Blüte, und unter dem vergoldeten Rahmen steht eine Spiegelkommode, die wie ein Klavier aussieht. Und man läßt es nicht bei einem Doppelbett bewenden. Ein Einzelbett gibt es außerdem noch. Bei den Besuchen des Klinikdirektors liegt die Patientin angeblich immer in dem Einzelbett. Dabei ist die Dame des Hauses gar nicht krank. Der Arzt soll nur helfen, ihre Schönheit zu erhalten. So sind es eigentlich keine Krankenbesuche, sondern eher so etwas wie Dienstreisen. Da der Termin für die Behandlung mit dem physiologischen Zustand der Patientin zusammenhängt, gibt sie am Tag zuvor telefonisch Bescheid. Solche Anrufe nennen der Klinikdirektor und die Schwestern »Aufforderung zur Aufwartung bei Hofe«, denn man wird hinzitiert, um etwas zu tun, was vom medizinischen Standpunkt aus nahezu sinnlos ist.

Die Fußschmerzen des Klinikdirektors wollten und wollten sich nicht geben, und so war bei diesen »Aufforderungen zur Aufwartung« immer erst nachzufragen, ob es genehm sei, eine Vertretung zu schicken. Die Anruferin fragte dann zurück, ob es sich um einen Frauenarzt handle. Wenn man ihr versichert hatte: »Selbstverständlich. Es ist der Berater unserer Klinik. Er trägt den Doktortitel und verfügt über langjährige Erfahrung«, sagte sie gnädig: »Gut, ich lasse ihn bitten!«

Als Doktor Mikumo eines Tages gerade zu einer »Aufwartung bei Hofe« aufbrechen wollte, erhielt er einen Anruf vom Polizeirevier: Man habe eine Frau wegen eines Diebstahls festgenommen. Sie behaupte nun, plötzlich krank geworden zu sein, und stöhne vor Schmerzen. Vermutlich simuliere sie. Aber um sich später Vorwürfe gegen die Polizei zu ersparen, möchte man die Frau dem Arzt vorstellen und ihr Medikamente verabreichen lassen. »Deshalb die Bitte, möglichst rasch zum Revier zu kommen. Übrigens klagt die Frau über Schmerzen im Unterleib.«

Dann kam noch ein Anruf, und zwar von einer Hebamme, die er vom Sehen her kannte. Sie bat ihn, so bald wie möglich bei einer Frau vorbeizuschauen, die kürzlich niedergekommen war und nun an Ohnmachtsanfällen leide.

»Wo wohnt die Patientin?«

»Auf einem Schiff auf dem Rokugo-Fluß. Es ist ein Kieskahn. Von Zeit zu Zeit zeigen sich bei der Wöchnerin Symptome von Blutleere im Gehirn.«

Am Rokugo liegen überall solche Kähne. Auf manchen hausen unten im Laderaum wie in einem Keller auch die Schiffer mit ihren Familien.

»Ein Kieskahn, sagen Sie. Aber wo liegt er? Am rechten Ufer oder am linken? Im Augenblick kann ich nicht weg. Wenn es sehr eilt, müßten Sie sich woandershin wenden.«

»Kommen Sie, wie Sie es am besten einrichten können. Von der Eisenbahnbrücke aus sind es sechs-, siebenhundert Meter flußaufwärts, und dann ist es wohl das linke Ufer, ja, wenn Sie flußaufwärts blicken, ist es das linke. Und damit Sie hinfinden, steht für Sie als Zeichen vorn am Bug ein Wäschepfahl, und daran hängt ein weißes Hemd oder so etwas. Das sehen Sie, sowie Sie auf den Deich kommen.«

»Aber wenn es erst abends etwas wird, nützt mir das herzlich wenig, weil dann gar nichts zu sehen ist.«

»Ja, da haben Sie recht. Sie müßten eben kommen, bevor es dunkel wird.«

Daraufhin hatte die Anruferin den Hörer aufgelegt und ihn auf diese Weise ganz geschickt gezwungen, den Hausbesuch zu machen.

Selbst wenn er diesen Besuch auf später verschob, mußte er doch auch noch zum Polizeirevier. Deshalb blieb nichts anderes übrig, als daß der Klinikdirektor die »Aufwartung bei Hofe« übernahm. Immerhin könnte man die Dame anrufen, ihr die Situation erklären und sie bitten, ausnahmsweise in die Klinik zu kommen. Und wenn nicht, dann hätte sich der Klinikdirektor eben doch selber auf den Weg zu machen.

»Aber Schuhe kann ich nicht anziehen. Ich muß in Pantoffeln gehen«, sagte der Direktor. »Bitte ich die Dame in die Klinik, verderbe ich ihr bloß die Laune. Da ist es schon besser, ich gehe humpelnd zu ihr, dann wird sie sich eher noch geschmeichelt fühlen, daß ich um ihretwillen die Schmerzen auf mich nehme. So ist das mit den Aufwartungen bei Hofe!«

»Schick dich drein und zieh los. Wenn ich bei der Polizei fertig bin, geh ich zu dem Kieskahn.«

»Handelt es sich bei der Patientin auf dem Kahn um eine Geburt? Sollten da irgendwelche Komplikationen aufgetreten sein, gehst du besser erst zu ihr und hinterher zur Polizei.«

»Nein, sie klagt angeblich nach der Entbindung über Anfälle von Blutleere im Gehirn. Möglicherweise kriegt sie unten in ihrem Kellerloch kaum richtige Luft.«

Doktor Mikumo nahm seine Tasche und ging. Es stürmte, und Staub wirbelte durch die Luft. Deshalb kaufte er sich rasch einen Mundschutz aus Gaze, als er an einer Apotheke vorbeikam. Er setzte sich bei der Gelegenheit auch seine Brille auf, die er sonst nur beim Untersuchen trug. Denn es staubte wirklich sehr.

Als er sich auf dem Revier einfand, holte der Wärter Kurose, den er vom Sehen her ganz gut kannte, eine sieben- oder achtundzwanzigjährige, etwas schlampig wirkende Frau aus der Zelle. Sie war recht füllig, sah aber blaß aus und schien tatsächlich krank zu sein. Sie krümmte sich und hielt sich mit beiden Händen den Leib, als ob sie unter unerträglichen Krämpfen litt.

»Haben Sie solche starken Schmerzen?« fragte Doktor Mikumo ganz ruhig.

»Das tut weh! Ah, das tut ja so weh! Ich halt es nicht mehr aus!« jammerte sie übertrieben laut.

»So geht das schon eine ganze Weile«, sagte der Wärter. »Vor drei Stunden fing sie an: ›Das tut so weh! Ich halt es nicht mehr aus!‹ Und geschrien hat sie: ›Ich muß nach Hause. Ich brauche meine Ruhe. Mir das zu verweigern ist eine Verletzung der Menschenrechte!‹«

»Ich muß Sie untersuchen!«

Der Wärter führte die Frau in einen geschlossenen Raum und ließ sie mit Doktor Mikumo allein.

»Haben Sie tatsächlich Schmerzen?« fragte der Doktor mit verhaltener Stimme.

»Ja, wirklich, Herr Doktor«, antwortete sie ebenfalls sehr leise.

Obwohl er noch gar nichts gesagt hatte, begann sie, ihren schmalen Obi aufzuschnüren. Als sich der Kimono öffnete, kam als Hüfttuch eine Reklamefahne, die für eine wirtschaftswissenschaftliche Buchreihe warb, zum Vorschein.

»Haben Sie vielleicht etwas Schlechtes gegessen?«

»Ich habe überhaupt nichts gegessen. Hier tut es mir weh. Herr Doktor, hier.«

Doktor Mikumo fühlte ihr den Puls, klopfte ihr Brust, Rükken und Bauch ab, fand aber nichts. Trotzdem klagte die Frau über Schmerzen im Unterleib, und Schweiß perlte ihr auf der Stirn. Sollte sie tatsächlich nur simulieren? Es sah nicht danach aus. Ein Frauenleiden war immerhin denkbar. Er band sich die Gazemaske um, die er vorhin achtlos in die Tasche geschoben hatte, und untersuchte die Frau am Unterleib. Mit Erstaunen entdeckte er eine alte, ganz eigenartige Narbe, die offensichtlich von einem Riß herrührte und wahrscheinlich etwas mit einer Entbindung zu tun hatte. Doktor Mikumo kam diese Narbe bekannt vor. Er hatte sie schon einmal gesehen. Zwei, drei Jahre vor dem großen Luftangriff auf Tōkyō mußte er auf diesem Revier eine junge Frau in einem wunderschönen Kimono untersuchen. Soweit er sich entsann, hatte man sie wegen eines Diebstahls eingesperrt. Die Narbe der Frau von damals und die dieser Frau mit dem schmutzigen Hüfttuch waren dieselben. An das Gesicht konnte er sich nicht mehr erinnern, trotzdem gab es für ihn keinen Zweifel daran, daß es sich hier um ein und dieselbe Person handelte.

Er fand keinerlei Anzeichen einer Krankheit, die Schmerzen hätte verursachen können. Als Polizeiarzt hielt er es dennoch für ratsam, ihr der Form halber ein Medikament zu verabreichen. Vitamin B würde das richtige sein.

»Ich schreibe Ihnen nachher etwas auf. Wenn Sie es unbedingt wissen wollen. Sie haben eine leichte Beriberi. Die Leibschmerzen aber bilden Sie sich bloß ein.«

Nachdem er seine Diagnose gestellt hatte, wickelte sich die Frau schmollend ihren Obi wieder um und schnürte ihn mit einem Schürzenband zusammen. Sie gab das Spiel auf, mimte dafür aber nun die Beleidigte.
Der Doktor wusch sich die Hände und füllte die Karteikarte aus.

»Kann es sein, daß ich Sie früher schon einmal untersucht habe? Sie waren damals sehr hübsch angezogen. Und soweit ich mich erinnere, fühlten Sie sich so krank, daß Sie unbedingt häusliche Ruhe brauchten. Stimmt's?«

»Vor sieben Jahren haben Sie mich untersucht. Ich war zweiundzwanzig ...«

»Ich erinnere mich nur dunkel, aber habe ich Ihnen damals nicht eine Ermahnung mit auf den Weg gegeben?«

»Sie haben mir das Märchen von dem blauen Vogel erzählt und mich damit zum Weinen gebracht. Sie haben mir was vorgelogen. Das mit dem blauen Vogel ist ein ausgemachter Schwindel!«

»Ja, vielleicht. Wer weiß. Vielleicht auch nicht. Wenn Sie sich auf die Suche nach ihm gemacht hätten ...«

»Wollen Sie mir eine Predigt halten? Das zieht bei mir nicht. Geben Sie mir lieber eine Zigarette!«

Doktor Mikumo verzichtete auf jedes weitere Wort und verließ den Raum. Unten an der Treppe sprach der Wärter Kurose gerade mit einem jungen Mann in einer Hemdbluse. Offenbar wollte er zu der Frau, die der Doktor soeben untersucht hatte. Bevor der Wärter dazu kam, irgend etwas zu sagen, wandte sich der Mann in der Hemdbluse an Doktor Mikumo: »Entschuldigen Sie die Mühe, Herr Doktor! Darf ich Ihnen eine Zigarette anbieten?« Und schon zog er ein Etui aus der Brusttasche seiner karierten Bluse.

Doktor Mikumo übergab dem Wärter die Krankenkarte und ein Rezept.

»Es besteht kein Grund zur Besorgnis. Sollte plötzlich eine Veränderung im Befinden eintreten, dann können Sie das getrost für ein Anzeichen völliger Genesung halten. – Ich hab's eilig. Auf Wiedersehn!«

›Bloß weg von hier‹, dachte er. Diesen dreisten selbstgefälligen Blick des Burschen in der karierten Bluse konnte er kaum noch ertragen. Sein Mißmut war ohnehin schon groß genug, weil er auf die Frau hereingefallen war und sich ihren gesunden Körper angesehen hatte. Er schüttelte sich vor Ekel.

Es stürmte und staubte noch immer. Aber statt sich die Gazemaske aufzusetzen, warf er sie in den Rinnstein, denn er hatte das Empfinden, als wäre sie von dem unangenehmen Geruch der Frau durchdrungen. Es kam selten vor, daß ihn der Geruch eines Patienten hinterher noch derart mit Unbehagen erfüllte.

Sobald er den Deich am Rokugo-Fluß erklommen hatte, sah er schon das Zeichen. Gleich am Bug des ersten der vier Kieskähne, die am Ufer vertäut lagen, flatterte oben an einer Stange ein weißes Tuch. Doktor Mikumo kämpfte auf dem Deich gegen den Wind an. In schwarzer Farbe stand auf dem Schiffsrumpf in unbeholfener Schrift der Name »Kichibei Maru«. Der Kahn lag so weit vom Ufer entfernt, daß Doktor Mikumo nicht hinüber konnte. An Deck war niemand zu sehen.

»He, ihr von der ›Kichibei Maru‹!« rief er. »Schiebt mir mal einen Steg 'rüber. Oder ist niemand zu Hause?«

Plötzlich erschien in einer Luke das Gesicht eines etwa vierzigjährigen Mannes.

»Ist das hier der Kahn mit der Kranken? Ich bin der Arzt.«

»Ja, wirklich? Ein Glück!«

Der Mann war schon halb aus der Luke, aber auf einmal verschwand sein nackter Oberkörper wieder. Einen Augenblick später kam er herausgekrochen. Er hatte sich inzwischen ein Unterhemd übergestreift. Damit der Doktor an Bord konnte, schob der Mann ein Brett zum Ufer hinüber.

»Vielen Dank, daß Sie sich herbemüht haben. Das Warten ist uns schon mächtig lang geworden. Der Frau geht's nicht gut.«

»Was fehlt ihr denn?«

»Ich weiß auch nicht. Sie wird immer ohnmächtig, meistens zweimal am Tag. Heute scheint's mal nicht so schlimm zu sein. Kann so was von der Entbindung kommen?«

»Wann hat sie entbunden?«

»Vor fünf Tagen.«

Als er einen Blick durch die Luke warf, schauten unter einer dünnen Decke die Gesichter von Mutter und Kind hervor. Das Verlies maß vielleicht zwei mal zwei Meter im Geviert. Es war mit einer Binsenmatte ausgelegt und sah recht ordentlich aus. In die Wand war ein Schrank aus Sperrholz eingepaßt. Einen kleinen buddhistischen Altar gab es auch. Darauf war eine Sommermandarine dargebracht. Von einem Balken hing eine Lampe herab.

»Herr Doktor, was kann das bloß sein? Ob sich das wieder gibt?«

»Erst mal muß ich mir das angucken.«

Doktor Mikumo stieg in das quälend enge Verlies hinab. Ein Geruch von Muttermilch schlug ihm entgegen. Der Mann folgte ihm und hockte sich zusammengekrümmt in eine Ecke. Gesicht und Lippen der Frau waren von leichenhafter Blässe. Aber ohne Bewußtsein war sie nicht. »Vielen Dank, daß Sie die Mühe auf sich genommen haben bei dem schrecklichen Wind«, sagte sie zur Begrüßung.

Der Arzt fragte den Mann nach den bisherigen Krankheiten seiner Frau, nach dem Verlauf der Geburt und des jetzigen Leidens. Doch die Kranke konnte viel klarere Auskünfte geben als ihr Mann. Sie sei einunddreißig, habe vor drei Jahren eine Fehlgeburt gehabt und leide seither bei schlechtem Wetter an Kopfschmerzen. Selbst bei geschlossenem Verdeck merke sie an ihren Kopfschmerzen sofort, wenn es zu regnen beginne, auch schon, wenn es nur nieselte. Doch solche Ohnmachtsanfälle wie jetzt nach der Entbindung habe sie vorher nicht gekannt. Und das könne sie sich um so weniger erklären, als die Geburt leicht verlaufen sei.

Er untersuchte sie, fand aber nichts, was für eine innere Krankheit sprach. Und vom Körperbau her machte die Frau eher einen robusten Eindruck. Auch ihre Milchdrüsen konnten gar nicht besser entwickelt sein, und der Warzenhof war von guter dunkler Färbung. Das Baby sah ebenfalls ganz gesund aus. Wenn diese kräftige Frau unter Blutleere im Gehirn litt, dann mußte es wohl doch daran liegen, daß das Verdeck sogar tagsüber geschlossen blieb.

»Entschuldigen Sie, wenn ich danach frage, aber wird hier in Ihrer Behausung manchmal gespielt?«

Doktor Mikumo beobachtete den Mann mit lauerndem Blick.

»Ja, aber ich mach nicht mit. Während die anderen ihr Glück versuchen, nehm ich das Baby auf den Arm und geh nach draußen«, sagte der Mann mit gleichmütiger Miene. Doch der Arzt erkannte sofort, daß dieser Gleichmut nur vorgetäuscht war.

»Weil das Verdeck dauernd zu ist, kriegt die Wöchnerin nicht genug Luft.« Und zur Frau gewandt, fuhr er fort: »Sie haben doch sicherlich noch Ihre Eltern. Sie hätten eine Weile zu ihnen gehen und dort das Kind zur Welt bringen sollen. Hier auf dem Kahn ist es zu eng.«

»Aber, Herr Doktor, ich kann meinen Mann nicht allein lassen«, sagte die Frau, »da hätt' ich keine ruhige Minute mehr.«

»Das hört sich ja an, als ob ich ein Spieler wär. So was vor fremden Leuten zu sagen ist doch allerhand!« empörte sich der Mann.

Ohne ihn anzusehen, gab Doktor Mikumo ein paar kurze Anweisungen: »Wenn es nicht regnet, hat das Verdeck offenzubleiben, und bei Regenwetter ist wenigstens ein Luftspalt zu lassen. Sollte die Wöchnerin dann immer noch ohnmächtig werden, rufen Sie mich an, ohne erst lange zu überlegen.«

Als er sich erheben wollte, hielt ihn der Mann zurück. »Einen kleinen Moment!« sagte er und legte das Baby neben die

Mutter. »Warten Sie bitte einen Augenblick!« sagte auch die Frau. Der Mann öffnete den Wandschrank und nahm aus einem Korb ein paar Hühnereier. »Eins, zwei, drei . . .«, zählte er laut. Dann wickelte er sie in zerknülltes Zeitungspapier. Der Doktor kroch aus dem Verlies und ging von Bord. Der Mann folgte ihm bis an das Ufer.

»Herr Doktor, in ein paar Tagen bring ich Ihnen das Geld. Es ist nicht viel, aber nehmen Sie wenigstens diese Eier als Geschenk.«

»Nun machen Sie sich mal keine Sorgen. Ich werde niemandem von dem Verlies mit dem verschlossenen Verdeck erzählen.«

»Ja, dann nochmals vielen Dank, Herr Doktor!«

Es wehte immer noch heftig, als Doktor Mikumo nach Hause ging.

Am nächsten Tag kam er nach einem dringenden Hausbesuch wieder den Deich entlang. Am linken Ufer lagen nur noch drei Kieskähne. Die »Kichibei Maru« fehlte. Die Anstrengungen waren für die Wöchnerin bestimmt nicht gut, trotzdem hatte man es offenbar für besser gehalten, den Liegeplatz zu wechseln.

Als Doktor Mikumo eines Abends gegen neun Uhr von einem Hausbesuch zurückkam, empfing ihn Schwester Taki am Hintereingang. Die Vordertür blieb nach sieben Uhr meistens geschlossen.

»Der Polizist Matsuki ist da«, sagte die Schwester. »Er sitzt im Wartezimmer. Bei der Verhaftung eines Verbrechers hat er sich verletzt. Sein linkes Handgelenk ist bandagiert.«

»Was soll denn das für eine Verletzung sein?«

»Wie es scheint, eine ziemlich schmerzhafte.«

Tatsächlich saß der Polizist mit verbundenem Handgelenk da, als Doktor Mikumo ins Wartezimmer kam.

»Tut mir leid, daß Sie warten mußten. Es hat wohl ein kleines Handgemenge gegeben?«

»Nein, ich bin gebissen worden«, antwortete der Polizist etwas verlegen. »Von einer Frau. Nein, nein, nicht von meiner eigenen. Von der Begleiterin des Sittlichkeitsverbrechers von neulich. Ich habe sie ganz allein aufgespürt und beide zusammen verhaftet.«

»Alle Achtung, zwei auf einen Streich!«

»Der Mann blieb ganz friedlich, als ich sie abführte, aber die Frau versuchte plötzlich wegzulaufen. Ich wollte sie mit dem Knüppel festhalten. Da hat sie mich in den Arm gebissen. Wirklich, ein tückisches Weib!«

Der Polizist streckte dem Arzt den bandagierten Arm hin. Der Verband war sehr ungeschickt angelegt.

»Wann ist das passiert?«

»Vorhin, etwa um zwanzig Uhr zwanzig. Denn um zwanzig Uhr dreißig war ich mit den beiden schon auf der Wache. Herr Doktor, so eine Bißwunde tut ganz schön weh. Mein Kollege Katō hat mir Mentholsalbe draufgestrichen und mich verbunden.«

Doktor Mikumo nahm den Verband ab. Es handelte sich um eine typische Bißwunde. Die betroffene Stelle als Ganzes war geschwollen, und in der Mitte fehlte ein Stück Haut.

»Das tut weh, nicht wahr?«

»Ich weiß auch nicht, Herr Doktor, aber ich habe mächtige Schmerzen. Ein Hundebiß soll ja gar nicht so schlimm sein, da hat man auch bloß kleine Löcher in der Haut. Doch wenn man von einer Frau gebissen wird, dann sehen die Spuren schon ganz anders aus.«

Doktor Mikumo führte den Polizisten in das Behandlungszimmer und ließ die Krankenschwester die Bißwunde versorgen. Schwester Taki wusch die Wunde mit Wasserstofflösung aus, bestrich sie mit Jod, legte sterilen Mull und Ölpapier darauf und verband das Handgelenk. Wenn die Wunde nicht eitert, könnte sie in zwei Wochen zugeheilt sein.

»Zwei Wochen«, lautete die Diagnose Doktor Mikumos, die er in das Protokoll für die Polizei schrieb.

Noch ganz aufgeregt erzählte Matsuki von der Verhaftung des Verbrechers: Gegen Abend war er durch die Ladenstraße in Kamata gegangen. Da fiel ihm ein Pärchen auf, und er folgte ihm, weil er nach solch einem Pärchen schon seit geraumer Zeit Ausschau hielt. Der Mann war ungefähr eins fünfundsechzig groß und um die siebenundzwanzig Jahre alt. Er trug einen braunen Filzhut nach der augenblicklichen Mode, spitz, mit einer Falte in der Mitte. Sah man aber genauer hin, dann erkannte man deutlich, daß dieser Hut einmal eine flache runde Fasson hatte. Nach Aussage des Opfers, Tsuwano Yūko, hatte der Verbrecher einen für die Jahreszeit ungewöhnlichen braunen Filzhut, der jedoch eher wie ein flacher Strohhut ausgesehen hätte, aufgehabt. Die neue Form täuschte nicht über die ursprüngliche hinweg. Die Größe der Frau entsprach etwa der des Opfers, und so hatte Yūko auch ausgesagt. Nun war nicht anzunehmen, daß der Mann nach seinem Verbrechen weiter mit einem Hut von der gleichen Fasson wie bei der Tat herumlief. Aber wahrscheinlich war er so sehr an den Hut gewöhnt, daß er sich nicht von ihm trennen mochte. Er hatte ihm also eine andere Form gegeben und war heute abend offenbar zum erstenmal damit wieder unter die Leute gegangen. Das waren so seine Gedanken, als er den beiden folgte, wie sie in eine Seitenstraße einbogen und vor einem Friseurgeschäft namens Robin stehenblieben. Der Mann blickte in die Türscheibe und rückte seinen Hut zurecht. Die Scheibe wirkte im Licht der Straßenlaternen nämlich wie ein Spiegel, weil von drinnen ein schwarzes Rouleau davor hing. Die Frau tat sehr uninteressiert. Dann gingen sie zurück durch die Ladenstraße, machten einen großen Bogen, blieben vor der Klinik Nakamura stehen und beratschlagten miteinander. In dem Moment war er kurz entschlossen auf sie zugegangen und hatte sie aufgefordert mitzukommen.

»Heutzutage sind die flachen runden Hüte ein bißchen aus der Mode. Als mir die alten Knickstellen auffielen, trat mein sechster Sinn in Aktion.«

»Kommen Sie mir bloß nicht mit dem sechsten Sinn! Ich kann dieses Gerede nicht ausstehen. Warum, weiß ich nicht, aber ich finde es scheußlich.«

»Na ja, ich mag es eigentlich auch nicht, nur in den Zeitungen steht es doch immer so«, bemerkte Matsuki und verließ die Klinik. Kurze Zeit später kam der Klinikdirektor müde und zerschlagen nach Hause. Er hatte an einem Gynäkologentreffen teilgenommen, war auf dem Heimweg mit einem Freund in der Ginza noch etwas trinken gegangen und deshalb erst jetzt zurückgekommen.

Es war für Doktor Mikumo schon zu spät, um nach Hause zu fahren. Im Zimmer des Klinikdirektors wurde für ihn ein Bett hergerichtet. Im Schrank neben dem Bett stand für den Fall, daß man nicht einschlafen konnte, eine Flasche Whisky bereit.

»Wie ist es, trinkst du auch noch einen Schluck?«

Doktor Mikumo holte die Flasche hervor. Der Klinikdirektor gähnte.

»Nein, mir reicht's für heute.«

»Bist du vorhin auf der Straße nicht dem Polizisten Matsuki begegnet? Wie er mir erzählte, hat er den Sittlichkeitsverbrecher von neulich gefaßt.«

»Der ist doch sowieso bald wieder 'raus.«

»Eine Weile werden sie ihn schon schmoren lassen.«

»Denkst du, da macht er sich viel draus. Leid tun kann einem nur das Mädchen. Übrigens bin ich ihretwegen heute zur Sitzung zu spät gekommen. Die stiehlt einem die Zeit und hält einen glattweg zum Narren ... Entschuldige, aber ich möchte schlafen.«

»Dann schlaf gut ... Aber untersucht hast du sie?«

»Hab ich. Ab morgen kriegt sie Spritzen.«

»Also hat sie sich doch was eingefangen?«

»Ja«, antwortete der Klinikdirektor unwillig, gähnte laut und drehte sich auf die andere Seite.

Yūko hatte ihre Krankheit überstanden. Und auch der Frau von nebenan, der das Kind durch eine Schädeltrepanation entfernt werden mußte, ging es schon wieder ganz gut. Beiden wäre es unmöglich gewesen, die Arztrechnung sofort in voller Höhe zu bezahlen. Deshalb war man übereingekommen, es in monatlichen Raten zu tun. Yūko hatte Harumi mit der ersten Rate in die Klinik geschickt. Offenbar genierte sie sich, das Geld selber zu bringen. Doktor Mikumo war gerade im Begriff, einen Hausbesuch zu machen, und stand schon in der Tür, Schwester Taki neben ihm. Harumi übergab der Schwester das Kuvert mit dem Geld und sagte: »Die Quittung hole ich mir später. Die Frau von nebenan bei uns wartet bis zum allerletzten Tag und bringt es dann.«

Harumi lief dem Doktor hinterher. »Darf ich Ihre Tasche tragen, Herr Doktor?« sagte er ein bißchen zudringlich und nahm ihm die Tasche aus der Hand. »Die ist ganz schön schwer! Herr Doktor, darf ich von jetzt an sonntags immer Ihre Tasche tragen? Und wenn Sie dann die Patienten untersuchen, paß ich draußen auf Ihre Schuhe auf.«

»Das ist nicht nötig. Hat dir das deine Mutter gesagt?«

»Nein. Yūko. Weil es doch hier in der Gegend viele solche Wohnungen wie unsere gibt, die keinen Vorraum haben. Yūko meinte, wenn Sie sich um Ihre Schuhe draußen vor der Tür Gedanken machen müssen, lenkt Sie das beim Untersuchen ab.«

»Keine Angst! Sag mal, du und Yūko, ihr habt doch heute euren Lohn gekriegt und euren freien Nachmittag. Wolltet ihr nicht ins Kino gehen?«

»Ich schon, bloß Yūko nicht. Sie möchte ein paar Fotos machen, hat sie gesagt, zur Erinnerung an den Neuanfang. Nicht wahr, Herr Doktor, so was ist sinnvoller und ernsthafter, als ins Kino zu gehn.«

Möglicherweise wußte Harumi um die Ursache von Yūkos Krankheit. Aber vielleicht war er sich nicht ganz sicher und wollte nun den Arzt aushorchen, um sich Gewißheit zu verschaffen. Doch Doktor Mikumo dachte gar nicht daran, sich darauf einzulassen. Und mit seinem kindlichen Gefrage würde es Harumi auch kaum gelingen, ihn zu überlisten.

»Finden Sie nicht, Herr Doktor, Erinnerungsfotos, das hat ein bißchen den Beigeschmack von Theater.«

»Meinst du? Als ich so alt war wie du, fand ich so was romantisch. Wenn du wüßtest, wie gern ich mich hätte fotografieren lassen. Natürlich zusammen mit einem Mädchen. Nur ist niemals was draus geworden.«

»Dann ist Yūko romantisch und männlich?«

»Nein, sie ist durch und durch Frau, vielleicht nicht gerade von der modernen Art.«

Das Gespräch zwischen den beiden versandete.

Der Himmel strahlte in einem geradezu unheimlichen Blau. Doktor Mikumo war schon am Vormittag zu einem Patienten gerufen worden, hatte eine schwierige Operation hinter sich und war ziemlich abgespannt. Für den Nachmittag standen noch zwei dringende Hausbesuche an.

Einer der stationären Patienten war davongelaufen. Vielleicht hatte er es von vornherein darauf angelegt. Aber um das zu beurteilen, verfolgt man am besten den Hergang der Geschichte:

Doktor Yokota, ein Internist aus der Nachbarschaft, hatte angerufen und darum gebeten, einen Patienten am Blinddarm zu operieren. Die Operation sei dringend, weil sich eine chronische Appendizitis plötzlich verschlimmert hätte.

»Tut mir leid«, sagte Doktor Mikumo, »aber bei uns sind alle Zimmer belegt.« Und das stimmte auch.

»Jede Minute zählt. Bei euch steht doch ein großes Sofa im Aufenthaltsraum für die Patienten. Kannst du für kurze Zeit aus dem Raum nicht ein Krankenzimmer machen? Entschuldige, wenn ich so dränge, aber bitte nimm den Patienten!«

»Warum ist er nicht früher gekommen?«

»Was weiß ich? Mir hat man ihn eben auf einer Trage angebracht. Ich kann nur so viel sagen, daß er sofort operiert werden muß. Was soll ich machen als Internist? Mir bleibt nur, dich zu bitten.«

»Na schön, dann laß ihn zu mir bringen!« hatte Doktor Mikumo geantwortet, obwohl er nicht davon begeistert war, den Aufenthaltsraum in ein Krankenzimmer zu verwandeln, weil das zwangsläufig das Wohlbefinden der anderen Patienten beeinträchtigen mußte. Er bat Schwester Osuma, das Sofa aufzubetten.

Zwei Männer brachten in Begleitung einer Schwester aus Yokotas Klinik den Blinddarmpatienten und legten ihn auf den Operationstisch. Der eine von ihnen hatte eine alte Soldatenuniform an und schien so eine Art Gelegenheitsarbeiter zu sein; der andere trug einen Jumper und sah wie ein Fabrikarbeiter aus. Die Leinwand der Krankentrage war von ausgezeichneter Qualität. Auf der Unterseite stand in großer, aber unbeholfener Schrift: »Eigentum der Schildpatt-Vereinigung«. Der Patient war ein kräftig gebauter Mann in den Vierzigern. Er verzog sein dunkelhäutiges Gesicht, aus dem alles Blut gewichen war, und stöhnte in gleichbleibendem Rhythmus.

»Seit wann hat er diese Schmerzen?« fragte Doktor Mikumo den Mann im Jumper. Die Antwort aber kam von dem in der Soldatenuniform, der gerade die Trage zusammenrollte: »Das war schon chronisch mit seinem Blinddarm, doch die schlimmen Schmerzen jetzt, die hat er seit zwei, drei Tagen.«

»Dann hätten Sie ihn schon längst zum Arzt bringen sollen!«

»Woher denn, Herr Doktor! Er wollte sich auch diesmal wie immer mit seiner eigenen Medizin kurieren. Er hat die Zähne zusammengebissen und das Zeug literweise geschluckt.«

»Was hat er literweise geschluckt?«

»Sein eigenes Mittel, einen Absud aus Vogelmiere und

Schwarzwurzeln. Er behauptet, die Vogelmiere macht das Faulige im Blinddarm zu Wasser und die Schwarzwurzel das Wasser zu Gas. – Das ist reiner Schwindel, Herr Doktor, oder?«

»Ich glaub schon.«

Die Schwester aus Yokotas Klinik war fast unbemerkt wieder gegangen. Wahrscheinlich hatte sie die fremde Umgebung nervös gemacht.

Doktor Mikumo operierte, assistiert vom Klinikdirektor. Der Wurmfortsatz befand sich zwar bereits im Zustand der Nekrose, aber die Operation kam noch nicht zu spät. Nachdem der Patient in den als Krankenzimmer hergerichteten Aufenthaltsraum geschafft worden war, wollten die beiden Männer so lange bei ihm bleiben, bis er aus der Narkose erwachte.

Doktor Mikumo ging zu einem Hausbesuch in der Nähe. Auf dem Rückweg begegnete er den beiden Männern. Der Mann im Jumper trug die zusammengerollte Trage über der Schulter.

»Vielen Dank, Herr Doktor, daß Sie ihm geholfen haben«, sagte der im Jumper. »Das Geld für die Operation bringt morgen seine Frau. Ich hab's auch der Schwester schon gesagt.«

»Die Trage ist ja ein Prachtstück. In welcher Klinik haben Sie sich denn die geborgt?«

»Wissen Sie«, erklärte der in der Soldatenuniform, »die hat sich im Krieg unsere Nachbarschaftsgruppe für Luftschutzübungen gekauft. Jetzt benutzen wir sie, um die Kartoffelrationen damit zu transportieren.«

»Na, dann geben Sie mal gut darauf acht!« meinte Doktor Mikumo, als er ging. Wenn die Trage den Krieg überstanden hatte, mußte doch auch die Gegend, wo der Blinddarmpatient wohnte, von den Flammen verschont geblieben sein. Aber als Adresse hatte er eine Straße angegeben, die in dem einstigen, vollständig niedergebrannten Industriebezirk von Kamata lag. Und von einer Nachbarschaftsgruppe, die sich »Schildpatt-Vereinigung« nannte, hatte Doktor Mikumo nie etwas gehört.

Am fünften Tag nach der Operation kam ein Anruf von einem Nachbarn, der darum bat, dem Patienten auszurichten, daß er sich zwar keine Sorgen zu machen brauche, aber seine Frau läge mit Magenkrämpfen und sein Sohn mit einer Erkältung zu Bett und beide könnten das Haus nicht verlassen. Eine noch dümmere Ausrede dafür, daß die Bezahlung der Operations- und Krankenhauskosten ausstand, ließ sich kaum denken. An diesem Abend wollte Doktor Mikumo ins Kino gehen. Als er sich an der Tür gerade die Schuhe anzog, erschien Harumi, der sich ziemlich lange nicht hatte blicken lassen. Und merkwürdigerweise kam er auch nicht allein, sondern zusammen mit Yūko.

»Schön, euch beide zu sehen. Ihr kommt wie gerufen. Ich lade euch ins Kino ein. Habt ihr das Plakat vor dem Kino nicht gelesen? ›Ein Film aus der guten alten Zeit‹ steht darauf. Scheint ein Stummfilm zu sein, und wie früher gibt es einen Erklärer.«

Als Doktor Mikumo aus dem Haus trat, flüsterten Harumi und Yūko miteinander, und nur Harumi folgte ihm dann zögernd.

»Was ist mit Yūko?«

»Sie geht wieder nach Hause, weil sie noch was zu erledigen hat.«

Doktor Mikumo drehte sich kurz um und sah Yūko mit schnellen Schritten in die schmale Sackgasse einbiegen, die zum Hintereingang und zum Notausgang der Klinik führte. Patienten, die später am Abend kamen, benutzten immer diesen Weg, weil dann die Vordertür schon geschlossen war. Der Doktor konnte sich keinen Reim darauf machen, ging ihr hinterher und kam dazu, wie Yūko einen Fahrradanhänger aus der Gasse ziehen wollte. Auf dem Anhänger kauerte, vornübergebeugt und von Kopf bis Fuß in eine Decke gehüllt, eine junge Frau. Sie war krank. Das sah man sofort. Harumi und

Yūko hatten sie gebracht, und Yūko wollte nun wieder mit ihr losziehen, weil sich die beiden nicht getraut hatten, den Doktor darum zu bitten, die Frau zu untersuchen.

»Warum habt ihr das nicht gleich gesagt? Yūko, bringen Sie die Kranke durch die Hintertür ins Haus!«

Aus dem Kinobesuch wurde nichts. Harumi und Yūko stützten die Kranke und führten sie ins Sprechzimmer. Die Frau trug einen leicht gefütterten Kimono aus billiger Seide und hatte über den schmalen Gürtel eine kleine viereckige weiße Schürze gebunden. Sie war schwanger. Ihre Gesichtszüge wirkten vielleicht etwas grob, und sie blickte auch sehr traurig drein. Aber von Zeit zu Zeit erschienen auf ihren Wangen kleine Grübchen, und dann bekam dieses Gesicht etwas Rührendes.

»Wo fehlt's denn?«

»Ihr ist kalt, und außerdem wird ihr immer schwarz vor den Augen«, antwortete Harumi an Stelle der Kranken, während Doktor Mikumo das Karteiblatt ausfüllte. Und Harumi berichtete weiter: »Die Frau wohnt bei uns hinter der Baracke. Ihr Mann ist seit dem Frühjahr verschwunden. Seitdem arbeitet sie in der Ginza in der Bar Spontanée. Aber nun ist sie schon zehn Tage krank. Der Fahrradanhänger gehört ihrer Mutter, die damit für einen Grünzeughändler Gemüse von den Bauern heranschafft, doch vor einer Woche wurde sie von einem Auto angefahren und hat sich ein Bein gebrochen.«

Weil nun Mutter und Tochter beide zu Bett liegen, kümmere sich seine Mutter um sie.

»Sie wird sich erkältet haben, hat nichts daraufgegeben, ist weiter in die Bar gegangen und hat getrunken, was ihr die Gäste anboten. Sie ist öfter betrunken und sehr spät nach Hause gekommen. Das ist jetzt die Quittung dafür, wenn man so ein unsolides Leben führt, nicht wahr, Herr Doktor?« meinte Harumi in seiner altklugen Art.

»Nein, das ist keine Erkältung«, sagte daraufhin die Frau mit unerwarteter Entschiedenheit. »Das ist was anderes. Ich habe auch keinen Husten. Ich kann ganz gut gehen, wenn ich will, nur wird mir dann immer so schwindlig.«

»Tut Ihnen der Bauch weh? Haben Sie ein Frösteln im Unterleib oder so ein Völlegefühl?«

»Ja, es spannt.«

Sie hatte hohes Fieber. Als Doktor Mikumo seine Eintragungen machte und sich dabei des Deutschen bediente, fügte sie in einem ziemlich gereizten Ton hinzu: »Blutungen habe ich auch!« Das hörte sich so an, als wollte sie sagen: Was soll denn dieses Getrödel, das alles erst auf deutsch hinzuschreiben! Die Schmerzen waren wahrscheinlich so stark, daß sie sehr schnell die Beherrschung verlor.

Selbstverständlich war eine gründliche Untersuchung erforderlich. Doktor Mikumo bat Harumi und Yūko zu warten und ging mit der Patientin ins Operationszimmer. Er konnte weder Herztöne noch Bewegungen des Kindes feststellen.

Das Abtasten ergab, daß die Frau im fünften Monat schwanger sein mußte. Sie aber sagte, ihre Regelblutungen hätten erst vor drei Monaten aufgehört. Entweder ist das Kind tot oder ein ungestaltetes Monstrum, schloß er.

»Um eine Operation kommen wir nicht herum.« Als er das sagte, entfuhr ihr ein tiefer Seufzer. Und das hörte sich auch ein bißchen wie ein Eingeständnis des Hasses gegenüber jenem Mann an, dem sie das zu verdanken hatte.

»Muß ich in der Klinik bleiben? Ist das eine große Operation?«

»Ach, woher denn! Die Operation ist eine Kleinigkeit. Das Kind scheint tot zu sein. Es wird ausgekratzt. Und das ist alles.«

»Und wieviel kostet das? Soviel wie eine gewöhnliche Abtreibung?«

»So ungefähr«, antwortete er. Woraufhin sie sagte, sie müsse vorher noch einmal nach Hause. Wegen des Geldes sei das nicht nötig, sagte er, das hätte Zeit. Doch sie sagte: »Nein, ich habe noch einiges vorzubereiten« und verließ das Operationszimmer. Schwester Taki stützte sie. Das Gehen fiel ihr offensichtlich schwer. Sie hielt sich mit beiden Händen die Schläfen. Doktor Mikumo begleitete sie bis ins Wartezimmer. Harumi und Yūko waren nicht mehr da. Statt dessen saß Harumis Mutter dort mit betrübter Miene auf einem Stuhl. Offenbar hatte sie sich plötzlich Sorgen um die Kranke gemacht, war rasch gelaufen gekommen und hatte Harumi und Yūko nach Hause geschickt.

»Ich bring Omachi auf dem Anhänger nach Hause. Das schaff ich schon. Es geht ja nirgends bergauf. Herr Doktor, ich schicke Harumi, die Medizin zu holen. Und wenn ich ihr den Kopf mit Eis kühle, das ist doch richtig, Herr Doktor?«

Das können Sie sich sparen, wollte er schon sagen, aber er besann sich rechtzeitig und gab ihr mit den Augen zu verstehen, ihm ins Sprechzimmer zu folgen. Dort erklärte er ihr, daß der Zustand der Kranken ernst sei, Eis und Medizin nichts helfen und unbedingt operiert werden müsse. Und er fügte hinzu, die Kranke sorge sich offenbar wegen der Rechnung, doch das brauche sie wirklich nicht, denn das Geld hätte Zeit. Als Harumis Mutter das hörte, griff sie sich an den Kragen ihrer Soldatenjacke und sagte wie im Selbstgespräch: »Das arme Mädchen! Das tut mir so leid!« Man merkte, daß ihr das aus tiefstem Herzen kam. So aufrichtig hatte Doktor Mikumo schon lange niemanden mehr reden hören. Als er ihr dann sagte, er werde von der jungen Frau nur die Hälfte des sonst üblichen Betrages verlangen, faßte sie sich wieder an den Kragen.

»Wirklich, Herr Doktor? Wie soll man Ihnen bloß danken! Ich erzähl's ihr. Entschuldigen Sie, ich will's ihr gleich erzählen.«

Es mußte operiert werden. Um die trüben Gedanken, die ihn gewöhnlich vor jeder Operation befielen, zu vertreiben, bat er Schwester Taki, ihm das Gidayū-Übungsbuch aus dem Frühstückszimmer zu holen. In seiner Studentenzeit war er besonders von den Gidayū-Sängerinnen angetan, und er hatte einmal über dreißig Partituren besessen. Sie waren alle im Krieg verbrannt. Das Exemplar jetzt hatte er kürzlich spät abends in einem kleinen Antiquariat gekauft. Es war die Szene Ninokuchi aus »Der Eilbote zur Hölle«. Er schlug das Buch auf und begann den Text still zu skandieren. Der Drehstuhl geriet wie von selbst in eine gleichmäßig schaukelnde Bewegung. »Die Fliehenden in winterdürrer Landschaft ...« lautete die Anfangszeile. Er schlug den Rhythmus mit den Händen auf die Knie und begeisterte sich immer mehr. Es war wirklich eine ergreifende Stelle. Er malte sich aus, wie die beiden flüchtenden Gestalten, Umekawa und Chūbei, den froststarren Weg zwischen den Feldern heimlich entlanghasteten, wiegte den Kopf und rezitierte in Gedanken: »Besorgt um die anderen und wissend, daß auch sie um ihretwillen sich sorgten ...« In dem Augenblick führten Schwester Osuma und Harumis Mutter die kranke junge Frau von vorhin herein.

Sie hätte sich entschlossen, sich operieren zu lassen, sagte sie. Von der anfänglichen Barschheit in ihrem Wesen war nichts mehr zu spüren. Jetzt war sie eine verschüchterte Patientin, die sich um den Ausgang der Operation ängstigte.

»Möchten Sie einen Zeugen bei der Operation?« fragte Doktor Mikumo sie. »Ja«, antwortete sie, »denn es soll niemand glauben, ich hätte mir das Kind einfach so wegmachen lassen.« – »Dann bitte ich Sie«, forderte der Doktor Harumis Mutter auf, »bei der Operation dabeizusein.« Erschauernd holte sie tief Luft, bevor sie sagte: »Einverstanden.« Wohl um der Patientin Mut zu machen, wiederholte sie: »Gut, ich bin einverstanden.«

Nachdem Doktor Mikumo die Patientin noch einmal untersucht und sich vergewissert hatte, daß das Kind tot war, gab er ihr eine Narkose.

Der abgestorbene Fötus war schon in Verwesung übergegangen und roch fürchterlich. Harumis Mutter saß, die Ellenbogen auf die Knie gestützt und das Gesicht in den Händen vergraben, in einer Ecke auf einem Stuhl, bis die Schwester sagte: »Es ist vorüber« und sicherheitshalber fragte: »Wollen Sie das tote Kind sehen?« – »Nein, bloß nicht!« antwortete Harumis Mutter, wich erschrocken zurück und rannte aus dem Zimmer.

Da alle Krankenzimmer belegt waren, mußte die Frau zusammen mit dem Blinddarmpatienten im Aufenthaltsraum untergebracht werden. Deshalb wurde noch ein zweites Sofa aufgebettet, was ganz gut ging, weil die Lehnen nicht allzu hoch waren. Die beiden Sofas standen Rückenlehne an Rükkenlehne. Der frischoperierten Frau stellte man eine Klingel auf den Nachttisch. Harumis Mutter, die sich ins Wartezimmer zurückgezogen hatte, warf hin und wieder einen Blick in den Aufenthaltsraum, um nachzusehen, ob die junge Frau schon aus der Narkose erwacht war.

Doktor Mikumo badete und aß dann zu Abend. Als er danach ins Wartezimmer hinüberging, war Harumi gerade dabei, das, was er seiner Mutter zum Essen gebracht hatte, selber zu verspeisen. Sie brächte keinen Bissen hinunter; bei dem Gedanken an den seltsamen Geruch vorhin, bei der Operation, würde ihr schon vom Anblick des Reises übel, sagte sie. Vielleicht hätte sie doch ganz gern etwas gegessen, nur gönnte sie es ihrem Sohn wohl mehr.

Der Reis war zu kleinen länglichen Häppchen geformt. Die Zukost bestand aus süßsauer eingelegten Perlzwiebeln und Gebratenem aus Sojagallerte, alles, was auch Doktor Mikumo sehr gern mochte. Die Reisröllchen waren mit schwarzen Sesamkörnern bestreut, nicht zu üppig und nicht zu knapp. Das sah wirklich sehr appetitlich aus, und sicherlich hatte Yūko alles nach ihrem Geschmack angerichtet. Auch eine Trinkflasche hing Harumi über den Schultern.

Als Doktor Mikumo nach einer Weile wieder in das Wartezimmer zurückkam, war Harumi schon nicht mehr da. Gegenüber der Mutter erging sich der Doktor in Lobreden über den hübsch zurechtgemachten Imbiß.

»Ich habe vorhin gesehen, wie der Reis sehr schön mit nicht zuviel und nicht zuwenig Sesam bestreut war. Da lief mir richtig das Wasser im Mund zusammen.«

»O ja, Yūko kann gut kochen, Herr Doktor. Gegen das Mädchen ist wirklich nichts zu sagen. Bloß: wer gut kocht, der viel liebt, heißt es doch.«

»Die Redensart höre ich zum erstenmal. Ist denn das bei Yūko so?«

»Ach wissen Sie, Herr Doktor, man macht sich seine Gedanken. Sie ist doch extra aus Ōsaka gekommen, um sich mit einem jungen Mann zu treffen, und nun will sie nichts mehr von ihm wissen. Vielleicht liegt es gar nicht daran, aber seitdem Yūko bei uns wohnt, hat Harumi mit einem Schlag aufgehört, allen möglichen Leuten Briefe zu schreiben. Kann sein, daß Harumi Feuer gefangen hat.«

»Na, wäre das so schlimm? Ich finde es gar nicht schlecht, wenn die Frau auch ein bißchen die ältere Schwester ist. Aber wie steht Yūko zu Harumi?«

»Das weiß ich eben nicht. Einmal hat sie gemeint, Harumi ist ein feiner Kerl.«

Schwester Osuma kam mit der Nachricht, daß die Frischoperierte aus der Narkose erwacht sei. Harumis Mutter stand auf, um nach der jungen Frau zu sehen, und Doktor Mikumo machte sich auf den Heimweg.

Am Morgen darauf zog der Doktor dem Blinddarmpatienten die Fäden. Es war der sechste Tag nach der Operation. Etwas später erzählten ihm die Schwestern, es sei zwar schön, daß sich der Patient so schnell erholt hätte, nur weniger schön sei, wenn er dauernd Harumis Mutter, die sich um die junge Frau im Nebenbett kümmere, anrede und sich manchmal sogar zu seiner Nachbarin hinüberlehne, um mit ihr zu schwatzen. Als Doktor Mikumo daraufhin in den Aufenthaltsraum hinüberging und den Patienten aufforderte, sich ruhig zu verhalten, bekam er ziemlich unpassend zur Antwort: »Gut, ich hab verstanden. Soll mir nicht schwerfallen, den Mund zu halten. Und im übrigen brauchen Sie gar nicht zu denken, daß ich die Rechnung nicht bezahle.« Den Schwestern setzte er ganz schön zu. Wenn eine von ihnen nach der jungen Frau im Nebenbett sah, wurde er immer sofort anzüglich. »Ein richtiger Lüstling ist das!« empörte sich Schwester Taki. Und zu Harumis Mutter soll er gesagt haben: »Siehst auch nicht gerad so aus, als hättest du früher was anbrennen lassen.« Trotzdem konnte man ihn nicht gleich hinauswerfen, kaum daß die Fäden gezogen waren. Gegen Mittag des nächsten Tages kam ein junger Mann von etwa zwanzig Jahren und fragte, wann er den Patienten abholen könne. Er behauptete, der Sohn zu sein, was aber wahrscheinlich nicht stimmte. Einen Tag müsse man noch abwarten, hatte Doktor Mikumo ihm geantwortet. Doch als er nachmittags gegen drei von einem Hausbesuch zurückkam und einen Blick in den Aufenthaltsraum warf, war der Blinddarmpatient verschwunden, einschließlich der Betten und Decken, die ihm gehörten, aber auch des Lakens und der Bezüge, die ihm nicht gehörten. Frau Omachi im Nebenbett hatte nichts bemerkt. Sie mußte geschlafen haben, als er verschwand. Aus dem, was ihm die Schwestern berichteten, schloß Doktor Mikumo, daß der Mann zwischen ein Uhr dreißig und zwei Uhr auf einem Fahrradanhänger weggeschafft worden war. Denn als Schwester Taki gegen halb zwei in das Zimmer gekommen war, hatte der angebliche Sohn dem Patienten noch die Fingernägel beschnitten. Und als Harumis Mutter gegen zwei Uhr die Frau Omachi besucht hatte, war das Nebensofa leer, und da hatte sie zu der Schwester auf dem Korridor gesagt: »Dieser geschwätzige Patient ist wohl schon entlassen?« Vermutlich hatte er sein ganzes Zeug in das Laken gewickelt und aus dem Fenster geworfen, und zwar auf den schmalen Weg, der zum Notausgang führte, dann war er selber aus dem Fenster gestiegen, und der angebliche Sohn hatte das Bettenbündel und den Mann auf den Fahrradanhänger verfrachtet und war losgezogen. Aber es gab nicht einen einzigen Augenzeugen. Obwohl Doktor Mikumo ahnte, daß es umsonst war, schickte er jemanden mit der Rechnung zu der Adresse des Verschwundenen, die jedoch, ganz wie erwartet, nicht stimmte.

Zu allem Übel gehörte der Fahrradanhänger nicht der Klinik. Es war das Gefährt, mit dem Yūko und Harumi die Frau Omachi gebracht hatten. Harumis Mutter entschuldigte sich bei der Frau für die Unachtsamkeit der beiden, daß sie den Anhänger einfach hinter der Klinik hatten stehenlassen. Ihr das zu sagen und sie damit aufzuregen war sicherlich nicht gut, aber sie hatte ohnehin schon einiges mitgekriegt und machte sich sehr viel Gedanken. Daß sich ihr Bettnachbar am hellichten Tage davongestohlen haben soll, ohne daß sie es bemerkt hätte, das würde ihr sowieso niemand abnehmen; sie sei von den beiden Männern bestochen worden, glaubten doch bestimmt alle, und das könne sie auch niemandem übelnehmen, meinte sie und bat nun ihrerseits Harumis Mutter um Verzeihung für alle die Sorgen, die sie ihr bereitete.

Yūko und Harumi war nun wahrhaftig kein Vorwurf daraus zu machen, daß sie den Anhänger in der Gasse abgestellt hatten. Bei Omachi zu Hause war es jedoch offenbar üblich, den Anhänger mit ins Zimmer zu nehmen und aufrecht gegen die Bretterwand zu stellen, obwohl die ganze Wohnung nur aus diesem einen Zimmer bestand, das acht Matten groß war und auch keinen Vorraum hatte. Aber die meisten, die einen Kranken auf einem solchen Anhänger in die Klinik brachten, hielten es für völlig normal, das Gefährt ein oder zwei Nächte lang in der kleinen Gasse stehenzulassen.

Wenn hier jemand zu verurteilen war, dann nur der Mann, der den Anhänger gestohlen hatte, und wenn man ihn nicht ausfindig machen konnte, dann mußte eben die Klinikleitung, die einen solchen Menschen unbesehen aufgenommen hatte, die Verantwortung dafür tragen. Das sei doch wohl nicht mehr als recht und billig. Doktor Mikumo konnte sich dieser Logik nicht verschließen und versprach der Frau, für den Schaden aufzukommen. Daraufhin antwortete sie etwa in dem Sinne, daß das zwar gut und schön sei, doch ihren Vorstellungen nicht ganz entspräche. Sicherlich wollte sie in ihrer Sorge um die Bezahlung der Krankenhauskosten damit andeuten, daß sie den verschwundenen Anhänger gern gegen die Krankenhauskosten aufgerechnet haben möchte.

Durch diese ganze Geschichte verschlechterte sich plötzlich der Zustand der jungen Frau. Am nächsten Morgen hatte sie vierzig Fieber. Eine akute Lungenentzündung war hinzugekommen. Der Doktor spritzte ihr dreihunderttausend Einheiten Penicillin und ein Herzstärkungsmittel. Gegen Mitternacht ging die Temperatur auf achtunddreißig zurück, und es bestand alle Aussicht auf Genesung. Am Tag darauf hatte Doktor Mikumo keine Sprechstunde. Er wollte sich einmal richtig ausschlafen, wurde aber durch einen Anruf von Schwester Taki aus dem Bett geholt. Die Schwester teilte ihm mit, die Frau Omachi wolle die Klinik verlassen. Sie hatte zwischen Leben und Tod geschwebt, als sie in die Klinik kam, aber zwischen Leben und Tod schwebend die Klinik zu verlassen, das ging nicht an!

»Was ist mit dem Direktor? Ist er nicht da?« sagte Doktor Mikumo ungewollt laut. »Die Kranke sorgt sich bestimmt um die Kosten, und deshalb will sie 'raus. Und was ist mit Doktor Uda? Ist er da?«

»Nein, beide machen Hausbesuche.«

»Wenn sie sich wegen der Kosten sorgt, sagen Sie ihr, daß wir die mit der Entschädigung für den Anhänger ausgleichen. Dann wird sie hoffentlich zufrieden sein. Jedenfalls sehen Sie zu, daß Sie sie beruhigen!«

»Bloß, Herr Doktor, der Anhänger ist ja wieder da. Als Schwester Osuma heute morgen im Aufenthaltsraum aus dem Fenster guckte, ist ihr das aufgefallen. ›Da steht doch der Anhänger!‹ hat sie gesagt, und sowie die Kranke das gehört hat, wurde sie schrecklich unruhig.«

»Wir können die Frau nicht rauslassen, nur weil sie wegen

des Geldes Angst hat! Wenn Sie es nicht schaffen, sie zu beruhigen, dann kann das schlimme Folgen haben.«

Nach dem Anruf machte Doktor Mikumo sich dauernd Gedanken, so daß er gegen Mittag doch noch in die Klinik ging. Er kam gerade dazu, wie Harumis Mutter der Kranken den Eisbeutel erneuerte. Sobald die Kranke den Doktor erblickte, stellte sie sich schlafend. ›Sie scheint also fest entschlossen zu sein, die Klinik zu verlassen‹, dachte Doktor Mikumo und heftete seinen Blick auf das scheinbar schlafende Gesicht. Daraufhin schlug die Kranke die Augen auf und sagte mit einem Lächeln: »Wann kann ich nach Hause, Herr Doktor? Ich fühl mich schon ganz gut.«

»Eine Woche werden Sie sich noch gedulden müssen. Ich spritze Ihnen heute wieder Penicillin und außerdem Traubenzucker. Den Rest von der Traubenzuckerlösung gebe ich Ihnen zu trinken. Die schmeckt sehr süß. Aber Sie müssen mir fest versprechen, noch ein bißchen Geduld zu haben und in der Klinik zu bleiben.« Er sagte das im Tonfall eines Kinderarztes, der es mit ganz kleinen Patienten zu tun hat. Die Kranke wurde sehr ernst und antwortete: »Ja, ich versprech es Ihnen.«

Doktor Mikumo gab ihr die Spritzen. Dann sagte er: »So, und jetzt machen wir den Mund ganz weit auf.« Aus einiger Entfernung ließ er von oben her den Rest der Traubenzuckerlösung aus der Spritze in ihren Mund fließen. Aus der Kanüle kam ein ganz feiner Strahl. Die Kranke schloß die Augen und schluckte. »Schmeckt das süß!« sagte sie. »Das wird dir bestimmt guttun«, meinte aufmunternd Harumis Mutter.

Nachdem Doktor Mikumo seine Runde durch die Krankenzimmer gemacht hatte, rief er Harumis Mutter ins Sprechzimmer und bat sie, beruhigend auf die Kranke einzuwirken. Das tue sie ohnehin schon, da könne er ganz sicher sein, sagte sie. Denn eine von Armut so geplagte Frau wie sie wüßte schließlich am allerbesten, wie der Patientin zumute sei.

»Es ist ja bloß wegen diesem verdammten Anhänger«,

schimpfte sie. »Plötzlich war er verschwunden, und da hat sie sich gedacht, man könnte ihn gegen die Operationskosten aufrechnen. So hat sie es Ihnen doch zu verstehen gegeben, nicht wahr? Aber nun ist der Anhänger auf einmal wieder da, und ihre ganze Rechnung geht nicht mehr auf. Deshalb schämt sie sich jetzt.«

»Warum soll sie sich schämen? Ich habe ihr angedeutet, daß sie weder für die Operation noch für den Aufenthalt in der Klinik zu bezahlen braucht. Und ich verstehe einfach nicht, warum sie sich schämt, daß der Anhänger wieder da ist.«

»Herr Doktor, das Mädchen ist arm, aber sie hat trotzdem ihren Stolz. Und weil sie so arm ist, hat es sie viel Überwindung gekostet, Ihnen ihre geheimsten Pläne, aus denen nun nichts wird, anzuvertrauen.«

Harumis Mutter ging, als eine Patientin hereinkam.

Doktor Mikumo trug den Schwestern auf, gegenüber der Frau Omachi kein Wort über die Krankenhauskosten zu verlieren. Das gleiche sagte er zum Klinikdirektor und zu Doktor Uda. Trotzdem war die junge Frau am nächsten Tag noch vor dem Morgengrauen verschwunden! Kurz nach Mitternacht, als Schwester Taki noch einmal durch alle Zimmer gegangen war, hatte die Patientin geschlafen. Sowie sie am frühen Morgen das Verschwinden der Patientin entdeckt hatte, teilte sie es auf der Stelle dem Klinikdirektor mit, und der rief unverzüglich Doktor Mikumo zu Hause an. »So was von Unbesonnenheit!« erboste sich Doktor Mikumo am Telefon. Er bat darum, sich sofort mit Harumis Mutter in Verbindung zu setzen, und machte sich selber auf den Weg in die Klinik.

Harumis Mutter saß schon im Wartezimmer, als er in die Klinik kam. Sie machte ein betrübtes Gesicht. »Was ist los? Ist die Kranke nach Hause gekommen?« – »Ja«, erwiderte Harumis Mutter. »Ich find das auch nicht richtig, aber Sie müssen das schon verstehn, Herr Doktor.«

Am Morgen war Harumis Mutter wie immer zur Nachbarin hinübergegangen, um ihr das Frühstück zu machen. Da war sie mächtig erschrocken, als sie Omachi im Bett liegen sah. Dann kam die Nachricht von der Krankenschwester, und nun hatten Harumi und Yūko der Frau zugeredet, wieder in die Klinik zu gehen. Aber Omachi und auch ihre Mutter hatten erklärt, sie fühle sich schon wieder so wohl, daß das nicht nötig sei.

Doch davon könne bestimmt nicht die Rede sein, murmelte Harumis Mutter mit trauriger Miene vor sich hin. »Was passiert, wenn sie nicht mehr behandelt wird?«

»Dann wird sie sterben. Und das ist sehr wahrscheinlich.«

»Und wenn sie wieder in die Klinik kommt, wird sie dann gesund?«

»Sie muß nicht unbedingt wieder in die Klinik, denn operiert ist sie ja. Sie muß sich nur weiter behandeln lassen wollen, das ist das Problem. Läßt sie sich weiter behandeln, wird sie durchkommen. Aber wenn sie sich nicht behandeln lassen will und ich gehe ungebeten zu ihr, dann macht sie sich gleich wieder Sorgen um das Geld.«

Harumis Mutter griff sich an den Kragen ihrer Soldatenjacke. »Ich werd noch mal mit ihr reden«, sagte sie und ging. Diese Frau hatte die Angewohnheit, immer an ihrem Kragen herumzufingern, wenn sie sehr verlegen war.

Doktor Mikumo wußte nicht, was mit diesem unglückseligen Fahrradanhänger geschehen sollte. Schickte er ihn zurück, dann würde die junge Frau das als eine Aufforderung verstehen, die Krankenhauskosten in barem Geld zu bezahlen. Das stand fest. Ließ er ihn in den Schuppen stellen, dann sah es so aus, als wollte er ihn als Pfand behalten. Doktor Mikumo bat den Klinikdirektor und Doktor Uda um Rat. Der Klinikdirektor meinte, Harumi und Yūko hätten den Anhänger gebracht, deshalb wäre es wohl am besten, sie holten ihn auch wieder ab. Doktor Uda war der Ansicht, man sollte dieses klapprige Gefährt so rasch wie möglich zurückschicken.

Kurz nach Mittag kam Harumis Mutter und teilte ihm mit, daß alles Zureden nichts geholfen habe: Es sei nicht mehr so schlimm mit der Krankheit, hätte Omachi nur gesagt. Das grenze schon an Verbohrtheit, meinte Doktor Mikumo, und ihm kamen allerlei Zweifel. Nein, Verbohrtheit sei das nicht, sondern vielmehr Zurückhaltung, sagte Harumis Mutter. Als sie mit dem Anhänger loszog, sagte sie noch, wenn Harumi und Yūko von der Arbeit kämen, werde sie die beiden zu Omachi schicken, damit sie noch einmal mit ihr redeten.

Ein paar Tage danach kam Harumi in die Klinik gestürzt, um Doktor Mikumo zu holen. Aber weder Doktor Mikumo noch Doktor Uda oder der Klinikdirektor waren da. Harumi war daraufhin zu Doktor Yokota gerannt. Doch für Omachi war es zu spät. Wie Doktor Yokota hernach erzählte, war die Krisis schon eingetreten, als er zu der Kranken kam.

1949

OPA STIERTIGER

Eine gewundene Straße, die sich mitten durch Kasumigamori zieht, trennt das Dorf in einen östlichen und in einen westlichen Teil. Wie mit ihr verschwistert, schlängelt sich ebenso gewunden ein Bergbach dahin. Die Leute aus Yaburodani, dem Nachbardorf am Oberlauf des Flüßchens, müssen, wenn sie außerhalb ihres Dorfes etwas besorgen wollen, immer die Straße, die durch Kasumigamori führt, benutzen, denn Yaburodani ist auf drei Seiten von steilen Bergen eingefaßt und nur nach Kasumigamori hin offen. Yaburodani liegt also am Ende eines Talkessels. Wenn deshalb Kinder aus Kasumigamori auf der Straße Kinder aus Yaburodani sehen, rufen sie hinter ihnen her: »Talärschler! Talärschler!«

In Yaburodani lebt ein alter Mann, der eine glückliche Hand bei der Zucht von Bullen hat und von allen nur Ushitora-jiisan, Opa Stiertiger, genannt wird. Eigentlich heißt er Torakichi, Tigerglück, aber weil er ein unübertroffener Stierzüchter ist, hat ihm irgendwer einmal den Namen »Opa Stiertiger« gegeben, und seither heißt er nur noch so. Sein Erwerb besteht darin, daß er Deckbullen hält. Hat er doch ein untrügliches Auge dafür, ob ein Tier gute oder schlechte Anlagen besitzt. Er kauft ein auf den ersten Blick ganz unscheinbar aussehendes Kalb, und unter seinen Händen wächst es dann zu einem prächtigen, wohlgestalteten, imponierenden Bullen heran. Viehhändler von nah und fern haben sich schon bei Opa Stiertiger nach Kniffen für die Aufzucht erkundigt, aber er antwortet ihnen immer nur, daß er keine besonderen Tips zu geben wüßte.

Vor kurzem veranstalteten zwei Präfekturen gemeinsam eine große Rinderschau. Dabei gewannen die von Opa Stiertiger ausgestellten Zuchtbullen alle drei Preise. Der erste, der zweite und der dritte Preis – sie gingen alle an Opa Stiertigers

Bullen. Bei der Preisverleihung machte der Vertreter einer großen Zeitung aus Ōsaka zwei Fotos von Opa Stiertiger. Für die Lokalseite, wie er sagte. Das eine zeigt den Alten, da er aufgefordert war zu lachen, mit weitgeöffnetem zahnlosem Mund, das andere, wie er dem Bullen, der den ersten Preis gewonnen hatte, den Kopf krault.

Außerdem richtete der Zeitungsmann ein paar Fragen an Opa Stiertiger: »Würden Sie mir bitte die wesentlichsten Voraussetzungen für eine erfolgreiche Rinderhaltung nennen? Das wichtigste ist doch sicherlich, so nehme ich an, daß man es nicht an Liebe zu den Tieren fehlen läßt. Zudem wird man gewiß auch ihre Gewohnheiten gut kennen müssen. Aber haben Sie daneben noch irgendwelche Geheimnisse? Bei der Bedeutung, die der Viehzucht zukommt, wäre ich Ihnen dankbar, wenn Sie ein paar Worte dazu sagen würden.«

Der Alte sah verlegen drein. Und daß sich die Blicke so vieler Leute auf ihn richteten, brachte ihn vollends durcheinander. Da meinte ein Beamter aus der Abteilung Viehzucht in der Präfekturverwaltung neben ihm: »Na, gibt's denn so etwas wie ein Geheimnis? Opa, ein Geheimnis oder irgend so einen Kniff?«

Der Alte dachte eine ganze Weile nach und sagte schließlich zu dem Zeitungsmann: »Einen Kniff? Ach woher, von so was weiß ich nichts. Das einzige ist, wenn ich mit den Tieren umgeh, daß ich's jeden Tag immer wieder mit dem Gefühl tu, als würd ich's das erstemal machen. Ob ich mit den Bullen loszieh, ob ich Gras mäh, ob ich ihnen Futter in die Krippe schütte, ob ich sie ausmiste oder ihnen das Fell striegle – ich mach das alles, als würd ich's zum erstenmal in meinem Leben tun.«

Eifrig hielt der Vertreter der großen Zeitung alles auf dem Papier fest, wobei er fortwährend nickte.

Der Zeitungsmann war noch jung und schien alles wissen zu wollen, sogar die Namen der drei preisgekrönten Bullen interessierten ihn. Den Bullen, der den ersten Preis gewonnen hatte, sagte der Alte, würde er »Chiya« nennen, weil er ihn in einem Ort namens Chiya gekauft hätte. Den, der den zweiten Preis gewonnen hatte, würde er »von Heisaku Gekaufter« nennen, weil er ihn als Kalb von einem gewissen Heisaku aus Kasumigamori gekauft hätte, und den dritten »auf dem Markt Gekaufter«, weil er ihn ebenfalls als Kalb auf dem allmonatlichen Viehmarkt gekauft hätte.

Derartig banale Namen entsprachen offenbar nicht dem Geschmack des Zeitungsmannes. Sichtlich unzufrieden sagte er: »Gibt es denn keine Namen, die ein bißchen mehr ländliche Poesie haben? Mir jedenfalls wären solche echt ländlichen Namen lieber, unter denen man sich etwas vorstellen kann und die an die Tage kindlicher Unschuld auf dem Dorf erinnern. Zum Beispiel ›Wildkirsche‹, das bedeutet Blütenpracht tief in den Bergen, oder ›Wolga‹, da würde man den Schiffer vor sich sehen, wie er kraftvoll sein Boot durch den Fluß steuert, oder ›Eichenlaub‹ oder auch ›Knabenkraut‹, da würde man an frisches Grün denken. Wie wäre es mit solchen Namen? Könnten Sie sich nicht entschließen, zur Erinnerung an die ehrenvolle Preisverleihung heute Ihre Bullen umzutaufen?«

Der Mann von der Zeitung war vielleicht wirklich ein freundlicher Mensch. Oder aber es ging ihm gegen den Strich, über Stiere mit solchen einfältigen Namen wie den »von Heisaku Gekauften« einen Artikel zu schreiben.

Opa Stiertiger wußte nicht, warum er etwas dagegen haben sollte.

»Wo Sie sich nun schon mal den Kopf darüber zerbrochen haben, wollen wir's so machen. Wie war das noch mit den Namen?«

»›Wildkirsche‹ – ›Wolga‹ – ›Eichenlaub‹«, wiederholte der Alte still vor sich hin, bis sich ihm die drei Namen eingeprägt hatten. Der Träger des ersten Preises bekam den Namen »Wildkirsche«, der des zweiten »Wolga« und der des dritten Preises »Eichenlaub«. – Als der Alte, in sein Dorf zurückgekehrt, seinem Sohn davon erzählte, wollte dieser vor Scham in den Boden sinken. Das seien Namen von Cafés, sagte er, und schon beim Hören ziehe es ihm in den Zähnen. Die Geschichte sprach sich herum, und den Leuten aus der Nachbarschaft gefielen die Namen, denn durch sie seien die Bullen des Alten zu neuen Ehren gekommen.

In der Nachrichtenspalte auf der Lokalseite der Zeitung erschien dann auch ein Artikel über die Bullenschau, allerdings war er nur magere vier, fünf Zeilen lang. Es stand eigentlich nicht mehr darin, als daß die Bullen von Opa Stiertiger alle Preise gewonnen hätten. Dennoch hatte dieser Artikel zur Folge, daß die Zahl der Leute, die zu dem Alten kamen, um ihre Kühe von seinen Bullen decken zu lassen, ganz erheblich stieg. Bisher war der Alte gewöhnlich mit seinen Bullen durch die benachbarten Dörfer gezogen, um dort, wo eine Kuh rinderte, zu Diensten zu stehen. Seit eh und je war auf seine Bullen Verlaß gewesen, und weil fast auf jedem Gehöft mal eine Kuh rinderte, wurde das Geschäft von den Bullen des Alten besorgt. Es hatte aber auch Zeiten gegeben, da der eine oder andere mit seiner Kuh zu dem Alten nach Hause gekommen war. Aber weil sein Sohn ganz entschieden etwas dagegen hatte, daß die Kühe bei ihnen zu Hause gedeckt wurden, war der Alte mit seinen Bullen wieder dorthin gezogen, wo sie gebraucht wurden.

Sein Sohn Tōkichi war zwar nur ein einfacher Köhler, trotzdem hatte er erklärt, es komme nicht in Frage, daß der eigene Vater auf ihrem Anwesen seine Bullen sich so anstößig aufführen lasse. Dem Sohn war das zutiefst zuwider, und zu den Nachbarn hatte er sogar gemeint, daß er sich von seinem Vater lossagen würde, sollte dieser sich nicht fügen.

Tōkichi hatte einen Sohn und eine Tochter. Als der Sohn vor zwei Jahren in die Schule gekommen war, hatte Tōkichi seinen Vater zudem aufgefordert, wenigstens im eigenen Dorf aufzuhören, seine Bullen zu den Kühen zu führen. Denn der Junge täte ihm leid, hatte er gesagt, weil er deshalb von den anderen Kindern in der Schule gehänselt werde.

Zuerst hatte der Alte seinen Sohn noch darum gebeten, nicht gar so streng zu sein. »Wenn du Schullehrer wärst«, sagte er, »na, dann würd ich noch verstehn, daß du dich so hast. Aber zum Glück bist du ein einfacher, ehrlicher Köhler, und da könnt man doch wirklich ein bißchen mehr Großzügigkeit erwarten.« Im Dorf gebe es nicht eine Familie, die sich keine Kuh halte, und von den Schulkindern kämen gewiß auch welche aus Familien, wo die Kühe gedeckt würden, wenn es an der Zeit wäre, und deshalb verstehe er überhaupt nicht, wieso diese Kinder den Enkel desjenigen, der mit seinen Bullen übers Land ziehe, scheel ansehen sollten. Schließlich sei ein Bullenhalter doch kein Zuhälter. Er sei vielmehr so etwas wie ein Arzt.

Sein Sohn Tōkichi aber hielt ihm entgegen, daß sich der Junge aus dem Grunde schäme, weil sein Großvater Geld dafür nehme, wenn seine Bullen die Kühe bespringen. Wegen des Jungen möge er doch ein Einsehen haben, bat Tōkichi. Und um seines einzigen Enkelsohnes willen hatte dann der Alte wenigstens im eigenen Dorf aufgehört, seine Bullen die Kühe decken zu lassen.

Aber jetzt hatte der Name des Alten in der Zeitung gestanden, und das führte, so darf man mit Fug und Recht behaupten, am Ende dazu, daß sich die Familie des Alten zerstritt. Denn nun rückten alle sieben oder zehn Tage mindestens zwei Mann mit ihren rindernden Kühen an. Der Alte berief sich auf das ungeschriebene Gesetz in der Familie und lehnte ab, obwohl manch einer böse wurde und meinte, daß man soviel Hartherzigkeit nach dem langen Weg nicht verdient habe. Andere bemerkten kopfschüttelnd, er solle sich bloß nichts einbilden. War der Sohn zu Hause, schickte der Alte die Kundschaft mit dem Bescheid fort, er würde mit einem Bullen zu ihnen kommen. Aber oft war der Sohn draußen beim Holzkohlebrennen, und dann spielte sich alles ganz anders ab. Hatte sich ein Kunde eingestellt, wenn der Sohn nicht da war, so führte der Alte ihn unbemerkt von Schwiegertochter und

Enkelsohn erst einmal in den Wald und holte danach einen seiner Bullen. Jedoch auch das wurde ruchbar, nachdem es sich einige Male wiederholt hatte. Und das war an sich kein Wunder. Sein Sohn Tōkichi erfuhr davon durch einen Holzkohlenhändler. Daraufhin kam er wutentbrannt nach Hause. Nach dem Abendessen, als die beiden Kinder schlafen gegangen waren, wandte sich Tokichi an seine Frau: »Ich versteh das nicht. Ihnen solche schrecklichen Namen wie ›Wolga‹ und ›Eichenlaub‹ zu geben! Das versteh ich einfach nicht! Ich hab dir gesagt, daß du mir diese scheußlichen Namen ja nicht in den Mund nimmst. Aber du hast es trotzdem getan, so daß jetzt schon die Kinder so reden. Die ganze Familie geht daran kaputt!«

Die Frau sah die Gewitterwolken heraufziehen und machte sich schweigend an das Spülen des Abendbrotgeschirrs.

»Ich hab heute vom Holzkohlenhändler ganz was Schlimmes gehört«, fuhr Tōkichi, an seine Frau gewandt, fort. »Eine Schande ist das! Aber es ist eben nichts so fein gesponnen, es kommt doch an das Licht der Sonnen. – Da führt man die Bullen heimlich in den Wald und läßt sie für Geld die Kühe bespringen. Und du tust so, als hättest du nichts davon gewußt. Die Kühe in aller Heimlichkeit zu decken, das ist ja so was wie Unzucht! So steht es also um die Abmachungen in unserer Familie!«

»Verdammt! Jetzt reicht's mir aber«, sagte der Alte und warf die Strohsandalen, die er als Abendbeschäftigung zu flechten pflegte, auf den Fußboden. »Das ist ja nicht mehr auszuhalten. Die Familie geht daran kaputt, was soll das heißen? Und Unzucht? Was redest du da bloß zusammen? Wenn eine Kuh gedeckt wird, was hat das mit Unzucht zu tun? Willst du etwa sagen, daß ein Mann, wenn er in den Wald kommt und sieht, wie sich zwei Libellen paaren, Unzucht und Ehebruch begangen hat?«

»Das ist mir egal, ob man das im Wald sieht oder im Kuhstall. Darum geht es überhaupt nicht. Heimlich den Bullen die Kuh bespringen zu lassen und dafür Geld zu kassieren, das ist das Gemeine. Wenn das irgendein Fremder mit seinem Bullen macht, dann denk ich mir überhaupt nichts dabei. Daß du den Unterschied nicht begreifst, das ist eben das Traurige. Das ist das Widerwärtige. Was hab ich dafür nicht alles schon als Kind ausstehen müssen! Nur deshalb bin ich Köhler geworden, nur deshalb. ›Eichenlaub‹ und ›Wolga‹, wenn ich das bloß höre, reicht's mir schon. Mich hält hier keiner mehr im Haus!«

»Nun mach aber einen Punkt! ›Eichenlaub‹ und ›Wolga‹, das sind zwei prachtvolle Bullen. Ich bin berühmt für meine Bullenaufzucht. Mein Name stand in der Zeitung. Wenn dich hier nichts mehr hält, bitte schön. Je mehr ich klein beigebe, desto mehr nimmst du dir 'raus. Hau doch ab!«

Tōkichi, der an der Küchentür gesessen hatte, sprang auf und ging nach vorn aus dem Haus. Seine Frau rannte ihm bis zur Vordertür hinterher und kam dann wieder zurück, als sie sich sicher war, daß ihr Mann den Weg in Richtung Köhlerhütte eingeschlagen hatte.

Auch der Alte war außer sich vor Wut.

»Soll er machen, was er will. Ich nehm meine Bullen und zieh durch die Dörfer, und zwar auf der Stelle. Mein Geduldsfaden ist gerissen. He, Schwiegertochter, sag das Tōkichi. Sag ihm, daß ich hierher nicht mehr zurückkomm.«

Der Alte machte seine Worte tatsächlich wahr und raffte zusammen, was er für seine Wanderung durch die Dörfer brauchte.

Eine solche harte Auseinandersetzung zwischen Vater und Sohn hatte auch Tōkichis Frau noch nie erlebt. Daß man sich ein wenig stritt, war nichts Seltenes. Aber der Alte hatte dann immer sofort eingelenkt, und deshalb waren die Wellen niemals sehr hoch geschlagen. Diesmal jedoch war es anders. Tōkichi hatte den Alten noch nie so beleidigt. Und bisher hatte auch der Alte noch nie so scharf erwidert. Die Frau wußte wirklich nicht, was sie machen sollte.

»Opa, beruhige dich bitte«, sagte sie und kniete vor ihm unbeholfen auf dem Boden. »Ich entschuldige mich für ihn.«

»Laß das! Ich kann ’ne ganze Menge vertragen, aber beileibe nicht alles. Bestell ihm das!« sagte der Alte und fuhr in seine langen Gummistiefel. Er brauchte sich nur noch die Kiepe aufzuhucken und war dann fertig zum Aufbruch. In die Kiepe hatte er zwei Futtereimer, Decken, eine Sense und eine Sichel, einen Wetzstein, einen Korb, Striegel und noch einiges mehr gesteckt.

Obwohl sich die Bullen schon hingelegt hatten, führte der Alte sie alle drei aus dem Stall. »Eichenlaub« allerdings würde er bei Gosuke, einem Nachbarn, der viel für Bullen übrig hatte, unterstellen. Die örtlichen Bestimmungen erlaubten nämlich nicht, daß ein einzelner Mann mehr als zwei ausgewachsene Rinder mit sich herumführte. Außerdem war »Eichenlaub« der Jüngste. Zwar würde das bei Gosuke bestimmt nicht passieren, aber wenn man einen älteren Bullen trat oder schlug, bestand immerhin die Gefahr, daß er auf den Menschen losging. Gosuke besaß nur ein Kalb, da er jedoch vier Kinder hatte, würde es nicht an Händen mangeln, die den Bullen versorgten. Die Kinder der Familien in den Bergen schließen schnell Freundschaft mit einem Rind. Für sie ist es wie ein Spielgefährte.

Gosuke saß noch mit allerlei Gerätschaften um sich herum im ungedielten Vorraum zur Küche und war wie allabendlich damit beschäftigt, Schrotkugeln zu gießen. Er ließ geschmolzenes Blei in kaltes Wasser tropfen, und aus jedem Tropfen wurde eine Schrotkugel. Gosuke selber ging auch auf die Jagd. Schon im Sommer fing er in seiner freien Zeit damit an, Schrotkugeln zu gießen, die er dann an andere Jäger verkaufte, um so zu dem Geld für seine eigene Munition zu kommen.

»Gosuke, ich hab ’ne Bitte. Kann ich ›Eichenlaub‹ bei dir unterstellen? Die Unkosten begleichen wir, indem du die Hälfte vom Deckgeld kriegst.«

Opa Stiertiger war noch so in Rage, daß er gleich die Hälfte anbot, ohne erst im Kopf noch einmal nachzurechnen.

»Was sagst du da? ›Eichenlaub‹? Ist das dein Ernst?«

»Na was denn sonst! Mir liegt da was mächtig im Magen. Hat nämlich ganz schönen Krach gegeben.«

Gosuke schob die Tür auf und rief seiner Frau, die in der Küche die Handmühle drehte, zu: »Hör mal auf damit. Wir haben hier was Wichtiges zu besprechen, da geht einem das ja auf die Nerven!«

Daraufhin wurde es still in der Küche.

Der Alte berichtete nicht einfach, was vorgefallen war, sondern machte daraus eine recht hübsche Geschichte und sagte sinngemäß folgendes: Er habe so seine Gründe, daß er eine Weile mit seinen Bullen in der Gegend umherwandern werde. Von Zeit zu Zeit müsse er auch »Eichenlaub« zum Decken holen, aber da er dann mit keinem Fuß über die Schwelle des eigenen Hauses treten wolle, möchte er »Eichenlaub« hier unterstellen. Das tue er nicht aus irgendeiner Laune heraus und auch nicht, weil es etwa um »Eichenlaub« nicht gut stehe. Vielmehr habe ihn so ein Gefühl von der Vergänglichkeit alles Irdischen gepackt.

Anfangs hatte Gosuke etwas ungläubig dreingeblickt, aber dann antwortete er, als hätte er sich eines anderen besonnen, recht nachdenklich: »Hm, hm, ich glaub, ich kann dir ganz gut nachfühlen, eben weil ich, wie du weißt, mit dem Gewehr auf lebende Wesen schieß. Irgendwie hat das Schicksal immer seine Hand im Spiel. Einverstanden, ich nehm ihn. Kannst ihn bei mir unterstellen.«

»Also abgemacht! Er steht draußen vor der Tür.«

Wie bei einem Handel mit Rindern und Pferden üblich, klatschten sie dreimal hintereinander in die Hände.

Gosuke führte »Eichenlaub« in den Kuhstall und schnitt dann etwas Grünfutter klein. Während seine Frau ihm dabei mit einer Fahrradlampe leuchtete, sagte sie frohgestimmt: »Dann können wir ihn ja nächstes Jahr auf die Ausstellung bringen. Oder wie ist das? Einen Preis holt er doch bestimmt wieder. Ich weiß nicht, aber muß er dann nicht unter unserem Namen ausgestellt werden?«

»Halt deinen dämlichen Mund!« schimpfte Gosuke.

Opa Stiertiger leuchtete mit der Laterne in den Stall. »Eichenlaub« hatte sich auf der Strohschütte ausgestreckt. Das Kalb, das nun Gesellschaft erhalten hatte, stand indessen in einer Ecke des Kuhstalls.

Gosuke und seine Frau begleiteten Opa Stiertiger den Hang hinunter bis auf die Straße. Der Alte war zwar immer noch voller Zorn über seinen Sohn, aber er sprach von Ingwer und Maulwürfen, als beschäftige ihn augenblicklich überhaupt nichts anderes. Dabei lag es mehr als zwanzig Jahre zurück, daß ihm der Ingwer, den er angebaut hatte, von Maulwürfen aufgefressen worden war. Und Gosuke seinerseits gab zum besten, als Kind gesehen zu haben, wie ein Hund hinter Maulwürfen hergejagt war.

Sowie sie auf die Straße gelangt waren, ließ der Alte »Wildkirsche« vornweg gehen, »Wolga« führte er hinter sich her. Der Mond war noch nicht aufgegangen, aber der Himmel war mit Sternen übersät, und das brachte den Alten ein wenig auf andere Gedanken. Auch das Klappern der Hufe und das Rauschen des Flusses klangen so trostlos nicht. Als der ovale Mond aufstieg, hatten sie Kasumigamori schon erreicht.

Der Alte überließ es den Bullen, sie zu einem Gehöft zu führen, wo man gegen ihren Besuch nichts einzuwenden haben würde. Besonders »Wildkirsche« fand mit einer Art von sechstem Sinn stets heraus, wo gerade eine Kuh rinderte. Vielleicht verrieten ihm seine Nase oder vielleicht auch sein Gehör, mit dem er aus weiter Ferne selbst das leiseste Muhen einer Kuh noch wahrnahm, den rechten Zeitpunkt und den Aufenthaltsort einer Gefährtin. Vielleicht aber war es auch nur durch Wiederholung gewonnene Erfahrung, die ihm eine Ahnung eingab.

»Also, dann mal los! Sieh zu, daß du was findest!« sagte der

Alte, warf »Wildkirsche« die Führleine auf den Rücken und ließ ihn ziehen.

»Wildkirsche« beschleunigte etwas seinen Gang und brüllte »Muh! Muh ...« Als Antwort darauf erscholl von jenseits des Flusses aus der Gegend um den Tempelschrein im Ostteil des Dorfes das Blöken einer Kuh. Der Alte wußte sofort, daß das nur die Kuh von einem gewissen Shuzō, der gegenüber vom Schrein wohnte, sein konnte. »Wildkirsche« hatte seine Fähigkeit, mit dem sechsten Sinn eine Kuh aufzuspüren, glattweg vergessen und sich einfach auf das Brüllen verlassen.

»So was Hinterhältiges!« schimpfte der Alte, während er hinter »Wildkirsche« herrannte.

Von Zeit zu Zeit brüllten sie beide abwechselnd, »Wildkirsche« und Shuzōs Kuh von jenseits des Flusses. Manchmal fiel »Wolga« auch mit ein. Der Pfad von der großen Straße hinüber zum Ostteil führte über eine schmale, mit Erde bedeckte Brücke. Unter der Brücke ragte aus tiefem Wasser ein muschelförmiger Fels auf. In einer mondlosen Nacht wäre das Passieren der Brücke nicht ganz ungefährlich gewesen. Aber so überquerte »Wildkirsche« sie ohne Zögern und kam erst wieder vor Shuzōs Kuhstall zum Stehen.

Die Kuh drinnen im Stall gebärdete sich wie toll. Sie schnaubte heftig, schob ihre Hörner unter den Türbalken und bemühte sich, von innen her die Tür aufzustoßen. Diese Kuh geriet jedesmal, wenn sie in Hitze kam, richtig außer sich. Im vorigen Jahr war sie zweimal gedeckt worden, aber ein Kalb hatte sie nicht geboren. In diesem Jahr war sie auch schon einmal beim Bullen gewesen, doch offenbar wieder vergeblich. Vielleicht war sie unfruchtbar. Bloß hielt sie das dann nicht davon ab, sich in höchste Erregung zu steigern und wie wild herumzutoben.

Der Alte führte seine beiden Bullen hinter die Scheune und band jeden für sich an einen Persimonenbaum.

Von dem Lärm aufgeschreckt, kam Shuzō aus der Hintertür gestürzt und rief: »Wer ist das?« Als er Opa Stiertiger und seine Bullen gleich darauf im Mondlicht erkannte, schien er sehr erleichtert.

»Machst wohl gerad wieder deine Runde, Opa Stiertiger?« sagte er. »Du kommst mir wie gerufen. Meine Kuh brüllt und tobt die ganze Zeit über. Ich hab schon wer weiß wie oft nach ihr im Stall geguckt und wußt mir überhaupt keinen Rat mehr. Du bist für mich wie ein Buddha in der Hölle!«

»Tut mir leid, daß ich so spät in der Nacht mir nichts, dir nichts hier reingeschneit komm.«

»Was? Und wenn's noch später wär, ich bin ja froh, daß du da bist. Guck dir meine Kuh an, wie die sich quält. Da dreht sich einem ja das Herz im Leibe um. Und außerdem ist mir das vor den Nachbarn richtig peinlich, daß sie so außer Rand und Band ist.«

Shuzō löschte die Laterne, die er in der Hand hielt.

Nachdem der Alte die Kuh ganz kurz angebunden hatte, damit sie im Stall nicht umherrennen konnte, holte er »Wildkirsche« und trieb ihn in den Stall. Das Decken war die Sache eines Augenblicks. Damit alles auch schön drinblieb, massierte der Alte eine Weile der Kuh den Rücken. Danach brachte er »Wildkirsche« und »Wolga« in einen leerstehenden Pferdestall und ließ sie an das Süßkartoffelkraut, das Shuzō ihnen in die Futtertröge geworfen hatte.

Shuzō war ein alleinstehender Vierziger. Kinder hatte er auch nicht. Selbst wenn er sich nur Teewasser machen wollte, hatte er seine liebe Not mit dem Feuer unter dem Kessel und qualmte dann die ganze Küche voll. Seine Frau war ihm im vergangenen Jahr gestorben. Da könne man zwar nichts machen, so sagte Shuzō, aber es verletze ihn in tiefster Seele, daß seit einiger Zeit seine Nachbarn von seiner Kuh als von einem liebestollen, unfruchtbaren Weib redeten. Im vorigen Jahr hatte er sie zweimal von Opa Stiertigers Bullen bespringen lassen, aber weil dabei nichts rausgekommen war, hatte Shuzō es in diesem Jahr auf sich genommen, mit seiner Kuh zu der zwanzig Kilometer entfernten Zuchtstation O. K. zu ziehen. Doch auch das hatte nichts gefruchtet. Das Schlimme war nur, daß sie einen richtigen Rappel bekam, wenn sie rinderte.

Schon zweimal hatte sie nachts die Stalltür zertrümmert und das Weite gesucht. Beim erstenmal waren ihre Spuren am nächsten Morgen genau zu verfolgen gewesen. Zuerst war sie nebenan bei den Tsuruyas auf den künstlich angelegten Hügel gelaufen und hatte dort auf die bemoosten Gartensteine ein paar Fladen gesetzt. Dann war sie zu dem Gehöft einer Witwe weitergezogen, wo auch gerade eine Kuh rinderte, und hatte sich dort vor dem Kuhstall zu schaffen gemacht. Der älteste Sohn der Witwe war, als er das Getrappel hörte, aus dem Haus gekommen, aber als er die sonderbare Kuh hatte einfangen wollen, war sie schneller als ein Pferd in Richtung des Dorfes Ashishina davongerannt.

Erst als es Morgen wurde, hatte Shuzō entdeckt, daß die Stalltür aufgebrochen und die Kuh verschwunden war. Da war aber was los. Zumal er gleich darauf von den Tsuruyas das Neuste zu hören bekam, nämlich, daß irgendeine Kuh sich auf ihren Gartensteinen entleert und die zum Trocknen auf die offene Veranda gehängten Riesenrettichstreifen alle aufgefressen hätte.

›Wenn ich sie nicht so schnell wie möglich einfange und ihr doppelkohlensaures Soda zu saufen gebe, quellen die getrockneten Rettiche in ihrem Pansen auf, beim Wiederkäuen bleiben sie ihr im Hals stecken, und sie krepiert daran, und dann bin ich sie los‹, hatte Shuzō bei sich gedacht, als er sich, bleich vor Schreck, mit dem Fahrrad auf die Suche gemacht hatte. Glücklicherweise fand er sie dann bald zwischen den Terrassenfeldern des Dorfes Ashishina, wo sie irgend jemand an einen Persimonenbaum gebunden hatte. Gewiß, sie war ja nur eine Kuh, aber daß sie soviel Aufsehen erregte, und zwar vor allem wegen ihrer Ausbrüche fleischlicher Lust, dafür schämte sich ihr Besitzer.

Das zweitemal rannte sie davon, als einundzwanzig Tage nach dem Decken in der Zuchtstation O. K. vergangen waren. Da lief sie mitten in der Nacht die zwanzig Kilometer schnurstracks bis zu dem Bullenstall O. K. Als Shuzō am Morgen entdeckte, daß seine Kuh wieder verschwunden war, hatte er sofort richtig vermutet: Er setzte sich aufs Fahrrad, fuhr zur Zuchtstation O. K. und holte seine Kuh nach Hause. Selbst eine Kuh überkommt vielleicht Sehnsucht nach dem Partner, mit dem sie zusammen war, hatte Shuzō sich gesagt und damit, wenn auch aus reinem Zufall, zum Glück gleich ins Schwarze getroffen. Hätte er erst noch viel Zeit verloren, wäre ihm die Kuh sicherlich von irgend jemandem weggeführt worden.

So hatte also Shuzō mit der Kuh seine rechte Mühe, trotzdem hing er sehr an ihr und wünschte sich nichts mehr, als daß sie mit einem Kalb gesegnet werde. Wenn sie ein Kalb bekäme, so meinte Shuzō, würde sie bestimmt auch von ihrer Liebestollheit geheilt werden. Als sie in der Küche Tee tranken, stand Shuzō mitten in der Unterhaltung immer wieder auf, um in den Kuhstall hinüberzuschauen.

»Ob's klappt? Was meinst du?« fragte Shuzō besorgt. »Wenn's diesmal wieder nichts wird, dann ist sie wohl doch unfruchtbar – oder?«

Darauf zu antworten lag nicht in der Macht des Alten. Nur ein Tierarzt würde das nach gründlicher Untersuchung feststellen können.

Die beiden legten sich schlafen, aber Shuzō ging dann noch einmal in den Stall hinüber. Wie sich zeigte, lag die Kuh mit eingeknickten Vorderbeinen auf dem Bauch und käute, friedlich vor sich hinsabbernd, wieder. Shuzō war kaum wieder im Bett, als er erneut anfing, dem Alten sein Leid zu klagen.

Es war ganz normal, daß eine Kuh bald wieder rinderte, wenn es mit dem Decken nicht geklappt hatte. Shuzō machte sich offenbar viel zuviel Gedanken darüber. Aber er hätte, wie er sagte, einfach Angst davor, daß sie, wenn es auch diesmal nichts geworden sei, gleich wieder in Hitze geraten könnte und brüllen und toben würde. Und wie stünde er dann vor seinen Nachbarn da. Schließlich wüßte man nicht, ob sie nicht genauso von ihm wie von seiner Kuh dächten. Wie der Herr, so 's Gescherr. Allein um sie zu beruhigen, würde er sie zum Bullen lassen. Und wenn es schon bloß noch um das Beruhigen ging, würde ihm selbst der erbärmlichste Bulle aus der Nachbarschaft recht sein. Aber wenn sich ein Mann in seinem Alter, der obendrein noch alleinstehend war, zu so etwas hergebe, würde auch das bestimmt wieder einen schlechten Eindruck machen.

Der Alte war vor zwei Jahrzehnten wegen einer Zirkustruppe schon einmal in eine ähnliche Situation geraten. Genau vor zwanzig Jahren war nämlich der Viehmarkt in Kasumigamori eingeweiht worden, und zur feierlichen Eröffnung hatte jemand vom Vorstand einen Zirkus eingeladen. Das war eine Truppe von etwa zehn Männern und Frauen gewesen, die zwei Pferde, eine Kuh und einen Hund vorführten und mit den Tieren die Zuschauer zum Lachen brachten.

Von dieser Truppe war der Alte gebeten worden, mit einem Bullen zu erscheinen. Die Zirkusleute hatten ihr Strohmattenzelt in der Flußniederung bei Kasumigamori aufgeschlagen. Als der Alte mit seinem Bullen kam, bat ihn ein stattlicher Mann, der eine Sonnenbrille trug und offenbar der Direktor der Truppe war, seiner rindernden Kuh die Ruhe wiederzugeben. Trächtig zu werden brauche sie nicht, sagte er, die Hauptsache sei, daß sie sich wieder beruhige. Ein solcher Auftrag war für einen Bullenhalter nicht gerade eine Ehre. Dieser Mann, der wie der Direktor aussah, hatte dann doch tatsächlich das Ansinnen an ihn gestellt, die beiden Tiere sich zwar paaren zu lassen, aber nach Möglichkeit zu verhindern, daß die Kuh davon ein Kalb bekäme. Empört war der Alte mit seinem Bullen auf der Stelle umgekehrt. Diese Geschichte hatte dann die Runde gemacht, und am Ende hieß es, der Bullenhalter Stiertiger habe seinen Zuchtbullen die

Zirkuskuh bespringen lassen, nicht um sie zu besamen, sondern um ihre Lust zu befriedigen. Ihm wurde also nachgeredet, auch ein Bullenzuhälter zu sein. In ein, zwei Tagen war die Sache nicht nur in Kasumigamori, sondern auch in Yaburodani und den anderen Nachbardörfern herum. Das Ergebnis davon war, daß Stiertiger überall ausgelacht wurde, die Zirkuskuh indessen sich allergrößter Popularität erfreute. Die meisten Leute schienen sie für ein lustvolles, flottes Wesen zu halten. Dem Zirkus sicherte das einen ziemlichen Zulauf, aber für den Alten hatte es zur Folge, daß sein Sohn Tōkichi, der damals noch zur Schule ging, eine ganze Weile von den anderen Kindern gemieden wurde. Es war nicht nur fünf- oder sechsmal der Fall, daß Tōkichi weinend von der Schule nach Hause kam. Was er damals ausstehen mußte, hat wahrscheinlich so tiefe Wunden bei ihm hinterlassen, daß er sich bis zum heutigen Tag eine solch übertriebene Empfindlichkeit in diesem Punkt bewahrte.

»Das ist alles gar nicht so einfach«, sagte Opa Stiertiger. Und Shuzō darauf: »Ja, ja, wenn man erst ins Grübeln kommt, findet man kein Ende. Laß uns schlafen!«

Am nächsten Morgen wachte der Alte in aller Frühe auf. Es war ein herrliches Wetter. Noch vor dem Frühstück ging er zur Mühle hinüber, um Reiskleie zu kaufen. Und weil er schon mal unterwegs war, lief er auch gleich noch zu dem Laden, in dem es Sojabohnenquark gab, und kaufte etwas von den Rückständen aus der Quarkzubereitung. Das fütterte er alles seinen Bullen. Nur von den Quarkresten ließ er ein bißchen übrig und bat Shuzō, es unter den Reis zum Frühstück zu mengen.

Der Alte war gerade mit dem Frühstück fertig, als er Besuch bekam. Es war Uchidaya aus Kasumigamori, der irgendwie erfahren hatte, daß er Opa Stiertiger bei Shuzō antreffen würde. Gleich darauf stellte sich noch ein zweiter Besucher ein, und zwar der Priester vom Myōkendō-Tempel aus dem Westteil von Kasumigamori, der nach dem Namen des Tempels von allen nur Myōkendō genannt wurde. Und als hätten sie sich verabredet, brachten beide Süßkartoffeln als Geschenk mit. Die seien für die Bullen, sagten sie zu dem Alten und baten ihn, zu ihren Kühen zu kommen.

Als der Alte seine zwei Bullen aus dem Pferdestall führte, wollten beide, Uchidaya wie auch der Priester, daß »Wildkirsche« ihre Kühe decke. Aber »Wildkirsche« stand für einige Zeit nicht zur Verfügung. Normalerweise paart man einen Bullen im besten Alter im Jahr mit siebzig bis fünfundsiebzig Kühen. Der Alte indes hatte es sich zur Regel gemacht, »Wildkirsche« nicht mehr als fünfmal im Monat auf eine Kuh zu lassen. War mehr zu tun, so hatten die beiden anderen Bullen auszuhelfen.

»Wirklich, so 'n Bulle aus der Chiyazucht ist doch ganz was anderes«, sagte Myōkendō und stimmte damit ein Loblied auf »Wildkirsche« an. »Den laß ich mir gefallen. Das ist ein herrlicher Bursche, und wie kräftig der ist.«

Auch Uchidaya in seiner Begleitung lobte »Wildkirsche« so sehr, daß der Alte ganz verlegen wurde. Da es fast so klang, als würden diese Loblieder für »Wildkirsches« Ohren gesungen, um ihm zu schmeicheln, warf Shuzō von der Seite her ein: »Spart euch das Gerede. Der Bulle scheißt sowieso drauf. Diese Lobhudelei hört sich ja an wie das Geheuchel von 'm Heiratsvermittler.«

»Na, sei du nur still! Als ob sich bloß meine Kuh so hat«, sagte Myōkendō, womit er auf die Flatterhaftigkeit von Shuzōs Kuh anspielte.

Nachdem Opa Stiertiger das Deckgeld von Shuzō kassiert hatte, zog er mit seinen beiden Bullen hinunter auf die Straße. Uchidaya und Myōkendō folgten ihm und ergingen sich in Lobreden über »Wildkirsches« Gangart und den Glanz seines Felles. Der Bulle war wirklich ein Prachtstück, das konnte selbst ein Laie mit Leichtigkeit beurteilen. Er machte einen massiven stattlichen Eindruck, egal ob man ihn von vorn oder von der Seite her betrachtete. Vom Halsansatz bis zur Vorderbrust hing ihm faltig und breit die Wamme herab, und es war, als würde darin gleichsam die ganze Schwere seines Körpers sichtbar. Betrachtete man ihn von hinten, dann imponierte einem, wie geschickt und fast kokett er seine Beine setzte. Seine vollen wohlgeformten Schenkel, seine Lenden und die bei jedem Schritt aufglänzende Schwärze seines Felles mußten einem jeden sofort in die Augen springen. Seine Hörner streckten sich gerade nach vorn und waren von einem matten Dunkel, so, als wären sie eben erst in Wasser getaucht worden.

Uchidaya und Myōkendō gaben sich alle Mühe, des anderen Kuh den Vortritt zu lassen, weil ja jeder wußte, daß »Wildkirsche« erst wieder in fünf Tagen zu haben sein würde.

»Bitte, du hast den Vorrang«, sagte Uchidaya. »Meine Kuh ist gerade zwei Jahre alt. Und daß eine Jüngere der Älteren vorangeht und ihr den Ehrenplatz wegnimmt, wo gibt's denn so was? Also auch vom Alter her hat das schon seine Richtigkeit, wenn meine Kuh nach deiner drankommt.«

»Nein, nein, ich überlaß dir gern den Vortritt. Weißt du, meine Kuh, die geniert sich so. Voriges Jahr hab ich sie zweimal beim Bullen gehabt, und sie schaute aus, als wüßt' sie überhaupt nicht, was der sollte. Diesmal werd ich ihr lieber Zeit lassen.«

Man einigte sich schließlich darauf, daß Uchidayas Kuh zuerst drankommen sollte. Ob sich die Kuh des Priesters nun genierte oder nicht, jedenfalls hatte Opa Stiertiger im vergangenen Jahr zweimal mit dem Bullen kommen müssen und war dabei in ziemliche Verlegenheit geraten. Die Kuh hatte »Wildkirsche«, der damals noch Chiya hieß, selbst wenn sie sich umdrehte, nicht ein einziges Mal angesehen und war ihm immer wieder ausgewichen. Und das, obwohl ihr in ein Brüllen übergehendes Blöken, die Art, wie sie die Augen rollte, und viele andere Anzeichen deutlich verrieten, daß sie rinderte. Im Frühling des Jahres zuvor hatte sie zwei Kälber geboren, folglich konnte ihr das Paaren eigentlich nichts Fremdes sein. Trotzdem hatte sie nun beide Male den Bullen nicht angenommen. Eine ganze Weile hatte der Priester sich das mit angesehen, dann aber die Geduld verloren und seine Kuh beschimpft: »Los! Nimm dich zusammen und stell dich nicht so an!« Auch beim zweitenmal hatte er sie wieder beschimpft, weil er fürchtete, noch einmal umsonst Deckgeld ausgeben zu müssen. Vielleicht war beide Male der Zeitpunkt nicht ganz glücklich gewesen. Im allgemeinen gerät eine Kuh zwischen dem einundzwanzigsten und dem achtundzwanzigsten Tag nach dem Gebären in Hitze und rindert dann jede dritte bis vierte Woche. Aber das hält meistens nur eineinhalb Tage an, und die günstigste Zeit ist dann der erste halbe Tag.

Nachdem Uchidayas Kuh gedeckt war, ging der Alte zum Grasmähen an den Deich des Stausees unterhalb des Tempels und nahm dazu nur »Wildkirsche« mit. Er trieb den Bullen in das seichte Wasser und wusch ihn gründlich mit einer Bürste. Danach rieb er ihn mit einem Handtuch trocken. Selbst die schmutzigen Hufe wurden gesäubert. Als sich der Alte gerade einen Huf nach dem anderen auf das Knie legte und mit der Sichel die Klauen von unten abschabte, sprach ihn plötzlich jemand an: »Hallo, Opa Stiertiger! Wir haben uns lange nicht gesehen ... Sie säubern wohl die Klauen? So ein Huf scheint ja weicher zu sein, als man glaubt.«

Es war der jüngere Bruder des vorigen Familienoberhauptes der Tsuruyas. Er hatte eine Angelrute und einen Fischkorb bei sich, und seine Hose war bis hinauf zu den Hüften klatschnaß. Er war schon um die Fünfzig. Unter seiner weißen Mütze lugte graumeliertes Haar hervor. Vor etwa dreißig Jahren war er zum Studium nach Tōkyō gegangen. Aber weil er das Studium abgebrochen hatte und daher nicht befähigt war, ein ordentlicher Angestellter zu werden, schlug er sich, wie die Leute erzählten, recht und schlecht mit dem Schreiben von Romanen durchs Leben. Während des Krieges war er, aus Tōkyō evakuiert, an die zwei Jahre mit seiner großen Kinderschar bei den Tsuruyas untergekommen. Auch damals war er den ganzen Sommer über fast täglich am Fluß angeln gegangen. Wenn ihn dann die Leute aus der Nachbarschaft mit den Worten grüßten: »Na, gehen Sie wieder angeln?«, dann hatte er gesagt: »Nein, zur Arbeit!« Dadurch hatte er sich nicht gerade beliebt gemacht. Diesmal war er mit seinem Sohn, der Ferien hatte, gekommen, um sich, wie man annahm, wieder einmal durchzufuttern. Jemand, der seinem Heimatdorf für lange Zeit den Rücken kehrte und sich in anderen Gegenden herumtreibt, der konnte sowieso nicht viel taugen. Und die harten Hufe eines Rindes als unerwartet weich zu bezeichnen, war auch nicht gerade ein Geistesblitz.

»Kommt ganz drauf an, wie einer mit der Sichel umzugehen versteht!« sagte der Alte einsilbig, und als er weiter an den Klauen seines Bullen mit der Sichel herumschnitt, sagte der Gast der Tsuruyas, während er »Wildkirsche« die Wamme tätschelte: »Rinder mögen es doch, wenn man sie hier krault, nicht wahr? Im Kantō-Gebiet heißt diese Stelle ›Hängefell‹, und wie sagen eigentlich die Viehhändler hier in dieser Gegend dazu?«

»Lappen, sagen wir. Brustlappen ...«

»Soso! Brustlappen? Und wie stellen Sie das Alter eines Rindes fest? Es soll da ja verschiedene komplizierte Verfahren geben, indem man das Verhältnis der Zahl der Milchzähne zu der der anderen Zähne ermittelt oder den Grad des Zahnabriebs prüft.«

»Wir hier brauchen uns bei einem jungen Tier nur die Schneidezähne anzugucken und bei einem alten, wieweit die zweiten Zähne abgenutzt sind.«

Sobald der Alte mit dem Beschneiden der Klauen fertig war, suchte sich der Gast der Tsuruyas unter der Brücke eine günstige Stelle und warf seine Angel aus.

»Opa, entschuldigen Sie!« rief er dem Alten zu, als dieser mit seinem Bullen die Brücke überquerte. »Aber stimmt es, daß Sie von zu Hause weg sind? Das hat mir jemand, der immer das Gras wachsen hört, gerade vorhin erzählt. Opa, ich möchte Ihnen nur eines sagen: Das Umherwandern, das bringt wirklich nichts ein.«

Das hörte sich so an, als spräche er aus eigener Erfahrung.

An dem Tag übernachtete der Alte bei Uchidaya, am nächsten führte er seine beiden Bullen auf die Wiesen, drei, vier Kilometer flußabwärts und ließ sie dort weiden. Als es Abend wurde, bat er beim Grobwarenhändler, einem entfernten Verwandten von ihm, der nahe der Bushaltestelle wohnte, um Quartier. Hinten auf dem Gehöft stand ein zweistöckiger Stall. Von den Fenstern des oberen Geschosses aus blickte man über die Wiesen und konnte deshalb die Bullen gut im Auge behalten. Der Alte richtete sich für ein paar Tage in dem oberen Geschoß ein, gönnte seinen Bullen Ruhe und gab sich selber, während er sie hütete, alle Mühe, nicht allzusehr über die Halsstarrigkeit seines eigenen Sohnes nachzugrübeln. Am fünften Tag brach er früh am Morgen mit seinen beiden Bullen auf und zog zu Myōkendō in Kasumigamori. Der Kuh dort war noch nicht das leiseste anzumerken, aber als er am nächsten Morgen wiederkam, stand sie voll in Hitze.

Diese Kuh strafte ihren Besitzer Lügen. Denn entgegen dem, was er ein paar Tage zuvor gesagt hatte, war sie weder schüchtern noch ängstlich, sondern eher draufgängerisch. Als »Wildkirsche« mit schwerem Schritt in den Stall kam, da erstarrte sie zu einer erwartungsvollen Reglosigkeit, als wäre sie nicht mehr ein lebendes, sondern ein ausgestopftes Rind.

In der folgenden Nacht nahm der Alte bei Myōkendō Quartier. Seine beiden Bullen führte er im Einverständnis mit Myōkendō auf die Tenne einer leeren hüttenähnlichen Scheune und schüttete ihnen Süßkartoffeln in die Futtertröge. Die beiden Oberfenster auf der Tenne öffnete er, so weit es ging.

Das Anwesen Myōkendōs lag in den Ausläufern der Berge auf einem flachen Hügel. Ursprünglich war es eine dem Bodhisattva Myōken geweihte Tempelanlage. Aber da das Priesteramt seit einiger Zeit selbst als Nebenerwerb nichts mehr abwarf, hatte der Mann es aufgegeben, war in den Laienstand zurückgekehrt und widmete sich nun ganz seiner Landwirtschaft. Die Tempelhalle, das Wohnhaus, der Kuhstall und die Scheune standen alle nebeneinander in einer Reihe. Dahinter ragte eine steile Felswand auf. Die anderen drei Seiten fielen zu einem roterdigen, mit ein paar Kiefern spärlich bewachsenen Hang ab, über den sich ein schmaler Pfad heraufschlängelte. So machte denn das Anwesen einen ziemlich sicheren Eindruck. Trotzdem hatte Opa Stiertiger irgend so ein ungutes Gefühl. Deshalb vernagelte er auch die Scheunentür.

Myōkendō breitete für den Alten mitten in der Tempelhalle das Bettzeug aus und hängte ein Moskitonetz auf. Die Tür- und Fensterläden waren alle weit geöffnet, und so ging ein angenehmer Luftzug durch den Raum.

Der Alte hatte sich bereits schlafen gelegt, als Myōkendō hereinkam, um vor der Statue des Myōken, die in der Halle stand, ein Gebet zu verrichten. Der Alte, der schon eingenickt war, wurde wieder hellwach.

»Ach, du bist es. Ist wohl Zeit zum Beten. Nimm's mir nicht übel, aber ich bleib liegen.«

»Schlaf ruhig weiter. Das Beten bringt heutzutage zwar nichts mehr ein, aber alle zehn Tage tu ich's trotzdem noch.«

Er zündete eine kleine Kerze im Ständer auf dem Altar an und ließ dann den Rosenkranz durch seine Finger gleiten.

»Entschuldige, es wird dich im Schlaf stören, wenn ich aus der Schrift lese, aber das gehört nun mal dazu«, sagte Myōkendō und begann aus den Sutras zu rezitieren. Mit dem Schlaf war es für den Alten natürlich vorbei, aber wenn er sich nun vom Bett erhoben hätte, würde es vielleicht falsch verstanden werden, und so faßte er sich denn in Geduld.

Nachdem Myōkendō mit dem Verlesen der Sutras fertig war, wandte er sich wiederum mit einer Entschuldigung an den Alten: »Es tut mir leid, aber jetzt muß ich die Pauke schlagen. Die dröhnt doch bestimmt bis Yaburodani?«

»Ja, nachts kann ich sie sogar bei mir zu Hause hören.«

»Irgendwie fehlt mir was, wenn ich sie nicht zum Tönen bringe. Und schließlich sollen die Leute ruhig erfahren, was für ein frommer Mensch ich bin.«

Myōkendō schlug auf die Pauke. Und während er sie in einem wilden Wirbel tief dröhnen ließ, begann er dazu mit mächtiger Stimme Gebetsformeln herunterzusingen. Obwohl der Alte sehr wohl um die Niederträchtigkeit seiner Vermutung wußte, sagte er sich, daß es manchmal bestimmt noch irgendwelche verdrehten Leute gab, die dem Ruf der Pauke folgen und mit Opfergaben angerannt kommen würden. Die Pauke ging ihm derart auf die Nerven, daß er beim besten Willen nicht von diesem Gedanken loskam. Doch schließlich war er eingeschlafen, ohne recht zu wissen, wann das Gedröhn aufgehört hatte.

Am nächsten Morgen war dann der Teufel los. Als der Alte gleich nach dem Aufstehen zur Scheune ging, um nach dem Rechten zu sehen, stand die Tür sperrangelweit offen, und die beiden Bullen waren verschwunden.

»Das ist die Höhe!« rief der Alte aus, stampfte mit dem Fuß auf den Boden und rannte zur Priesterwohnung hinüber. Ohne zu wissen, was er sagte, schimpfte er aus voller Kehle und trommelte gegen die Haustür. Myōkendō schlief noch. Der Lärm weckte ihn. Kaum hatte er die schlimme Kunde vernommen, als er mit lautem Geschrei auch seine Frau aus dem Bett scheuchte. Die Frau kam im Unterrock gerannt, woraufhin Myōkendō sie wütend anfuhr: »Dämliches Weibsstück! Schämst du dich nicht? Zieh dir gefälligst was über!«

Die Spuren an der Scheunentür ließen darauf schließen, daß die Nägel, die der Alte eingeschlagen hatte, mit einer Zange oder einem anderen Werkzeug herausgezogen worden waren. Auf der Tenne war nur ein einziger Kuhfladen zu finden, und in beiden Futtertrögen lag noch eine ganze Menge Süßkartoffeln. Demnach mußte irgend jemand schon gestern abend die Bullen mit Gewalt weggeführt haben, als sie noch beim Fressen waren.

»Ich seh das so«, sagte der Alte, »da ist schon am Abend einer gekommen. Und der muß sich hier ganz genau auskennen. Anders kann ich mir das nicht erklären.«

»Jaja, wahrscheinlich ist er gekommen, als ich die Pauke geschlagen hab. Der muß wirklich genau Bescheid gewußt haben.«

Myōkendō und der Alte folgten den Hufspuren. Auf der roten Erde zeichneten sie sich hier und dort deutlich ab.

»Die Diebe scheinen zu zweit gewesen zu sein . . .«

Die Spuren führten hinter dem Kuhstall entlang. Auf dem schmalen Pfad, der sich vom Garten aus den Hang hinabzog, waren die Spuren sehr zertrampelt. Und in dem ausgewaschenen Sand unten am Hang waren dann die Abdrücke von Gummisandalen und Militärstiefeln zu erkennen.

»Die waren zu dritt und vielleicht sogar zu viert. So eine Gemeinheit!« schimpfte Myōkendō.

Hinter der Brücke verloren sich die Hufspuren. Jenseits der Brücke führte ein grasbewachsener Weg neben dem Fluß her. Es war anzunehmen, daß die Einbrecher diesen Weg mit den Bullen gegangen waren, aber das Gras stand so dicht, daß man keine Spuren mehr ausmachen konnte.

»Bei der Polizei muß das sowieso gemeldet werden. Deshalb geh ich flußabwärts. Und du gehst am besten flußaufwärts.«

»Ich kann mir nicht denken«, sagte der Alte, »daß die sehr weit kommen. Denn wenn irgendwo eine rindernde Kuh brüllt, dann brüllt doch ›Wildkirsche‹ gleich zurück. Paß also auf, ob du eine Kuh brüllen hörst.«

Der Alte war schon im Begriff, den Weg am Fluß entlang einzuschlagen, als Myōkendō noch zu ihm sagte: »Weißt du, und wichtig ist auch, ein bißchen die Leute auszuhorchen.«

Der Weg am Fluß war über und über mit Gras bedeckt. Und das Gras war naß vom Tau. An einigen Stellen war es niedergetreten, aber von den Bullen schienen diese Spuren nicht zu stammen. Der Alte hastete den Weg neben dem Fluß entlang, der irgendwo auf die große Straße führen mußte. Fraglich blieb jedoch, ob dort Spuren von den Bullen zu finden sein würden.

Noch stand die Sonne nicht am Himmel. Der Weg war zum Schutz gegen Hochwasser angelegt worden. Die rechte Seite zum Fluß zu begrenzte eine Steinmauer, die linke wurde über vier-, fünfhundert Meter hin von Pflaumenbäumchen gesäumt. Wo die Bäume aufhörten, stieß der Weg auf die große Straße. Dort war wieder eine Brücke, und am Zugang zu dieser Brücke stand eine verfallene Wassermühle. In der Hoffnung, auf der Straße Spuren zu entdecken, war der Alte über die Brücke gegangen, aber er hatte nichts gefunden und war deshalb noch einmal zurückgekommen, um vorsichtshalber in die Wassermühle hineinzuschauen. Denn vor längerer Zeit hatten fremde junge Leute eine im hiesigen Dorf gestohlene Kuh hier heimlich geschlachtet und die Knochen hinter der Mühle auf einen Haufen geworfen.

Der Alte machte die Tür auf, riß ein Streichholz an und sah sich um. Der Raum war gähnend leer. In einem der drei Mahlsteine steckte ein Bündel trockener Pflaumenzweige, die von irgendwelchen Kindern stammen mochten. Als der Alte noch einen Blick nach hinten hinaus warf, sah er dort einen Angler sitzen.

»Oh, guten Morgen!« grüßte der Angler, hob den Kopf und musterte den Alten. Es war der jüngere Bruder des vormaligen Oberhauptes der Familie Tsuruya.

»Guten Morgen«, erwiderte der Alte.

»Sie sind aber ein Frühaufsteher, Opa. Ich bin schon im Dunkeln hierhergegangen. Im Morgendämmern beißen die Fische am besten. Es hat sich ganz schön gelohnt. Dieser Fluß hier, der sagt mir immer mehr zu.«

»Hauptsache, Sie haben Ihren Spaß ... Übrigens, was ich Sie fragen wollte, haben Sie hier im Dunkeln heute morgen irgendwelche Leute mit Bullen gesehn?«

In dem Moment kam jemand mit dem Fahrrad über die

Brücke und rief nach dem Alten. Es war Uchidaya, bekleidet mit einem bis zu den Waden reichenden Schlafgewand. Seine Füße steckten in Gummistiefeln.

»Myōkendō hat mich eben alarmiert«, sagte Uchidaya von der Brücke herab und stieg vom Fahrrad. »Mir steckt der Schreck noch in den Knochen. Myōkendō hat gesagt, keine Spur zu finden. Ich bin gleich losgesaust. Dann können wir uns teilen. Jeder schwärmt in eine andere Richtung aus. Wer das Gesindel entdeckt, der gibt Zeichen mit der Feuerglocke. Zwei Schläge.«

»So'n Quatsch! Du hast auf der Straße auch keine Spuren entdeckt?«

Er hätte nichts gesehen, sagte Uchidaya, auch an der Stelle, wo der Weg neben dem Fluß auf die Straße stoße, nicht einmal soviel wie eine einzige Hühnerfeder, geschweige denn eine Hufspur. Wenn die Diebe die Straße benutzt haben sollten, um mit den Bullen zu entkommen, dann könnten sie es nur mit einem Lastwagen getan haben. Aber auch Lastwagenspuren seien auf der Straße nicht zu entdecken. Vielleicht sind sie in die Berge geflohen? Aber die Berge, die Kasumigamori umgeben, sind auf der Rückseite zu steil, daß es kaum jemand wagen würde, sich in die Richtung mit den Bullen davonzumachen. Und zöge er die Straße flußaufwärts, dann käme er bis Yaburodani, und da wäre Schluß.

»Wenn sie in die Berge verschwunden sind, dann müssen sie noch da stecken. Wird doch wohl irgendwo 'ne Kuh im Stall sein, die mit ihrem Brüllen die Bullen anlockt.«

Der Alte formte seine Hände zu einem Trichter und ahmte das Brüllen eines Stieres nach. Daraufhin legte der jüngere Bruder des vormaligen Oberhauptes der Familie Tsuruya seine Angel beiseite und tat es dem Alten gleich. Seine Stimme war viel lauter als die des Alten. Nachdem er ein paarmal gebrüllt hatte, sagte er: »Keine Antwort . . . Wissen Sie, Opa, es war eben doch unklug, von zu Hause wegzugehen. Angenommen, aber wirklich nur angenommen, die Entführung der Bullen ist das Werk Ihres eigenen Sohnes Tōkichi, dann hätte die Geschichte noch einen ganz guten Abschluß. Ich meine das so: der Sohn holt die Bullen nach Hause und beendet damit die unstete Wanderschaft des Großvaters. Doch solch eine Annahme ist in diesem Fall vielleicht ein wenig unbedacht. Es ist eben bloß eine Annahme, und ich wünschte allerdings, sie entspräche der Wirklichkeit.«

Unbedacht oder nicht, das kümmerte den Alten wenig. Ohne ein einziges Wort zu erwidern, ging er davon. Sein Fahrrad schiebend, stiefelte Uchidaya hinter ihm her.

1950

EHRERBIETUNG AUS DER FERNE

In dieser Gegend sagt man, wenn irgend etwas die ganze Gemeinde in Aufregung versetzt: »In der Gemeinde grummelt es.« Versetzt irgend etwas ein Dorf innerhalb der Gemeinde in Aufregung, dann sagen die Leute dort: »Bei uns grummelt es.« – »Bei uns«, das ist für sie der eigene Flecken und seine nächste Umgebung. Und »grummeln« hat den Sinn von »in Unordnung geraten« und meint, daß der ansonsten ruhige, ereignislose Alltag durcheinandergeraten ist. Auch in dem Flecken Sasayama »grummelt« es von Zeit zu Zeit. Das bereitet den Leuten so manchen Verdruß. Die Hauptursache dafür ist das absonderliche Gebaren von Okazaki Yūichi, einem ehemaligen Armeeoberleutnant.

Okazaki Yūichi, zweiunddreißig Jahre alt, ist nicht ganz richtig im Kopf. Für gewöhnlich verhält er sich recht still und zurückhaltend, lebt aber ständig in dem Glauben, der Krieg dauere noch an und er sei nach wie vor Soldat. In allem, was er tut, führt er sich in gewisser Weise wie ein Soldat in der Kriegszeit auf. So kann es bei den Mahlzeiten passieren, daß er bei Tisch plötzlich Haltung annimmt und die fünf Artikel aus der Kaiserlichen Instruktion für das Militär herzusagen beginnt: »Erstens: Oberstes Gebot für den Soldaten ist die unbedingte Erfüllung der Pflichttreue ...« und so weiter und so weiter. Manchmal, wenn ihm seine Mutter ein paar Zigaretten mit nach Hause bringt, verkündet er: »Das ist eine Sonderspende Seiner Majestät!« Tief gerührt wendet er den Blick in Richtung Osten und verneigt sich voller Ehrerbietung. Oder wenn er die Straße entlanggeht, befiehlt er mitunter urplötzlich mit energischer Stimme: »Faßt Tritt!« – Während des Krieges war man an solcherlei Gehabe der Militärs gewöhnt, und jedermann hätte das für ganz in Ordnung gehalten, aber heute empfindet man so etwas als Unfug. Solange

Yūichi jedoch seine Befehle keinem Dritten, sondern nur sich selbst zur eigenen Befriedigung erteilt, stört es niemanden sonderlich. Er hat eben seine Sinne nicht alle beisammen, und die meisten im Dorf tun so, als existiere er für sie überhaupt nicht.

Wenn Yūichi aber einen seiner Anfälle bekommt, dann sieht es schon anders aus. In dem Wahn, alle anderen seien seine Untergebenen, überschüttet er sie mit Befehlen, und kaum jemand im Dorf bleibt davon verschont. Der Unterschied ist ungefähr der: Hat er seine Anfälle nicht, glaubt er sich im Dienst im Heimatland, hat er seine Anfälle, wähnt er sich an der Front.

Während seiner Anfälle geschieht es zum Beispiel, daß er jemanden, der gerade vorbeigeht, urplötzlich anschreit: »He, du! Hol mir den Unteroffizier!« Wenn derjenige nun verdutzt dreinblickt, weil er nicht weiß, wo er einen Unteroffizier herkriegen soll, brüllt Yūichi auch schon wieder: »Aber ein bißchen plötzlich! Glotz nicht so dämlich!« Manchmal befiehlt er auch: »Zum Sturmangriff! Vorwäärrrts!« und manchmal auch: »Volle Deckung!« Die den Befehl zum Angriff bekommen, sind noch am besten dran. Denn wenn sie befehlsgemäß losstürmen, können sie sich ohne viel Umstände im Laufschritt gleich aus dem Staub machen. Wer aber den Befehl erhält, volle Deckung zu nehmen, der kann nur hoffen, daß er in seiner Arbeitskluft steckt. Hat er sich jedoch zum Ausgehen fein herausgeputzt, dann ist er übel dran. Macht er nun Anstalten, in Deckung zu gehen, zeigt Yūichi sich hocherfreut. Fügt er sich indessen dem Befehl nicht, dann schreit Yūichi: »Du Idiot! Da vorn steht der Feind! Volle Deckung!« und versucht, den anderen in den Graben zu stoßen. Normalerweise ergreifen in dem Fall die meisten die Flucht, und da Yūichi lahmt, nimmt er die Verfolgung vernünftigerweise gar nicht erst auf. Dafür aber schickt er dem Davonlaufenden einen Schwall schrecklicher Drohungen hinterher: »Wer flieht, dem trenn ich den Kopf vom Rumpf!«

Alte, Frauen und Kinder läßt er, wenn er seine Anfälle hat, für gewöhnlich unbehelligt. Seine Befehle erteilt er jungen kräftigen Männern, und auch nur denen aus Sasayama, deren Gesichter ihm vertraut sind. Und weil es den Anschein hatte, als ob er sich mit Vorliebe ganz bestimmte Leute für seine Schurigeleien aussuchte, kam das Gerücht auf, er täusche seine Geisteskrankheit bloß vor. Aber sogleich hieß es dann wieder, wer so etwas behaupte, habe keine Ahnung davon, wie es beim Militär zugegangen sei. Heute nun gilt es unter den Dorfbewohnern als ausgemacht, daß Yūichi lediglich die jungen und kräftigen Männer aus Sasayama für Soldaten unter seiner Kommandogewalt hält. Allerdings gibt es auch Ausnahmen von dieser Regel.

Es liegt schon ziemlich lange zurück. Yūichi hatte gerade seinen zweiten und dritten Anfall seit Kriegsende. Zwei junge Burschen, die ins Dorf gekommen waren, um Gemüse aufzukaufen, ruhten sich ein bißchen vor dem Schrein an der Straße aus, als Yūichi plötzlich auftauchte. »Ziel, dreihundert!« brüllte er, womit er die beiden mächtig erschreckte. Dann fuhr er sie an: »Ihr Hohlköpfe! Was zögert ihr noch? Wir haben Feindberührung!« Die beiden Burschen waren so eingeschüchtert, daß sie kein Wort herausbrachten und Hals über Kopf davonrannten. So kurz nach dem Krieg haben wohl derartige militärische Ausdrücke noch eine gewisse Macht über diese Gemüsehändler ausgeübt, und sie kriegten es einfach mit der Angst. Es war vielleicht so eine Art Trägheitsmoment in der Einstellung gegenüber militärischen Kommandos, das aus der Kriegszeit herüberwirkte.

Noch einmal, und zwar erst vor kurzem, hat Yūichi jemanden von außerhalb herumkommandieren wollen. Da hatte er schon seinen wer weiß wievielten Anfall seit Kriegsende. Ein junger Mann aus einem Ort an der Küste war ins Dorf gekommen, um Holzkohle einzukaufen, und rauchte beim Schrein an der Straße gerade eine Zigarette mit Munejirō, einem Einheimischen, der ein Stück Wald besaß, als Yūichi erschien und »Volle Deckung!« befahl. Der junge Mann trug eine alte Militärmütze und eine Soldatenuniform, die aus den von der Regierung verkauften Beständen stammte, wodurch sich Yūichis Wahnvorstellungen vermutlich erst recht verdichteten. Auf das Kommando hin kroch Munejirō folgsam unter den Umgang des Schreins, aber der junge Mann von außerhalb blieb seelenruhig sitzen. Mit drohender Gebärde rief Yūichi: »Volle Deckung! Wir stehen unter Feindbeschuß!« Er packte den jungen Mann bei den Schultern und versuchte, ihn unter den Umgang zu schieben.

»Was ist mit dir los? Hände weg!«

Der junge Mann verlor zwar ein wenig das Gleichgewicht, vermochte Yūichi aber abzuschütteln.

»Du willst dich widersetzen, du Idiot? Noch ein Wort, und ich leg dich um!«

In dem Augenblick, als Yūichi das sagte, schlug ihm der andere ins Gesicht.

»Also Befehlsverweigerung!« Yūichi schlug zurück, und schon war die Prügelei zwischen den beiden in vollem Gange. Erschrocken kam Munejirō unter dem Umgang hervorgekrochen, aber da lag Yūichi bereits der Länge nach auf dem Boden, und der junge Mann in Soldatenuniform war gerade dabei, seinen Gürtel zu lösen, um Yūichi damit durchzuwalken.

»Laß das! Das geht zu weit!« Munejirō umklammerte den jungen Mann und rief die Leute aus der Nachbarschaft zu Hilfe: »He, Hashimoto, komm schnell her! He, Shintaku! Kommt und helft mir!«

Das Anwesen der beiden lag auf der anderen Straßenseite gegenüber dem Schrein. Sofort kamen Hashimoto und Shintaku aus ihren Häusern herausgestürmt.

Zum Glück war der junge Mann in Soldatenuniform nicht sehr kräftig. Als Munejirō ihn von hinten gepackt hielt, strampelte und fuchtelte er nur noch sinnlos mit den Beinen und Armen herum. Dafür aber war er mit seinem Mundwerk um so tüchtiger, und die gerade in Mode gekommenen Ausdrücke beherrschte er glänzend.

»Umlegen will er mich, hat er gesagt. Das ist der Geist des Militarismus! Sein Gerippe! Munejirō, laß mich los! Laß mich los, Munejirō! Oder willst du mich in diesem kritischen Moment etwa der Freiheit berauben?«

»Beruhige dich! Guck dir deinen Gegner an! Was kann der schon gegen dich ausrichten?«

»Umlegen will er mich, hat er gesagt. So reden diese Gespenster, diese unverbesserlichen Militaristen! Das bringt mich zum Kochen.«

»Na, na, nun halt mal die Luft an! Stell dir vor, es wäre Krieg, dann würdest du bestimmt nicht aufmucken. Wie oft haben wir so was im Krieg zu hören gekriegt. Das ist mir nicht anders ergangen als dir.«

»Also, Matsumura Munejirō – du verlangst von mir, ich soll mir vorstellen, daß Krieg ist? Das ist aber sehr bedenklich! Und das in einem Land, das geschworen hat, für alle Zeiten unbewaffnet zu bleiben! Wenn du so was sagst, dann nimm die Holzkohle zurück, die ich von dir gekauft habe!«

»Dann gibst du sie eben zurück. Mir liegt sowieso nichts daran, sie ausgerechnet dir zu verkaufen.«

Während die beiden sich stritten, hatten Hashimoto und Shintaku mit vereinten Kräften Yūichi aufgeholfen. Als hätte er Schmerzen in seinem lahmen Bein, stand er nun da, die Arme um die Schultern der beiden gelegt. Er war totenblaß. Die verdrehten Augen waren blutunterlaufen, so daß sein Gesicht wie eine jener Fuchsmasken aussah, die man in Spielwarenläden zu kaufen bekommt. Es war ein Ausdruck in seinem Gesicht jenseits von Erregung und Gleichgültigkeit. Innerlich aber schäumte er zweifellos vor Wut.

»Ist denn kein Unteroffizier da? Kein Unteroffizier?« schrie Yūichi und blickte in die Runde. »He, Unteroffizier, erledige den Kerl auf der Stelle! Er behindert die Operation. Wo bleibt der Unteroffizier? Legt den Kerl um. Er gefährdet angesichts des Feindes die Moral der Truppe. Wo bleibt denn der Unteroffizier?«

»So ein Gespenst! Ein übriggebliebener Faschist!« giftete der junge Mann in Soldatenuniform, als könne er kaum noch an sich halten.

»Komm, Yūichi, laß uns nach Hause gehen. Herr Oberleutnant, wir machen ein Umgehungsmanöver«, sagte Hashimoto und zwang Yūichi in eine andere Richtung.

»Vorwärts zum Umgehungsmanöver«, brüllte Yūichi, als die beiden ihn wegführten. »Operationsplan Nummer zwoundzwanzig. Erstens: Das Armeekorps bewegt sich mit seinen Hauptkräften frontal auf die Stadt Kuala Lumpur zu. Mit einer Teileinheit wird das Hügelgelände umgangen und der Feind von der Flanke her unter Druck gesetzt ...«

»Was phantasiert der da! Scheint ja mächtig stolz darauf zu sein, den Soldaten zu markieren, dieses Miststück mit seinen Aggressionsgelüsten«, keuchte der junge Mann in Soldatenuniform. »Laß mich endlich los! Ich sag dir, Matsumura Munejirō: Laß mich los! ... Ich muß diesem Gespenst noch eins verpassen!«

Munejirō, der den jungen Mann noch immer fest umklammert hielt, dachte gar nicht daran, seinen Griff sofort zu lockern. Erst als Yūichis Gestalt hinter einem Felsvorsprung verschwunden war, sagte Munejirō: »So, jetzt wird es wohl ausgestanden sein. Nichts für ungut!« und ließ den anderen los.

Nun konnten sich die beiden in aller Ruhe über Yūichi unterhalten.

Wenn man Yūichi nach so einem Zwischenfall nach Hause bringt, wird er im Anbau in einen Käfig gesperrt. Drei Seiten dieses Käfigs bestehen aus festen Brettern, die vierte aus dikken runden Stäben und der Fußboden aus starken Bohlen. Die Anfälle legen sich meistens nach zwei Tagen, und deshalb ist es zur Regel geworden, daß seine Mutter, nachdem sie ihre Runde durchs Dorf gemacht hat, um sich für ihren Sohn zu entschuldigen, am zweiten oder dritten Tag die Brettertür des

Käfigs öffnet. Länger kann sie ihn auch gar nicht eingesperrt lassen, weil sie dringend seine Hilfe auf dem Feld und bei ihrer Heimarbeit, dem Bespannen von Schirmen, braucht. Wenn Yūichi nicht mit zupackt, dann kehrt in diesen ärmlichen Haushalt von Mutter und Sohn sogleich bitterste Not ein.

Um all das wissen die Leute im Dorf. Sie waren es auch, die während des Krieges um die Entlassung Yūichis aus dem Militärlazarett nachgesucht hatten, als er nach seiner Verwundung an der Front hirngeschädigt in die Heimat zurückgeschickt worden war. Trotz der Einwände von Yūichis Mutter hatten die Nachbarn einmütig beschlossen, die Entlassung Yūichis voranzutreiben, wohl weil sie es für eine große Ehre hielten, wenn ein Offizier in ihre Reihen zurückkehrte. Vermutlich aber waren die Verantwortlichen im Militärlazarett schon vorher zu der Überzeugung gelangt, daß Yūichi nicht mehr kriegstauglich war, und so entließen sie ihn ohne viel Umstände mit der vorläufigen Diagnose: Lähmung. Allerdings hatten Mutter und Sohn während des Krieges ihr Auskommen, auch ohne in Heimarbeit Schirme zu bespannen, denn die finanzielle Unterstützung, die sie erhielten, war reichlich bemessen. Und auch die Anfälle Yūichis fielen damals kaum auf. Frühmorgens legte er sein Schwert um und spazierte in Uniform durch das Dorf, und wenn er einem jungen Mann aus Sasayama begegnete, rief er ihm im Kommandoton ein paar aufmunternde Worte zu. Meistens nur: »Immer mutig voran!« Manchmal aber auch: »Also nun, mutig voran! Verstanden? Und reiß dich zusammen!« Traf er gelegentlich auf eine Gruppe, die einen Einberufenen zum Abschied aus dem Dorf geleitete, dann befahl er eine kurze Rast und hielt auf der Stelle eine kleine Rede. Sie enthielt aber keine Abschiedsworte für den, der an die Front zog, sondern markige Parolen des Geistes, daß der einzelne nichts bedeute, das Wohl des Vaterlandes aber alles, weil er offenbar in den Abschiednehmenden seinem Kommando unterstellte Soldaten sah. Trotzdem wäre in der damaligen Zeit niemand auf den Gedanken gekommen, Yūichis Reden und Tun komisch zu finden. Und was seine frühmorgendlichen Spaziergänge in voller Montur anbetraf, da glaubte man eher, er mache sie, um sein steifes Bein auszukurieren. Als jedoch die Niederlage näherrückte, begann das Verhalten Yūichis die Leute zu verwundern. Und wenige Tage nach Kriegsende fanden sie dann, daß sich bei ihm untrügliche Anzeichen von Geistesgestörtheit zeigten.

Anfangs meinten die Leute im Dorf, seine Anfälle rührten von einer bösartigen Krankheit her, die er sich an der Front im südlichen Asien zugezogen habe. Dann aber flüsterte man auch, seine Krankheit sei sicherlich auf eine von den Eltern übertragene Syphilis zurückzuführen, und diese Auffassung gewann, vielleicht weil ihr der Reiz des Geheimnisumwitterten anhaftete, zeitweilig ziemlich an Einfluß. Yūichis Mutter war die Erbin der Wirtschaft gewesen. Sein Vater, der in diese Familie eingeheiratet hatte, war noch im gleichen Jahr, als Yūichi zur Schule kam, gestorben, und zwar an Blutvergiftung. Daran gab es keinen Zweifel, auch daran nicht, daß sie mit seiner schlechten körperlichen Verfassung, an der Armut und Überarbeitung schuld hatten, zusammenhing. Seine Mutter, nun Witwe geworden, verdingte sich, nachdem sie die Nußeibe hinter dem Haus verkauft und sich dafür Sommerkleider angeschafft hatte, in einem Gasthaus am Bahnhof eines Küstenortes. Dort verdiente sie überraschend gut. Und zu der Zeit, als Yūichi den höheren Kurs der Grundschule abschloß, hatte es die Familie durch den Erwerbssinn der Mutter immerhin so weit gebracht, daß sie ein bißchen aufatmen konnte. Das Wohnhaus und der Schuppen wurden neu mit Ziegeln gedeckt, um das Anwesen herum wurden Zedern gepflanzt und am Eingang zum Garten wuchtige Torpfosten aus Beton errichtet. Diese Torpfosten paßten zwar überhaupt nicht zu der Zedernhecke und der gesamten Umgebung, aber daß die Mutter mit so viel Eifer sogar dafür beträchtliche Mittel verwendete, konnte nicht ohne Eindruck auf die Leute in der Nachbarschaft bleiben. Natürlich gewann die Familie dadurch an Ansehen. Selbst der Bürgermeister äußerte sich voller Anerkennung über die Torpfosten. Eines Tages erschien er höchstpersönlich, wenn er auch vorgab, nur zufällig vorbeigekommen zu sein, und erfreute die Mutter mit seinem Loblied, nämlich daß die Torpfosten doch wirklich prächtig seien. Kurz darauf kam er dann noch einmal, und zwar in Begleitung des Schuldirektors, um der Mutter mitzuteilen, daß er Yūichi für die Aufnahme in eine Kadettenanstalt empfehlen wolle. Bewogen habe ihn dazu, so sagte er, daß Yūichi ein guter Schüler, seine Mutter eine Frau von Charakter und die Familie ein Vorbild für alle sei. Die Mutter war tief beeindruckt. Kaum hatten Bürgermeister und Schuldirektor das Haus verlassen, lief sie auch schon zu den Hashimotos hinüber und erzählte ihnen alles bis in die letzte Einzelheit. »Wirklich, wenn ich mir das jetzt überlege«, sagte sie zum Schluß, »dann war das ganz richtig mit den Torpfosten.« Obwohl sie sonst so leicht nichts aus der Ruhe brachte, schien sie diesmal vor Freude einfach außer sich zu sein.

Zu der Zeit hatte sich der Krieg auf dem Festland ausgeweitet, und deshalb konnte die Zahl der Schüler in den Militärschulen gar nicht groß genug sein. Auch die Schulen, in denen Jugendliche auf das Militär vorbereitet wurden, hatten unter Aufbietung aller Kräfte nichts Eiligeres zu tun, als immer mehr Schüler aufzunehmen. Zu dem Zweck war von den zuständigen Wehrbehörden ein System der Rekrutierung eingeführt worden und an alle Bürgermeister der Städte und Gemeinden die Weisung ergangen, Schüler zur Musterung zu benennen. In Sasayama war die Wahl auf Yūichi gefallen.

Nach der Kadettenanstalt durchlief er die Offiziersschule und wurde mit zweiundzwanzig Jahren zum Leutnant ernannt. Im Dezember des dritten Jahres seines Dienstes als Zugführer erfolgte seine Verlegung nach Malaya; im Januar des Jahres darauf avancierte er in der Stadt Kuala Lumpur in

Zentralmalaya zum Oberleutnant. Das alles war den Leuten in Sasayama im allgemeinen bekannt, denn Yūichis Mutter hatte es ihnen erzählt. Aber was hernach geschehen war, das wußte niemand. Weil Yūichi selber mit keinem Wort darüber sprach, mußte auch die Mutter den Leuten aus der Nachbarschaft jede Erklärung schuldig bleiben. Mehr, als daß er es im Kopf gekriegt und die Erinnerung verloren hatte, ließ sich nun einmal nicht sagen, aber selbst wenn man ihn fragte, warum er lahme, blieb sein Gesicht fast unbewegt, und er gab nicht einmal eine vage Antwort. Nun machten verwundete Frontsoldaten meist ohnehin nicht viel Aufhebens von sich, und deshalb deuteten auch die Leute im Dorf die Schweigsamkeit Yūichis anfangs als einen Ausdruck tugendsamer Bescheidenheit. Nach dem verlorenen Krieg jedoch machten dieselben Leute daraus ein Beispiel dafür, wie sich die Sünden der Eltern an den Kindern rächen. Für gewöhnlich wirkte Yūichi, wenn er nicht gerade seine Zustände hatte, ziemlich gelassen, und man konnte ihn, solange er nicht einen herumlungernden jungen kräftigen Mann zu Gesicht bekam, eher für einen wortkargen Einzelgänger halten. Er half auf dem Feld und bespannte Schirme. Außerdem besaß er auch so viel Geschicklichkeit, eine Seilerwinde zu bedienen. Und selbst wenn er nur halb bei Verstand wäre, konnte es nicht sein, daß er überhaupt nichts davon wußte, wie er zu seinem lahmen Bein gekommen war. Weil man auch nicht das geringste aus ihm herausbekam, sagte man sich, da muß allerhand dahinterstecken, daß er so seinen Mund hält. Selbst in der Armee könnte sein Gerede und Getue von wegen, daß der einzelne nichts, das Wohl des Vaterlandes aber alles bedeute, einigen zuviel geworden sein, ein Kamerad könnte sich darüber mokiert haben, man war sich wahrscheinlich in die Haare geraten, und Yūichi hatte sich dabei das Bein gebrochen. Jedenfalls kam das Gerücht auf, Yūichi habe sein lahmes Bein von einer handgreiflichen Auseinandersetzung.

Gerade als aus dieser Mutmaßung überall in der Nachbarschaft eine feste Überzeugung geworden war, kehrte Yojū, ein jüngerer Bruder Munejirōs, aus sibirischer Kriegsgefangenschaft zurück. In dem Zug, der ihn von Tsuruga nach Hause brachte, hatte Yojū mit einem ehemaligen Feldwebel namens Ueda Gorō im gleichen Abteil gesessen. Und obwohl dieser ehemalige Feldwebel aus einem Dorf tief in den Bergen der Präfektur Yamaguchi stammte, war ihm das Liedchen »Wir gehn nach Haus« aus Yojūs Heimat bekannt gewesen. Es ist dies ein Lied, das die Kinder aus Sasayama vor sich hin singen, während sie zum Spaß einen jungen Halm nach dem anderen aus der Erde zupfen. Die Worte sind kindlich und von ländlicher Einfachheit. Aber besonders beim Schneiden von Schilfrohr läßt sich dieses Lied ganz gut singen.

Wir gehn nach Haus, wir gehn nach Haus,
wir gehn mit leerem Korb nach Haus!
Zum Hattabira gehn wir geschwind,
wo der Eichelhäher krächzt im Wiesenwind.
Wir schneiden Gras und schneiden Gras,
doch durch die Maschen rutscht es wieder raus,
drum gehn wir nun mit leerem Korb nach Haus.
– Der fünfzehnte Halm ist meiner!

Hattabira ist der Name eines kleinen flaschenkürbisförmigen Sees, der entstanden war, als man in einer Senke hinter dem Flecken Sasayama durch den Bau eines Dammes das Wasser staute. Die Kinder aus Sasayama gehen häufig zum Hattabira, um dort auf den Wiesen Gras zu schneiden. Der See war nicht länger als etwa hundert Meter. Er liegt in einem Waldstück, durch das ein Holzfällerpfad führt, der vom Weg über die Hügel abzweigt. Leuten von außerhalb fällt dieser verschwiegene See mit seinem etwas trüben Wasser, der so gar nichts Besonderes bietet und deshalb nicht der Rede wert ist, überhaupt nicht auf. Dennoch ist es allzu verständlich, daß Yojū, auf dem Heimweg aus Sibirien, bei der Erwähnung selbst dieses traurig-verlassenen kleinen Sees sich am liebsten sogleich ganz seinem Heimweh überlassen hätte. Aber zunächst war er völlig überrascht und natürlich auch erfreut, daß ein Fremder das Lied »Wir gehn nach Haus« kannte.

»Wo und von wem hast du denn dieses Lied gelernt?« fragte Yojū, neugierig geworden.

»Auf einem Transporter, kurz bevor der Krieg im Süden losging«, antwortete Ueda Gorō. »›Sasayama-Kinderlied‹ heißt es. Muß so eine Art Wiegenlied aus einer verdammt einsamen Gegend sein.«

Ueda Gorō hatte das, was er »Sasayama-Kinderlied« nannte, zum erstenmal gehört, als er auf dem Weg an die Südfront war. Immer, wenn sich die Soldaten auf dem Truppentransporter als Laienkünstler produzierten, hatte ein Zugführer namens Okazaki Yūichi, der bei allen nur »Blick-nach-Osten-Kommandeur« hieß, dieses Kinderlied vorgetragen, und so hatte es sich bei den Soldaten ganz von selbst eingeprägt. Daher kam es auch, daß Ueda Gorō das Wort »Hattabira« in dem Dialekt dieser Gegend, nämlich »Hattabyura«, aussprach. Nicht nur in Sasayama, sondern auch in der weiteren Umgebung sagten alle Leute statt »Hattabira« eben »Hattabyura«. Und die Aussprache dieses Wortes wurde zum Anlaß einer lebhaften Unterhaltung zwischen den beiden. Dabei erfuhr Yojū von Ueda Gorō in allen Einzelheiten, daß Yūichi in Malaya schwer verletzt worden war, und ebenso ausführlich hörte er von dem Hergang, wie Yūichi den Verstand verloren hatte.

Sein Gesprächspartner, der ehemalige Feldwebel Ueda, hatte seinerzeit noch als Gefreiter an der Front in Malaya in der Sondereinheit Okazaki Yūichis gedient. Und nicht nur das, er war sogar Yūichis Ordonnanz gewesen. Yojū und Yūichi gehörten dem gleichen Jahrgang an, aber Yojū war, noch bevor Yūichi an die Front in Malaya geschickt wurde, nach Mukden verlegt worden und wußte deshalb noch gar nicht, daß Yūichi nicht mehr ganz bei Verstand war.

Yūichi war von einem Lkw gestürzt, hatte sich dabei den linken Unterschenkel gebrochen und es obendrein im Kopf gekriegt.

Geschehen war das auf dem Eilmarsch der Abteilung von Kuala Lumpur nach der Stadt Selenbang. Als sie sich mit ihren Lkws dem Dorf Seldang näherten, stießen sie auf eine Pioniereinheit, die gerade dabei war, eine Brücke zu bauen. Die ursprüngliche Betonbrücke war, von Bomben getroffen, in den Fluß gestürzt, und um die dicken Betonbrocken herum bauten die Pioniere nun bogenförmig eine Holzbrücke. Der Fluß war nur vier oder fünf Meter breit, trotzdem befanden sich Soldaten einer motorisierten Einheit in so einem Fall in einer vertrackten Situation. Denn ihnen blieb nichts anderes, als bis zur Fertigstellung der Brücke zu warten oder höchstens noch mal hier, mal dort mit Hand anzulegen. Der Kommandeur der Pioniere, fast nackt, nur mit einem Lendenschurz bekleidet und der Mütze auf dem Kopf, sagte zu Yūichi: »Pech für Sie! Zwanzig Minuten früher, und die Brücke wäre noch dagewesen.« Aber sogleich fügte er hinzu: »Oder auch Glück für Sie. Zwanzig Minuten früher, und es hätte Sie samt Ihrem Wagen weggepustet.« Pioniere machen im allgemeinen nicht viel Worte. Noch eine Stunde, dann würden sie fertig sein, hieß es. Die Brücke, die sie am Morgen errichtet hatten, war mittags durch feindliche Bomben zerstört worden, und kaum daß sie sie wieder aufgebaut hatten, war sie erneut bombardiert worden.

Um sich vor Luftangriffen zu schützen, hatte die Abteilung sowohl ihre Mannschaftswagen als auch ihren Troß in ein Dikkicht aus Gummibäumen gefahren. Zehn der Soldaten halfen beim Transport der Brückenbohlen. Die übrigen waren mit feuerbereiten Waffen in Stellung gegangen, um eventuelle Luftangriffe abzuwehren. Auch die nachfolgenden Einheiten suchten alle Schutz unter den Bäumen.

Nach dem gerade herniedergegangenen Regenschauer war es unter den Gummibäumen angenehm kühl. Der Fluß, der sich durch den Gummibaumwald hindurchschlängelte, durchschnitt eine schmale Niederung und verschwand dann hinter niedrigen Hügeln. Hier und dort hatten Bomben in die Felder große Trichter gerissen; sie hatten sich mit Wasser gefüllt und bildeten nun kleine Teiche. In einem dieser Teiche lagen zwei Büffel einträchtig nebeneinander. Nur ihre Köpfe ragten aus dem Wasser. Auf den Hörnern des einen Büffels hatte sich ein weißer Reiher niedergelassen. Büffel und Reiher verharrten völlig reglos und schienen unverwandt den Pionieren beim Brückenbau zuzuschauen.

Als die Brücke fertig war und der Übergang begann, blieb das Fahrzeug an der Spitze mitten auf der Brücke plötzlich stehen und rückte und rührte sich nicht mehr vom Fleck. Es hatte Motorschaden. Die Reparatur würde eine Weile dauern. Die Soldaten auf den nachfolgenden Lastwagen, aber auch die auf dem kaputten Führungsfahrzeug zogen sich alle die Hemden aus; denn solange die Wagen fuhren, wehte ein erfrischender Wind, aber wenn sie standen, dann waren die Soldaten der sengenden Sonne ausgesetzt, und die Hitze wurde für sie unerträglich, zumal sie eng zusammengepfercht waren. Manche begannen laute Reden zu führen, am lautesten diejenigen, die auf dem defekten Wagen saßen. Einer wies auf die Wasserbüffel in dem Bombentrichter und meinte, ob die nicht eine gute Mahlzeit abgeben würden. Worauf ihm jemand entgegnete: »Fleisch vom Wasserbüffel stinkt, ist hart und schmeckt abscheulich.« Ein anderer zählte laut und bedächtig die mit Wasser gefüllten Bombentrichter. Er brachte es auf zweiunddreißig.

»Eine Verschwendung ist das! Guckt euch mal die Wasserlöcher auf den Feldern an. Schmeißen da die Bomben haufenweise ohne Sinn und Verstand 'rein«, sagte jemand. »Verschwendung, sagst du?« ließ sich daraufhin ein Gefreiter namens Tomomura vernehmen. »Der ganze Krieg ist reine Verschwendung! Und was für eine Verschwendung! Der kostet was!« Das sagte er so laut, daß es sogar die Ordonnanz Ueda hinten auf dem zweiten Wagen verstehen konnte. Da mußte es

Okazaki Yūichi, der »Blick-nach-Osten-Kommandeur«, der vorn neben dem Fahrer saß, erst recht gehört haben.

Der »Blick-nach-Osten-Kommandeur« stieg vom Beifahrersitz herunter und rief mit schneidender Stimme: »Gefreiter Tomomura!«

Die Soldaten auf dem Führungsfahrzeug verstummten augenblicklich. Der Zugführer ging über die Brücke bis zu dem stehengebliebenen Wagen.

»Klappe runterlassen!« befahl er. Die Soldaten öffneten die hintere Bordwand, der Zugführer kroch auf den Lkw und schloß sie eigenhändig wieder. »Gefreiter Tomomura, herkommen!«

»Zu Befehl!« antwortete Tomomura und zwängte sich zu seinem Zugführer durch.

»Wiederhole, was du eben gesagt hast!« befahl der Zugführer und sah Tomomura dabei scharf an.

»Zu Befehl! Das ist Verschwendung, habe ich gesagt.«

»Und weiter? Wiederhole ein bißchen genauer, was du gesagt hast!«

»Zu Befehl! Gefreiter Okaya hat gemeint, der Feind wirft seine Bomben haufenweise ohne Sinn und Verstand ab. Das stimmt ja auch, und da habe ich gesagt, der ganze Krieg ist reine Verschwendung.«

»Du Idiot!«

Der Zugführer schlug dem Gefreiten Tomomura mit der flachen Hand ins Gesicht. Als er nach dem zweiten Schlag gerade zum dritten ausholen wollte, ging ein Ruck durch die Reihen der Soldaten. Der Fahrer hatte probehalber nur einmal kurz eingekuppelt.

Der Zugführer, der am hinteren Wagenrand stand, vermochte den Ruck nicht auszugleichen. Die Bordwandklappe sprang auf, weil sie nicht verriegelt worden war, und im selben Moment verlor der Zugführer den Boden unter den Füßen, klammerte sich aber noch blitzschnell an den Gefreiten Tomomura.

Die Soldaten schrien erschrocken auf. Oberleutnant Okazaki und Gefreiter Tomomura stürzten auf den Rand der Brücke, prallten gegen eine Seitenplanke und fielen in den Fluß. Zu allem Unglück warteten dort die Reste der ehemaligen Betonbrücke auf sie. Der Zugführer schlug der Länge nach auf die Trümmer auf. Der Gefreite aber stürzte kopfüber in die Tiefe und rollte über die Betonbrocken hinweg ins Wasser. Das alles hatte nur Sekunden gedauert.

Die ganze Abteilung geriet in Aufruhr. Ein Fähnrich namens Yokota sprang als erster, ohne sich die Stiefel auszuziehen, sofort in den Fluß.

»Schnell! Gefreiten Tomomura suchen! Einen Suchtrupp bilden! Das Kommando übernimmt Feldwebel Ōta!« schrie er den anderen zu.

Die Ordonnanz Ueda sprang ebenfalls in den Fluß. Das Wasser reichte einem nur bis zum Nabel, und auch die Strömung war nicht stark, dafür aber sank man mit den Füßen tief in dem lehmigen Flußbett ein. Und es war kein Vorwärtskommen. Unversehens kam ein Sanitäter, der irgendwo einen festen Zugang gefunden haben mußte, den Fluß herabgeschwommen.

»Herr Oberleutnant . . . Herr Oberleutnant«, rief Fähnrich Yokota mit pathetischer Stimme dem Zugführer ins Ohr. Der Oberleutnant lag auf dem Rücken. Seine Augen waren geschlossen. Aus seinen Ohren sickerte Blut. Der Sanitäter, der nur einen Lendenschurz umhatte, fühlte dem Zugführer den Puls.

»Scheint alles in Ordnung zu sein. Der Puls geht noch«, sagte er.

»Wirklich? Alles in Ordnung?« fragte der Fähnrich zurück.

»Ja, ich glaube jedenfalls«, antwortete der Sanitäter.

Die Leute des Pioniertrupps bauten einen Steg vom Flußufer zu den Trümmern der Betonbrücke, wobei sie die Kanthölzer so nebeneinanderlegten, daß man mit einer Trage hinüberkommen konnte.

Die Soldaten, die sich flußabwärts auf die Suche nach dem Gefreiten Tomomura gemacht hatten, liefen völlig nackt am Ufer entlang. Da man aber wegen des trüben Wassers nicht bis auf den Grund sehen konnte, waren einige auch in den Fluß gestiegen, den sie nun im Zickzack hinuntergingen. Der Gefreite Tomomura war mit dem Schädel auf die Betontrümmer aufgeschlagen und hatte möglicherweise schon das Bewußtsein verloren, als er ins Wasser fiel. Wenn dem so war, dann müßte er nicht unbedingt ertrunken sein, meinte der Sanitäter. Trotz allen Suchens aber fanden sie den Gefreiten nicht. Nur weil er gesagt hatte, der Krieg sei Verschwendung, war er geschlagen worden, vom Lkw gestürzt, und mit dem Kopf auf den Beton aufgeprallt, war er in dem schmutzigen Fluß, dessen Namen man nicht einmal kannte, versunken, und vorbei war es mit dem Leben. Hier hatte man, auf wenige Augenblicke zusammengedrängt, erlebt, was Krieg ist. »Verschwendung« war wohl noch nicht mal das richtige Wort.

Der Zugführer kam wieder zu sich, und weil er vor Schmerzen ununterbrochen stöhnte, wurde er nicht auf einem Lkw, sondern auf einer Trage ins Feldlazarett geschafft. Aber aus dem Stöhnen war auch ein bißchen Gejammer herauszuhören.

Okaya steckte am Ufer den Zweig eines Gummibaumes in die Erde, und diese Stelle wurde zur Grabstätte für den Gefreiten Tomomura erklärt. Wegen der Äußerung Okayas, daß es Verschwendung sei, haufenweise die Bomben ohne Sinn und Verstand abzuwerfen, hatte Tomomura sich dazu hinreißen lassen, zu sagen: »Der ganze Krieg ist reine Verschwendung.« Deshalb, so gestand Okaya, fühle er sich nicht schuldlos an dem Tod Tomomuras. Aber gerechterweise könne man ihm nicht mehr als ein Zehntel der ganzen Schuld anlasten, meinte er. Zwei Zehntel hätte der Fahrer zu tragen, der ohne vorherige Warnung mit dem Wagen angeruckt war. Auf wessen Kosten die restlichen sieben Zehntel gingen, das wüßte er allerdings auch nicht. Daß sie seiner Meinung nach der Zugführer, der sich im Fallen an Tomomura geklammert hatte, tragen müßte, war jedoch aus seinen Worten nur allzuleicht herauszuhören.

Vor dem Weitermarsch trat die gesamte Abteilung auf Befehl des Fähnrichs noch einmal an. Der Fähnrich zog sein Schwert und kommandierte: »Zum stillen Gebet für die Seele des Gefreiten Tomomura! Achtung!«

Alle verneigten sich zum Abschied in Richtung des angenommenen Grabes.

Gefreiter Tomomura war nie einer der Flinkesten gewesen. Die Trägheit und Bedächtigkeit bei allem, was er tat, war, nach seinen eigenen Worten, vielleicht die Quittung dafür, daß er sich vor dem Sport in der Schule meistens gedrückt hatte, weil er schon von Kindesbeinen an immer etwas ängstlich gewesen war. Er hatte eine aufgestülpte Unterlippe und ein langes Kinn. Um das zu verbergen, hatte er sich eine Art Ziegenbart wachsen lassen, und diesen Bart strich er sich immer, wenn beim Appell und ähnlichen Gelegenheiten »Rührt euch!« befohlen worden war. Trotz seiner Schwerfälligkeit verstand er sich jedoch ausgezeichnet darauf, umherflatternde Hühner einzufangen. Hühner, die in den Gummiplantagen frei herumliefen und eher Wildvögeln glichen, griff er mit einer Leichtigkeit, als sammle er Papierfetzen auf. Und selbst solche Hühner, die sich vor Angst unter den Fußboden der auf Pfählen gebauten Wohnhäuser der Malayen geflüchtet hatten, lockte er mühelos hervor und fing sie. Aber das tat er nur, wenn er und die Kameraden seiner eigenen Gruppe dadurch zu einem Braten kamen. Waren die Hühner für andere bestimmt, dann konnte er so eigensinnig sein, daß er sie absichtlich verscheuchte. Einmal hatten ihn die Köche gebeten, ihnen drei oder vier Kampfhähne zu fangen, weil sie einen Hahnenkampf veranstalten wollten. Das war an dem Tag, an dem der Zugführer in Kuala Lumpur zum Oberleutnant befördert worden war und sich aus diesem Anlaß ein paar Leutnante von den anderen Zügen in seinem Quartier eingefunden hatten.

Tomomura hatte rundheraus nein zu den Köchen gesagt: »Erst veranstaltet ihr einen Hahnenkampf, und dann macht ihr aus den Kampfhähnen einen Braten für den Zugführer. Wegen seiner Beförderung soll es wohl einen Festschmaus für die Offiziere geben? Von mir kriegt ihr dafür keine Hähne!« Die Köche hatten die Hähne wirklich für einen Hahnenkampf und nicht für das Festessen haben wollen. Trotzdem kam dem Zugführer die Geschichte zu Ohren. Die Köche hatten sie dem Fähnrich Yokota erzählt, und dieser hatte sie, statt dem berühmten Hühnerfänger eine Standpauke zu halten, dem Zugführer zugetragen.

Nun war es nicht die Art des Zugführers, bei diesem oder jenem Vorkommnis gleich zu zeigen, was in ihm vorging. Und bei der Mitteilung des Fähnrichs setzte er schließlich eine Miene auf, als hätte er überhaupt nichts gehört. Vielleicht hatte er auch das Gefühl, daß solche Zuträgerei ausgerechnet im Moment seiner Beförderung fehl am Platz war. Und daß er dann beim Marsch auf den Gefreiten Tomomura eingeschlagen hatte, das mußte nicht notwendigerweise seine tieferen Wurzeln in der Geschichte mit den Kampfhähnen gehabt haben. Aber wie Tomomura selber und die Soldaten, die Zeugen dieses Vorfalls geworden waren, darüber dachten, das stand auf einem ganz anderen Blatt.

Auf dem Wege ins Feldlazarett phantasierte der Zugführer, der flach auf der Trage lag, vor sich hin: »Klappe öffnen!« und dann wieder: »Gefreiter Tomomura, herkommen!« Das wiederholte sich nicht nur zwei- oder dreimal, sondern wer weiß wie oft. Dabei hob er jedesmal mühsam die Arme und langte nach dem Gummibaumzweig, den man als Sonnenschutz an die Trage gebunden hatte. Es war, als suchte er mit den Händen einen Halt. Das wird das Fieber sein, meinten die Träger, woraufhin Ueda ein Handtuch mit Wasser aus seiner Feldflasche tränkte und es dem Zugführer auf die Stirn legte.

Das Feldlazarett war ein Wohnhaus in europäischem Stil mit einem Palmenhain dahinter. Ein Malaye schnitt mit einer Sichel, die auf einem Stiel von drei Fuß Länge steckte, eine Hecke aus Roseneibisch. Die linke Hand in die Hüfte gestemmt, führte er mit der rechten die Sichel bedächtig von oben nach unten, als ob er einen Tennisschläger ausprobierte. Zu beiden Seiten des Weges, der vom weitgeöffneten eisernen Gittertor zum Eingang des Hauses führte, standen hohe Bäume mit Früchten, die in Farbe, Form und Größe Schlangengurken ähnelten, und spendeten labenden Schatten. Der Zugführer streckte die Arme aus und fuchtelte mit den Händen in der Luft herum, als wollte er den Baumreihen drohen. Dabei rief er wieder im Fieberwahn: »Klappe öffnen!«

Als er von der Trage auf den Operationstisch gehoben wurde, war er noch in voller Uniform: dem kragenlosen Hemd, den Breecheshosen und den schwarzen Schaftstiefeln.

»Warum sind ihm die Stiefel nicht ausgezogen worden?« fuhr der Militärarzt die Ordonnanz Ueda sofort an.

»Das linke Schienbein scheint gebrochen zu sein. Wir haben versucht, den Stiefel herunterzuziehen, aber da haben der Herr Oberleutnant über schreckliche Schmerzen geklagt«, antwortete Ueda.

»Aber warum hat man ihm dann nicht wenigstens den rechten Stiefel ausgezogen? Da sieht man mal wieder, was die Sanitäter taugen!« Weil der Arzt fortfuhr zu schimpfen, zog Ueda seinem Zugführer den rechten Stiefel aus und gab ihn den Soldaten, die die Trage geschleppt hatten.

»Na also! Hätte das nicht sofort geschehen können?« sagte der Arzt gehässig.

Das eigentliche Problem aber war gewesen, daß die Ordonnanz Ueda und die Träger das Gefühl hatten, es würde auch ihre Würde beeinträchtigen, wenn ein Offizier, und obendrein noch ihr eigener Zugführer, nur einen Stiefel angehabt hätte.

»Nimm die Schere und schneide den Stiefel auf!« befahl

der Arzt seinem in Operationskleidung steckenden Gehilfen, der durch sein kantiges Gesicht auffiel.

Ueda beantwortete die Fragen des Arztes und erstattete Bericht über den Sturz des Zugführers und über alles Weitere bis zu ihrer Ankunft im Lazarett. Er berichtete auch, daß Blut aus den Ohren geflossen war. Jedoch verschwieg er, daß der Lkw defekt war, von dem der Zugführer stürzte. Nach seinen Worten hatte sich der Lkw beim schnellen Überfahren eines Hindernisses geneigt, und dabei war der Zugführer zusammen mit einem Gefreiten namens Tomomura heruntergestürzt. »Das war höhere Gewalt«, fügte er hinzu.

»Und was ist mit diesem Tomomura?« fragte der Arzt. Als Ueda antwortete: »Er ist tot«, sagte der Arzt: »Der Zugführer kann doch nicht zusammen mit den Soldaten hinten auf dem Lkw gesessen haben? Sein Platz ist neben dem Fahrer. Also, heraus mit der Sprache!«

Ueda erzählte wahrheitsgemäß, daß der Gefreite Tomomura eine abfällige Bemerkung gemacht habe und dafür vom Zugführer geschlagen worden sei. Und er gestand auch, daß sie genau in dem Moment beide vom Wagen gestürzt seien.

Der Gehilfe des Arztes hatte inzwischen den linken Stiefel des »Blick-nach-Osten-Kommandeurs« der Länge nach aufgeschnitten und ihn auf den Fußboden geworfen. Dann hatte er die Breecheshosen aufgetrennt. Das entblößte linke Bein des Zugführers war nicht nur an der Bruchstelle, sondern vom Knie abwärts ganz und gar geschwollen. Der Arzt spritzte ein Beruhigungsmittel oder so etwas. »Gefreiter Tomomura! Wiederhole, was du eben gesagt hast!« murmelte der Zugführer.

»Gefällt mir gar nicht!« Der Arzt machte ein bedenkliches Gesicht. »Scheint durchgedreht zu sein.« Und zu Ueda sagte er: »Eben hat er doch Tomomura gemurmelt? Als euer Zugführer diesem Tomomura ein paar gelangt hat, da ist der Wagen angefahren, stimmt's? Ihr hattet gehalten, nicht wahr?« In die Enge getrieben, antwortete Ueda: »Jawohl, so war es.«

»Ihr könnt gehen. Sobald ihr wieder bei eurer Einheit seid ... Nein, schon gut. Macht, daß ihr wegkommt!«

Bevor die Träger und Ordonnanz Ueda wegtraten, salutierten sie vor ihrem auf dem Behandlungstisch liegenden Zugführer.

Dank der Spritze schien der Oberleutnant am Eindämmern zu sein.

Als sie aus der Tür traten, sagte einer der Träger: »Ganz schön, dieser Doktor. Hakt doch gleich an der schwächsten Stelle ein und weiß genau, was gelogen und was wahr ist.«

»Aber bloß weil unser Zugführer ausgerechnet das Verkehrteste murmeln mußte«, sagte der andere, fügte jedoch schleunigst hinzu: »Nein, nein, war ja nicht das Verkehrteste« und fuhr fort: »Guckt euch den an! Zu beneiden, diese Malayen! Sie haben keinen Staat, und da geht sie der ganze Krieg nichts an. Der schneidet seelenruhig an den Sträuchern herum.«

»Quatsch bloß nicht soviel. Sonst handelst du dir noch mehr als verschärften Arrest ein«, wies ihn der andere zurecht.

Ueda verlor seinen Posten als Ordonnanz und wurde wieder zum ganz gewöhnlichen Gefreiten. Ein Leutnant namens Asano, der sich vom einfachen Soldaten hochgedient hatte, übernahm die Führung des Zuges, und noch in derselben Nacht wurden bei einem Gefecht zwei Mann schwer verwundet. Die Soldaten, die sie ins Feldlazarett schafften, hatten die Gelegenheit genutzt und gleich ihren ehemaligen Zugführer besucht. Es stand nicht zum besten um ihn. Die Beinverletzung, die sich als komplizierter Bruch herausgestellt hatte, würde sicherlich heilen, aber die Verletzung am Kopf hatte offenbar zu inneren Schäden geführt. Mochizuki, einer der Soldaten, die den Oberleutnant besucht hatten, sagte: »Aus der Beule am Kopf soll nun eine Krankheit geworden sein, die sich Dementia oder so ähnlich nennt.«

Wie er erzählte, hatte der Zugführer reglos auf dem Rücken

gelegen und nur selten gesprochen, und wenn, dann ohne jeden Zusammenhang. Obendrein waren es ausschließlich Bruchstücke von militärischen Begriffen und Redewendungen: »Das Wohl des einzelnen bedeutet nichts, das des Vaterlandes alles« – »Euer Leben ist in meine Hand gegeben« – »Gegen die Armee gerichtete Ideen ...« – »Wer widerspricht, wird mit dem Schwert erschlagen!« – und dergleichen schrecklich klingende Wörter mehr. Bei ihrer Auswahl brauchte er sich keinerlei Zwang aufzuerlegen, denn gerade zur Aufmunterung der Soldaten gab es eine Unmenge neugeprägter Wendungen.

»Da kann mir einer sagen, was er will, der ist total verrückt«, meinte ein anderer, der mit im Lazarett gewesen war. »Ja, verrückt und dazu noch, als wär er besoffen!« Er blickte mißtrauisch in die Runde. »Laut kann ich es nicht sagen, wer weiß, vielleicht ist es doch so. Ich meine, vielleicht ist der Zugführer vom erzürnten Geist des Gefreiten Tomomura besessen.«

Geist hin, Geist her, aber die Soldaten dieser Einheit wußten nun einmal alle um den besagten Vorfall. Und nicht wenige hatten mit eigenen Augen gesehen, wie sich der Zugführer im Fallen an den Gefreiten Tomomura geklammert hatte. – Schließlich hat Ueda sich die Geschichte ja nicht ausgedacht!

Von denen, die neue Verwundete der Einheit ins Lazarett schafften, erfuhr man auch weiterhin über den Zustand des »Blick-nach-Osten-Kommandeurs«. Die Heilung des Knochenbruches war so gut wie garantiert. Auch die Geistesschwäche war etwas abgeklungen, und zwar so weit, daß er nicht mehr völlig irre redete. Was aber bis jetzt noch zurückgeblieben war, würde sich wahrscheinlich nie mehr ganz verlieren.

Zu der Zeit litt mehr als die Hälfte des Zuges an einer Hautkrankheit, die sich »Dschungelseuche« nannte. Meistens wurden Soldaten von ihr befallen, die morastiges Gelände oder einen Fluß im Dschungelgebiet durchquert hatten. Bei dieser Krankheit bildeten sich überall auf der unteren Körperhälfte zuerst so etwas wie Bläschenekzeme, aus denen dann Geschwüre entstanden, die sich allmählich immer weiter fraßen. Mehrere Millimeter tief konnten die zahllosen Löcher an den Fußsohlen, in den Kniekehlen, zwischen den Schenkeln und an den Genitalien werden. Die Sanitäter taten ihr Bestes, dieser sonderbaren Seuche mit Jodeinpinselungen Herr zu werden, dennoch griff sie eine Zeitlang immer weiter um sich. Und man erzählte sich, daß auch der im Lazarett liegende »Blick-nach-Osten-Kommandeur« am ganzen Unterkörper mit Geschwüren übersät war. Ihn hatte diese Dschungelseuche erwischt, weil er sich selbst am Morgen nach einer draußen verbrachten Nacht beim Eintreffen einer guten Nachricht über die Frontlage zu baden pflegte, wobei das Wasser aus einem noch so dreckigen Graben stammen konnte, um sich dann zur Ehrerbietung aus der Ferne in Richtung Osten zu verneigen. Allerdings heilten die Geschwüre sofort ab, wenn der damit Behaftete in eine Gegend mit klarem Wasser kam.

Schon immer hatte der »Blick-nach-Osten-Kommandeur« sein Gefallen an dieser Ehrerbietung aus der Ferne gehabt. Selbst an Bord des Truppentransporters hatte er, sobald eine gute Nachricht durchs Radio gekommen war, seine Leute auf Deck antreten lassen und zur Ehrerbietung Blick nach Osten sowie drei Hurras befohlen. Danach folgte unweigerlich eine Belehrung. Das Radio brauchte nur zu melden, daß japanische Flugzeuge eine Stadt auf dem Festland bombardiert hatten, und schon mußten sich die Leute auf Deck einfinden und das Zeremoniell vollziehen. Bei den Mittagsnachrichten: »Zur Ehrerbietung aus der Ferne – Blick nach Osten!« und bei Wiederholung der Nachrichten am Abend noch einmal dasselbe, sofern nur eine siegreiche Schlacht gemeldet wurde. So kam es, daß diese Einheit von den Soldaten der anderen Züge und Kompanien bald nur noch die »Blick-nach-Osten-Einheit« oder der »Blick-nach-Osten-Zug« genannt wurde.

Das wiederum nahm der »Blick-nach-Osten-Kommandeur« zum Anlaß, um in einer seiner Ansprachen nach dem Zeremoniell zu erklären, daß die Einheit, da sie wegen ihrer Ehrerbietung nun berühmt geworden, im Unterschied zu ihren namenlosen Tagen erst recht verpflichtet sei, vom Geist der Selbstaufopferung für das höhere Wohl tief durchdrungen, die Ehrerbietung aus der Ferne zu vollziehen. Dann fügte er hinzu: »Männer! Auch ihr werdet, wenn ihr die Feldordnung sorgfältig lest und überdenkt, schlagartig das hohe Prinzip, von dem unsere ehrfurchtsvolle Verneigung in Richtung Osten getragen ist, begreifen. Und wenn ihr dieses hohe Prinzip begriffen habt, dann wird es euch mit heller Freude erfüllen.«

Mehr noch als um das Zeremoniell der Ehrerbietung schien es dem Zugführer auf dem Truppentransporter um seine Ansprachen gegangen zu sein. Es gab Soldaten, die ihm nachsagten, er ließe sie nur antreten, um seine Reden halten zu können. Und man hörte auch, mit seiner Großsprecherei wolle er seine schreckliche Angst vor U-Booten überspielen. Einmal fragte ein Soldat: »Ich möchte bloß wissen, warum die anderen Zugführer unserem nicht sagen, daß er nicht so übertreiben soll.« Das hätten alle Soldaten der »Blick-nach-Osten-Einheit« gern gewußt. Aber nur der Gefreite Tomomura ging darauf ein: »Dieser ganze Quatsch verstößt eben nicht gegen die Instruktionen. Da kann man mal sehen, wie großzügig diese Instruktionen sind. Aber auf der anderen Seite braucht dir bloß ein einziges Hemd abhanden zu kommen, und schon hast du dich eines schweren Vergehens schuldig gemacht!« Gefreiter Tomomura sagte nun mal meistens auch, was er dachte, und deshalb war er ein schlechter Soldat ...

Als Yojū sich zum Aussteigen fertigmachte, sagte der ehemalige Feldwebel Ueda zu ihm: »Du wirst den ›Blick-nach-Osten-Kommandeur‹ ja bestimmt zu sehen kriegen. Und wenn du ihn siehst, dann sag ihm: ›Deine frühere Ordonnanz Ueda hat alles, was sie über dich wußte, erzählt. Dafür hat dieser Ueda mehr als zwei Stunden lang auf den Ausblick auf die Landschaft entlang der Sanyō-Linie verzichtet. Und man muß sich fragen, ob das wirklich ein Mensch ist, der nach langer Zeit wieder in sein Heimatland Japan zurückkehrt.‹ Genauso sag es ihm bitte!«

»Das klingt bitter, als hätten sie dir das in der Gefangenschaft beigebracht. Wenn Yūichi das mitkriegt, wird er sicherlich toben. Galt er denn nicht als eine Verkörperung der Selbstaufopferung für das höhere Wohl?«

»Blödsinn. Dieser ›Blick-nach-Osten-Kommandeur‹ wird sicherlich einer der ersten gewesen sein, der sein Mäntelchen in eine andere Richtung gehängt hat. Wenn nicht, dann hat er im Kopf noch immer nicht alle beisammen.«

»Ich würde dir gern die Torpfosten aus Beton bei Yūichi zu Hause zeigen. Solange du die nicht gesehen hast, kannst du ihn gar nicht verstehen. Oben auf den Pfeilern stecken bunte Glasscherben. Aber eigentlich war das ja eine Idee seiner Mutter.«

»Ein paar schöne aufmunternde Worte stehen wohl nicht vorn auf den Pfeilern? Übrigens, sag ihm auch noch, der Fahrer von damals ist schwer bestraft worden. Er habe, wenn auch nicht vorsätzlich, die Verwundung eines Offiziers und den Tod eines Kameraden verursacht. Dafür haben sie ihn verknackt. Und warum das alles? Weil der liebe Bruder ›Blick-nach-Osten‹ kein Maßhalten kannte. Und am Ende ist immer der einfache Soldat der Dumme, der alles auszubaden hat, oder meinst du nicht?«

Dieser ehemalige Feldwebel Ueda machte keinen Hehl daraus, daß er Yūichi haßte. Früher habe er sich vor ihm stets nur gefürchtet, jetzt aber sei die Angst in flammenden Haß umgeschlagen.

An dem Tag, an dem Yojū nach Sasayama zurückkehrte, hatte Yūichi, der »Blick-nach-Osten-Kommandeur«, wieder einen seiner Anfälle bekommen und war von zu Hause fortgelaufen. Wegen seines lahmen Beines fiel ihm das Gehen an sich schwer, aber steile Hänge, an denen normale Menschen ihre liebe Not hatten, erklomm er recht geschickt. Und wo andere beim Abstieg ins Laufen kamen, ging er ganz gemächlich. In manchem ähnelte er den Frauen, die vom Fuchsgeist besessen sind, und von denen ist ja bekannt, daß sie steile Hänge und Wege so mühelos nehmen, als spazierten sie über flaches Land, nur daß sie im Vergleich zu Yūichi viel behender sind. Sieht man so eine Frau oben auf dem Berg im Osten und will man sie fangen, ist sie mir nichts, dir nichts an einem vorbei durch das Tal gehuscht und steht schon oben auf dem Berg an der Westseite. Ihre Hurtigkeit ist das größte aller Wunder und kaum zu fassen. Von dieser Erhabenheit über die irdische Welt ist Yūichi allerdings weit entfernt. Wenn seine Mutter hinter ihm her ist, dann tut er so, als wollte er die Flucht ergreifen, versteckt sich aber schnell in fremder Leute Scheunen oder kriecht in den Hühnerstall. Manchmal entwischt er auch, indem er sich in einen Kompostschuppen legt. Yūichi ist alles andere als über diese irdische Welt erhaben, er ist einfach bloß schlau. Erstaunlicherweise aber flieht er nie in ein anderes Dorf, und deshalb braucht man sich eigentlich nicht groß um ihn zu kümmern.

An dem Tag nun hatte Yūichis Mutter, nachdem sie etwa eine Stunde lang herumgelaufen war, mit Tränen in den Augen die Suche nach dem Sohn aufgegeben. Yūichi aber ging unterdessen die Reihen der Grabsteine auf dem Friedhof am Berghang entlang und schlug dabei mit dem Gürtel auf die Steine ein. Er tat das mit einer Inbrunst, als sähe er in den Grabsteinen Soldaten. Bei jedem Schlag murmelte er vor sich hin: »Der ist für dich! Du kriegst auch einen! Und du auch! Der ist für dich! Und der für dich ...«

Um die gleiche Stunde hatten sich Munejirō, Hashimoto und Shintaku mit Yojū an der Spitze, der ja an diesem Tag heimgekehrt war, auf den Weg zum Friedhof gemacht.

Munejirō trug brennenden Weihrauch und eine irdene

Kanne in den Händen, Yojū halberblühte Zweige vom Bergteestrauch und Hashimoto einen Teller, auf dem ein großer Kloß, gefüllt mit süßem Bohnenmus, lag. Es war nicht leicht gewesen, Yojū, der darauf beharrt hatte, daß er jede Religion ablehne, dazu zu bewegen, den Vorfahren auf dem Friedhof seine glückliche Heimkehr zu vermelden. – Es widerspräche, so erklärte er, nun einmal seinen Prinzipien, Ahnengräber, die ein Rest feudaler Zeiten seien und zugleich eine einheitlich auf die Religion festgelegte Gestalt trügen, zu besuchen. Hashimoto hatte Yojū in aller Ruhe ausreden lassen und dann beschwichtigend zu ihm gesagt: »Mit den Wölfen muß man heulen. Wenn du das nicht tust, wird wohl kein Mädchen hier deine Frau werden wollen. Da hilft nichts, um den Besuch der Gräber kommst du nicht herum.«

»Yojū«, hatte Shintaku hinzugefügt, »andere Länder, andere Sitten. Jetzt aber bist du wieder in deinem eigenen Land, also befolge auch seine Sitten. Es gibt so manches im Leben, was einem nicht paßt, hindurch muß man trotzdem. Du bist heil und gesund zurückgekommen, und wir sind alle froh, daß du wieder da bist. Und jetzt gehen wir zum Friedhof!«

Auf diese Weise hatten sie Yojū schließlich doch dazu gebracht, daß er dem Besuch der Gräber zustimmte. Das Zureden seines Bruders Munejirō vorher hatte überhaupt nichts gefruchtet, und so war dessen Frau heimlich Hashimoto und Shintaku holen gegangen. –

Als sie vor dem Grab standen, brachte Munejirō den Ahnen den Weihrauch dar und goß aus der irdenen Kanne Wasser in die Blumenvase. Yojū steckte die Blütenzweige hinein, legte die Hände aneinander und verrichtete ein stilles Gebet. Auch die anderen verneigten sich mit zusammengelegten Händen wortlos vor dem Grab. Doch kaum daß sie dieses so überaus schlichte Ritual vollzogen hatten, tönte es mit lauter Kommandostimme: »Fertig! Ganzer Zug angetreten!« Sie drehten sich um. Da stand Yūichi in einer ärmellosen Jacke und mit einer Militärmütze auf dem Kopf unmittelbar hinter ihnen und sah sie scharf an. Die zusammengekniffenen Augen verrieten deutlich, daß sein Anfall den Höhepunkt erreicht hatte.

»Sieh einer an! Hab ich mir doch gleich gedacht! Der Herr Oberleutnant Okazaki! Welch eine Ehre ... Heute haben wir was ganz Feines für Herrn Oberleutnant«, sagte Hashimoto verschmitzt, nahm den mit Bohnenmus gefüllten Kloß, den sie den Ahnen dargebracht hatten, und drückte ihn Yūichi in die Hand.

Yūichi blickte wie gebannt darauf und führte plötzlich die Hand, auf der der Kloß lag, als Ausdruck des Dankes vor die Augen. So etwas tat er eigentlich selten. Aber dabei blieb es nicht. Er begann, während ein Beben durch seine Schultern ging, sogar zu schluchzen. Dann nahm er den Kloß in die linke Hand und weinte laut los. Und dieses Weinen klang wie das Heulen eines Hundes. Doch er hörte sofort wieder auf und schrie mit heiserer Stimme: »Angetreten!«

Seine Augen verengten sich; in kurzen Abständen zuckte er mit dem Kopf, und das waren untrügliche Anzeichen dafür, daß er im nächsten Moment losbrüllen würde. In so einer Situation hatte man zwischen zwei Dingen zu wählen: Entweder man führte seine Befehle aus, oder man griff ihn sich und brachte ihn nach Hause.

»Was nun? Gehorchen wir?« flüsterte Hashimoto.

»Jetzt sind wir schon mal mit Yojū auf dem Friedhof, da sollten wir versuchen, ohne großen Krach aus der Geschichte herauszukommen«, gab Munejirō ebenfalls flüsternd zurück.

»Na gut, dann treten wir an«, entschied Hashimoto, und Yojū warnte er: »Tu, was er befiehlt!«

In ziemlich ruhigem Ton sagte Yūichi: »Tempo! Tempo! Jeder tritt so an, wie er ist. Ein bißchen schneller! Los, los!«

Die vier traten in einer Linie der Größe nach an: Munejirō, Hashimoto, Yojū, Shintaku.

Yūichi kommandierte: »Achtung! Rührt euch! Augen geradeaus!« Er selber nahm ebenfalls Haltung an und wandte sich in feierlichem Ton an die vier: »Ich habe euch mitzuteilen, heute geruhte Seine Kaiserliche Majestät, uns huldvoll eine köstliche Süßigkeit zu spenden. Ich betone, unserer Einheit zu spenden. Das ist eine Ehre, wie sie größer nicht sein kann. Ich erkläre, wir alle sind zu Tränen gerührt, und ich erwarte von jedem einzelnen, daß er die Spende mit dankbarem Herzen und tiefer Ehrfurcht entgegennimmt. Ein Offizier wird sie jetzt verteilen. Zuvor aber wenden wir uns in Richtung Osten und erweisen aus der Ferne unsere Ehrerbietung.«

Yūichi gab das Kommando und veranlaßte die vier, sich in Richtung des Hattabira-Sees zu wenden. Obwohl es bewölkt war, hatte er sie genau nach Osten ausgerichtet.

Sobald die Zeremonie vorüber war, kommandierte Yūichi: »Rührt euch!« Dann ging er auf Munejirō am äußersten rechten Flügel zu und befahl ihm: »Stillgestanden! Mund auf!«

Der Befehl hörte sich gewaltig an, und dabei gab es doch nur den einen einzigen Kloß. Munejirō stand stramm, legte den Kopf in den Nacken und öffnete den Mund. Yūichi riß ein kleines Stück von dem Kloß ab und steckte es Munejirō in den Mund. Als nächster kam Hashimoto an die Reihe, dann Yojū und schließlich Shintaku. Sie alle ließen sich widerspruchslos ein Stück Kloß in den Mund schieben.

Zum Schluß hielt Yūichi noch die Hälfte des Kloßes in der Hand. Er erstarrte in Habachtstellung, legte den Kopf zurück und stopfte sich den Mund voll. Weil ihm Süßigkeiten über alles gingen, kaute er den Kloß nicht gleich hinunter, sondern behielt ihn im Mund, um dessen Geschmack voll auszukosten. Und darüber vergaß er ganz und gar, den vier Männern den Befehl zum Wegtreten zu erteilen. Während er sich noch den Geschmack der Kloßfüllung auf der Zunge zergehen ließ, kam seine Mutter herangeschlichen und stellte sich heimlich hinter ihn. Es war nicht weiter verwunderlich, daß sie jetzt erschien, um ihn zu holen, denn sie mußte die rauhe Stimme Yūichis, mit der er die Kommandos gegeben und die Ansprache gehalten hatte, in ihrem Haus unten am Fuß des Berges gehört haben.

Yūichi hielt sich noch immer die Hand vor den mit dem Kloß vollgestopften Mund und hatte von alledem nichts wahrgenommen. Die Mutter verbeugte sich flüchtig in Richtung der vier und bat sie mit Blicken um Beistand, falls Yūichi ihr entwischen sollte. Die vier Männer ließen sich nichts anmerken. Die Mutter neigte sich vor, machte ein paar schnelle Schritte nach vorn und packte ihn am Saum seiner ärmellosen Jacke. Erschrocken fuhr er herum.

»Yūichi, mein Junge!« sagte die Mutter, und ihre Stimme klang wie das Schnurren einer Katze. »Yūichi, was ißt du denn Feines? Hast du das geschenkt gekriegt?«

Unerwartet friedlich nickte Yūichi mit dem Kopf und sperrte den Mund weit auf.

»Was denn? Einen Kloß hast du bekommen? Das ist aber schön! Wo du die so gern magst. Während du ihn jetzt fein aufißt, werden wir beide nach Hause gehen. Komm bitte mit, bitte!« flehte die Mutter.

Yūichi machte anfangs ein völlig unbeteiligtes Gesicht, aber ein wenig schien er doch verstanden zu haben, denn er senkte schließlich gleich einem völlig Erschöpften den Kopf und setzte sich in Bewegung. Erschöpft war er vielleicht tatsächlich. Die Mutter hielt ihn noch immer am Saum seiner Jacke fest, als sie sich wiederum flüchtig in Richtung der vier verbeugte und mit ihrem Sohn davontrottete.

Yojū spuckte aus und sagte: »So, jetzt ist mir leichter. Der kann einem ja wirklich das Gruseln beibringen!«

Auch die anderen drei spuckten aus. Von dem Bohnenmus in dem Kloß hatte ihre Spucke eine scheußliche Farbe angenommen. Denn keiner von ihnen hatte es über sich gebracht, die von Yūichi aus der Haut und der Füllung des Kloßes zusammengekneteten ekligen Kügelchen hinunterzuschlucken. Andererseits aber hatten sie alle wie auf Verabredung gezögert, sie vor Yūichis Augen auszuspucken.

Die vier Männer wiederholten ihr stilles Gebet vor den Ahnengräbern und verließen den Friedhof. Plötzlich spuckte

Hashimoto noch einmal kräftig aus und sagte: »Mir ist richtig schlecht. Wie er mit seinen dreckigen Fingern das Mus zu Pillen gedreht hat! Aber alles, was recht ist, reden kann er. Bißchen war einem wirklich zumute, als hätte man eine kaiserliche Spende empfangen. Das war so eine Rede, wo einem ungewollt die Tränen kommen können. Wie hat er gesagt? ›Das ist eine Ehre, wie sie größer nicht sein kann!‹«

»Hör bloß auf mit dem Quatsch! So haben sie doch alle getönt«, fiel Yojū ihm ins Wort. »Es war wie ein Theaterspiel von Verrückten. Ein Chor von Männern in Langschäftern.«

»Nana, Yojū! So nicht!« schalt Munejirō seinen jüngeren Bruder. »Reibereien unter uns können wir nicht gebrauchen. An mich kommt so was nicht 'ran, mich stört es nicht weiter. Trotzdem, reg dich nicht so auf! Du bist aufgebracht wegen Yūichi, nicht wahr?«

»Wegen so einem Gespenst? Die schwarze Spucke von vorhin hat mir viel mehr gesagt.«

»Übrigens, drüben in Inada die Tochter von den Verwandten der Ōmoris, das ist ein nettes Mädchen ...«

Die anderen drei warteten darauf, daß Hashimoto fortfuhr, aber er hüllte sich in Schweigen. Und so stiegen sie denn wortlos den abschüssigen Weg hinab. Der Weg schlängelte sich durch einen Wald, der von jedem Unterholz frei gehalten war. So hatte man zwischen den Bäumen einen Blick auf die Dorfstraße, auf das Ziegeldach von Yūichis Haus, auf die Zedernhecke und auch auf die Torpfosten aus Beton. Sonst funkelte das bunte Glas oben auf den Pfeilern rot und blau, aber an diesem Tag nicht, denn der Himmel war bewölkt. Sie sahen, wie sich Yūichi und seine Mutter mühsam durch das Tor schleppten.

»Erstaunlich ist es doch«, brach Hashimoto das Schweigen. »In der Himmelsrichtung hat er sich nicht ein bißchen geirrt. Vom Friedhof aus gesehen, liegt der Hattabyura genau in Richtung Osten.«

»Sagt mal, morgen muß doch das Wasser aus dem Hattabyura abgelassen werden«, warf Shintaku plötzlich ein. »Und übermorgen aus dem Botandani. Danach auch aus all den anderen Seen. In diesem Jahr haben wir einen frühen Herbst. Der dran ist, die Abflüsse aufzumachen, hat nichts zu lachen. Denn das Wasser ist schon ganz schön kalt.«

»Richtig, in diesem Jahr bin ich ja dran«, sagte Munejirō. »Du, Yojū, kannst du nicht für mich die Abflüsse öffnen? Bei der Kälte hole ich mir sonst noch was.«

Ohne darauf einzugehen, sagte Yojū: »Übrigens scheint das Lied vom Hattabyura nun recht berühmt geworden zu sein. Selbst Yūichi soll es auf dem Truppentransporter während der Fahrt nach Süden andauernd gesungen haben. Jedesmal, wenn die Soldaten eine Veranstaltung hatten, dann ...«

»Schon gut, Yojū«, unterbrach ihn Munejirō. »Ich mache die Abflüsse selber auf. Du warst in der Mandschurei und in Sibirien und weißt trotzdem, was Yūichi auf dem Pazifik gesungen hat? Immerhin, das muß ein Anblick gewesen sein, wenn dieser Apostel der Selbstaufopferung für ein höheres Wohl so ein Kinderlied singt. Na schön, ist also unser Hattabyura berühmt geworden. Warum auch nicht? Dann werde ich eben das Wasser aus dem berühmten Hattabyura ablassen.«

Sobald Munejirō begriffen hatte, daß sein jüngerer Bruder vom Thema ablenken wollte, war er ärgerlich geworden und hatte auch offen gezeigt, daß er nicht gewillt war, seinem jüngeren Bruder alles nachzusehen. Seiner Stellung als älterer Bruder schuldete er schließlich einiges.

Als die vier die Dorfstraße erreicht hatten und an Yūichis Haus vorübergingen, schöpfte die Mutter gerade Wasser aus dem Brunnen hinter der Zedernhecke. Der Eimer hing statt an einem Seil an einer eisernen Kette, die auch aus der Zeit stammte, da die Mutter das Haus hatte umbauen und die Betonpfeiler errichten lassen. Das Kettengeklirr hallte, wenn Wasser geschöpft wurde, durch das ganze Dorf. Obwohl dieser Klang dem Ohr wirklich nicht schmeichelte, hatte ihn der Bürgermeister einmal gegenüber Yūichis Mutter in höchsten Tönen gepriesen. Das war, als er sie zusammen mit dem Schuldirektor wegen der Aufnahme Yūichis in die Kadettenanstalt aufgesucht hatte. Auch der Schuldirektor hatte so getan, als bewundere er diesen Klang. Sogar in den Lesebüchern gäbe es einen schönen Text über den Klang eiserner Brunnenketten, hatte er gesagt. Und den hätte der Dichter Wakayama Bokusui geschrieben. Der Bürgermeister aber war in seinen Lobpreisungen viel weiter gegangen: »Wenn man den Klang aus der Ferne hört, ist es wie der Ruf eines Kranichs. Da heißt es doch in einem alten Lied: ›Erhebt der Kranich seine Stimme, steigt sein Ruf gen Himmel ...‹, ja, und so weiter und so weiter. Wissen Sie, der Sinn ist, daß einem dann Glück ins Haus steht.«

Das war eine leicht zu durchschauende Schmeichelei. Trotzdem hatte die Mutter damals, nur damit die Nachbarn ringsum den Klang der Kette hören sollten, mehr Wasser geschöpft, als sie benötigte.

1950

DER AUTOBUS

Ich hatte dort in der Gegend etwas zu erledigen und fuhr nach langer Zeit wieder einmal mit dem Bus der Binan-Linie.

Während des Krieges und unmittelbar danach verkehrte auf dieser Strecke ein schrecklich klappriges Gefährt. Damals war mit den Autobussen überall nicht mehr viel los, aber um diesen stand es so schlimm, daß es jeder Beschreibung spottete. Selbst während einer einzigen Tour ging es niemals ohne Reifen- oder Motorpanne ab. Und lief dann der Motor wieder, dauerte es gar nicht lange, bis er erneut versagte. Auch die Scheiben waren meistens zerbrochen. Zellophanpapier oder Bretter ersetzten das Glas in den Fenstern.

Der Bus fuhr auch jetzt noch mit Holzgas, doch die alte Karosserie hatte einen neuen Anstrich bekommen und sah ganz ordentlich aus, und auch von den Fenstern waren nur noch zwei oder drei kaputt. Hinter dem Steuer saß jetzt der junge Mann, der unmittelbar nach dem Krieg noch Schaffner gewesen war, und der Schnauzbärtige, der damals fuhr, machte jetzt den Schaffner. Dieser Tausch der Rollen verwunderte mich etwas.

»Fahrer und Schaffner haben miteinander gewechselt, nicht wahr?« bemerkte ich zu der Frau mittleren Alters, die neben mir saß. »Der Schaffner jetzt, der war doch früher Fahrer. Ist ihm was zugestoßen, daß er nicht mehr fahren kann?«

»Nein, das nicht. Aber er hat sich so unbeliebt gemacht. Deshalb ist er abgesetzt worden«, antwortete mir ein Mann, ebenfalls in mittleren Jahren, und offensichtlich der Begleiter jener Frau neben mir. »Der mit dem Bart hat im Krieg und in der Zeit kurz danach mit den Fahrgästen nämlich mächtig herumgeschnauzt und sich ganz schön aufgespielt. Das haben sich die Leute aus der Gegend hier dann nicht mehr länger gefallen lassen und verlangt, daß er abgelöst wird. Sie haben die Busgesellschaft mit Briefen bombardiert. – Aber ich muß jetzt aussteigen.«

Der Mann mittleren Alters erhob sich und strebte dem Ausgang zu. Die Frau folgte ihm. Auf ihren Platz setzte sich ein auch nicht mehr allzu junger Mann von etwas bäuerlichem Aussehen.

»Wissen Sie«, sprach er mich an und meinte dann: »Der mit dem Bart verdient nun weniger Geld, und seinen schönen Posten ist er auch los, aber scheel angesehen wird er kaum noch. Zwar können sich diejenigen, die man aus ihren Stellungen entfernt hat, nicht mehr so viel herausnehmen wie im Krieg, doch sind sie schon wieder ganz schön im Kommen, und auf dieser Woge reitet eben auch der Bärtige und fühlt sich ganz wohl dabei.«

Gleichsam als Selbstbestätigung fügte er hinzu: »Ja, ja, so ist nun mal der Lauf der Zeiten.«

Der bärtige Schaffner blickte aus dem Fenster. Das sandige Bett eines ausgetrockneten Flusses war zu sehen, und von jenseits der Felder schaute ein kahler Berg mit seinen nur in den Ausläufern schön geschwungenen Hängen ungeniert herüber. Als der Bus an einem Shintō-Schrein vorüberfuhr, nahm der bärtige Schaffner seine Mütze ab und wischte sich mit dem Taschentuch die Stirn. Ob er sich dabei auch vor dem steinernen Torbogen des Heiligtums verbeugte, wurde nicht ganz deutlich.

Auf mich machte dieser bärtige Schaffner nicht gerade den besten Eindruck. Im und gleich nach dem Krieg, als er noch Fahrer auf dieser Linie war, hatte er den Schaffner ständig heruntergeputzt und zugleich versteckte Hiebe gegen die Fahrgäste ausgeteilt. »Das Einsteigen mit Rucksäcken ist doch wohl verboten! Los, schmeiß die Leute wieder 'raus! Beeil dich schon. Worauf wartest du noch?« – Das war sein Ton. Nach den neuesten Bestimmungen damals hatte man für Rucksäcke und Koffer gesondert zu zahlen und sie auf dem

Dach des Busses zu verstauen. Wenn dann aber die Polizei, die gelegentlich auf der Kreuzung an der Präfekturgrenze stand, den Bus anhielt, das Gepäck auf dem Dach kontrollierte und dabei bewirtschaftete Waren fand, war man nicht nur die Sachen los, sondern wurde obendrein noch mit einer Geldstrafe belegt. So war es ja wohl menschlich verständlich, daß jeder sein Gepäck unter die Sitze schieben wollte. Der Bärtige hatte dafür nur harte Worte. Für sich selber aber transportierte er Mohrrüben und Erbsen in einer Holzkiste neben seinem Fahrersitz.

Wenn der Bus bei einer der häufigen Pannen längere Zeit steckenblieb, regten sich selbst die Fahrgäste, die es gar nicht sonderlich eilig hatten, über dieses heruntergekommene Gefährt auf. Manch einer schimpfte dann auch auf den Fahrer, aber der blieb völlig ungerührt. Und sprang der Motor mal nicht an, dann forderte der Fahrer die Passagiere nicht nur auf auszusteigen, sondern verlangte von ihnen außerdem, den Bus anzuschieben. Hatten sie es nach drei- oder vierhundert Metern geschafft, daß der Motor lief, durften sie wieder einsteigen.

Gleich nach dem Krieg habe ich erlebt, wie wir einmal den Bus mehr als fünf Kilometer schieben mußten. Ich war an einem Bergbach angeln gewesen, hatte in einer Herberge übernachtet und wollte nun wieder nach Hause. Als ich frühmorgens zur Endhaltestelle an der Ōtaki-Brücke ging, warteten dort schon an die dreißig Personen. Die Abfahrtszeit rückte heran, aber der Bus, der zweimal am Tag seine Tour zurücklegte, kam und kam nicht. Die weniger Geduldigen warteten nicht länger, sondern machten sich zu Fuß auf den Weg. Voll Zorn zogen sie mit verdrossenen Gesichtern davon. Andere taten es ihnen gleich, hielten ihren Unmut über den bärtigen Fahrer aber nicht zurück und schimpften laut.

Nachdem schließlich mehr als die Hälfte der Wartenden gegangen war, dauerte es noch zwei Stunden, bis der vollbesetzte Bus an der Endhaltestelle eintraf.

Bei der Fahrt bergauf hatte der Motor ausgesetzt, und das Reparieren hatte eben seine Zeit gekostet.

Zusammen mit der Rückfahrkarte und dem Gepäckschein übergab ich dem Schaffner meinen Rucksack und stieg in den Bus. Wir bekamen glücklicherweise alle einen Sitzplatz.

Nachdem der Fahrer Holzkohle nachgefüllt hatte, drückte er den Starterknopf, aber der Motor sprang nicht an. Auch die nächsten zwei, drei Versuche blieben ohne Erfolg. Da das nichts Neues war, wußten die Fahrgäste, ohne daß der Fahrer auch nur ein einziges Wort zu verlieren brauchte, was sie zu tun hatten, nämlich auszusteigen. Auch ich stieg aus. Sitzen blieb nur ein junges Paar, das in dieser Gegend offenbar nicht zu Hause war.

Wir schoben den Bus. Da es hinten wegen des Holzgasofens sehr heiß war, verteilten wir uns auf beide Seiten mit Ausnahme derjenigen, die eine Stange entdeckt hatten und mit dieser von hinten schoben. Auch der Schaffner war abgestiegen und schob mit. Die Straße fiel leicht ab, weshalb wir uns nicht groß anzustrengen brauchten. Der Fahrer saß am Steuer.

Wir hatten fünf-, sechshundert Meter geschoben, aber der Motor sagte noch immer nichts. Als wir über eine Brücke hinweg waren, stieg die Straße ein klein wenig an.

»Nun mal richtig 'ran! Feste! Feste!« feuerte uns der Schaffner an. »Feste! Feste!« feuerten wir uns alle auch gegenseitig an. Da hörten wir plötzlich die zornige Stimme des Fahrers: »He, Sie da! Was ist denn mit Ihnen? Alle haben hier zu schieben, verstehn Sie! Hier packt jeder mit zu. Ist das so schwer zu begreifen. So was Dämliches!«

Der junge Mann hatte sich dadurch nicht einschüchtern lassen; denn gelassen gab er zurück: »Erst einmal möchte ich Sie bitten, hier nicht wie ein Marktschreier herumzubrüllen. So, und dann will ich Ihnen sagen, daß ich nicht allzuviel herumreise. Aber ich habe immer gedacht, ein Bus sei zum Fahren da. Daß er von Menschenhand geschoben werden muß, ist mir neu. Doch wenn geschoben werden muß, muß eben geschoben werden. Nur sollte das einem klar und deutlich gesagt werden.«

»Hör sich das einer an! Was bilden Sie beide sich eigentlich ein! Sie sind wohl auf Hochzeitsreise? Aber das interessiert mich gar nicht. Alle packen hier freiwillig mit an, verstanden!«

»Bevor wir uns weiter unterhalten, möchte ich Sie bitten, erst einmal Ihren Ton zu ändern.«

Eine Weile herrschte Schweigen. Erst als wir gerade durch ein Dickicht kamen, das die Straße auf beiden Seiten einfaßte, erhob der Fahrer wieder seine Stimme.

»He, Sie beide! Seien Sie bloß nicht so dickfellig. Steigen Sie endlich aus. Sie sitzen da ganz bequem und machen sich gar nichts draus, daß sich die anderen abquälen. Gleich geht's bergan. Man läßt wohl besser die anderen schwitzen, was?«

»Starten Sie doch endlich den Motor«, rief der junge Mann im Bus mit lauter Stimme. »Dickfellig sind Sie. Weil Sie es auf uns beide abgesehen haben, lassen Sie absichtlich den Motor nicht kommen. Mir machen Sie nichts vor. Sie sitzen da hinterm Lenkrad und lassen an den Leuten Ihre Launen aus. Das ist doch wirklich allerhand!«

»Quatsch!« sagte der Fahrer. »Das können Sie sich ruhig mal merken, dieser Hügel hier, das ist der Sampun-Hügel. Der wird die anderen alle ganz schön Schweiß kosten.«

Die Straße schnitt tief in den Sampun-Hügel ein und führte ganz allmählich bergan. Die Böschung auf beiden Seiten bestand aus Lehmboden. Auf der einen Seite in einem Einschnitt der Böschung befanden sich eine Hufschmiede und ein kleiner Pferdestall. Von dort an fiel die Straße ziemlich steil ab. Der Bus rollte nun von allein und bekam ganz schön Fahrt. Wenn der Motor jetzt nicht ansprang, dann war kaum noch Aussicht, daß er überhaupt ansprang.

Wir blieben bei der Hufschmiede stehen, wischten uns den Schweiß ab und schauten dem Bus nach. Mit immer größerer

Geschwindigkeit rollte er durch eine S-Kurve und verschwand in einem Waldstück unterhalb eines kleinen Stausees. Wir lauschten alle gespannt. Als einziger rannte der Schaffner dem Bus hinterher.

»Ob er angesprungen ist? Hören Sie was?« fragte mich ein Mann mittleren Alters mit offenem Hemdkragen. Der Mann hatte eine Schiebermütze auf. Seine halblangen Khakihosen waren mit Ölfarbe beschmiert.

»Ich weiß nicht recht«, sagte ein Mädchen im Hosenrock neben mir. »Aber mir ist so, als hörte ich was. – Oder habe ich bloß Ohrensausen?«

Vielleicht bildete ich es mir nur ein, aber ich glaubte auch, etwas zu hören, allerdings nur ganz leise.

»Nein, da ist nichts zu hören«, sagte der Mann mit dem offenen Hemdkragen. »Fast zwei Kilometer haben wir den Bus schon geschoben. Wie weit ist es denn noch bis zur Stadt?«

»Siebeneinhalb Kilometer«, sagte das Mädchen. »Dieser Bus kann einen zur Verzweiflung bringen. Aber noch zwei Kilometer, dann kommen wir zu einer Haltestelle für Busse, die mit Benzin fahren.«

Der Mann in mittleren Jahren mit dem offenen Hemdkragen erklärte, daß er es dann vorziehe, den Benzinbus in die Stadt zu nehmen.

Der Schaffner hielt am Saum des Waldstückes inne und hob die Hände, um uns zu bedeuten, daß der Motor nicht angesprungen war. Dann lief er weiter und verschwand gleich darauf unter den Bäumen.

Der Mann mittleren Alters, der sich mir angeschlossen hatte, war am Brunnen der Hufschmiede einen Schluck Wasser trinken gegangen. Als er zurückkam, sagte er: »Ja, dann wollen wir mal! Wissen Sie, meine Bilder liegen noch im Bus. Hoffentlich ist nichts passiert; sie sind noch nicht richtig trokken.« Mit diesen Worten setzte er sich einen Schritt vor mir in Marsch.

Das Mädchen im Hosenrock hielt sich neben mir. Ihr offenbar ziemlich schweres, in ein Einschlagtuch gewickeltes Bündel hatte sie in zwei Teile geteilt und sich wohl nicht ohne Absicht Weggefährten mit leeren Händen gesucht. Gleich uns schleppten sich auch die anderen mit müden Schritten dahin. Man sah es jedem an, daß er genug hatte vom Schieben.

»So 'n langes Stück zu schieben, das hat's noch nie gegeben«, sagte das Mädchen. »Meistens sind's dreißig oder vierzig Meter, bis er anspringt. Diesmal hat der Mann im Bus den Fahrer wohl ganz durcheinandergebracht.«

»Wenn dem nun die Idee gekommen ist, uns die ganze Strecke über den Bus schieben zu lassen, was dann?« sagte der Mann mit dem offenen Hemdkragen. »Nein, wir müssen auch nach außenhin zeigen, wie sauer uns das geworden ist. Man muß uns ansehen, daß wir den Bus geschoben haben, ohne unsere Kräfte zu schonen.«

Er zog das Hemd aus der Hose und sah nun erst recht ziemlich mitgenommen aus. Er war Maler. Im Zuge der Evakuierung hatte es ihn hierher verschlagen, und er kam, wie er erzählte, jetzt aus einem Dorf tief in den Bergen, wo er eine Landschaft mit Wassermühle gemalt hatte. Er roch stark nach Terpentin.

»Die Kinder in der Gegend hier sind mächtig neugierig«, sagte er. »Wenn ich male, sind immer gleich zehn oder fünfzehn um mich herum. Das stört mich an sich nicht, aber wenn ich höre, wie sie immerzu die Nase hochziehen, dann macht mich das ganz nervös. Und die Nase läuft denen ja dauernd.«

»Das stimmt, mal ist es das rechte, mal das linke Nasenloch, immer abwechselnd«, sagte das Mädchen. »Solchen Schnupfen nennt man hier ›Bienenlarvenrotz‹. Weil er sich wirklich prächtig entwickelt wie Bienenlarven.«

Der evakuierte Maler verriet uns dann sein Rezept, wie er die neugierigen Kinder los wurde: Zuerst finde man unter der Menge den schlimmsten Rüpel heraus, ihm schenke man eine alte Farbtube und sage zu ihm: »Du bist ein braver Junge.

Halt mir die anderen mal alle vom Hals!« Stolz darauf, der Auserwählte zu sein, vertreibt er jeden, der sich heranwagt, rücksichtslos mit dem Knüppel. Das sei vielleicht ein bißchen gemein, aber als letztes Mittel habe ihm dies ein älterer Kollege empfohlen. Diese Geschichte hatte ich schon irgendwo einmal gehört.

Als wir die S-Kurve der abwärts führenden Straße hinter uns hatten, sahen wir den Bus am Waldrand vor einem Bauernhaus halten. Der Fahrer stand mit verschränkten Armen neben dem Bus. Der Schaffner hatte sich am Verschluß des Holzgasofens zu schaffen gemacht. Eine junge Frau in grünem Kostüm schöpfte aus einem Ziehbrunnen Wasser und rannte mit dem Eimer zum Bus.

»Die sitzen wohl noch immer ganz bequem drinnen im Bus«, meinte jemand mit einem höhnischen Lächeln. »Aber Moment mal, warum schleppt denn die Frau da einen Eimer 'rein? Vielleicht ist dem Mann was passiert. Und dieser Bursche von Fahrer steht großspurig mit verschränkten Armen da!«

Der Mann, der das sagte, trug eine jener alten Soldatenuniformen, die der Fiskus nach dem Krieg auf den Markt geworfen hatte. Den Hemdkragen hatte er über den Kragen der Uniform geschlagen und über den Jackenärmel einen Trauerflor gestreift. Um die Fünfzig war dieser langgesichtige Mann. Er beschleunigte als erster seine Schritte. Wir anderen eilten ihm hinterher.

»He, du!« sagte der Langgesichtige zum Fahrer. »Was ist los mit dir? Du stehst da 'rum und guckst Löcher in die Luft. Der Bus interessiert dich wohl gar nicht mehr?«

»Nein, der interessiert mich nicht. Bin ja nicht mehr Fahrer, hab aufgehört«, antwortete er und strich sich den Bart. »Ich hab diesem dämlichen Fahrgast ein paar gelangt. Vorher hab ich erklärt, ich bin nicht mehr Fahrer, sondern ein einfacher Bürger wie jeder andere. Und als solcher hab ich ihn dann gehörig verprügelt. Aber der Kerl ist ja so ein Schwächling, daß es nicht zu sagen ist.«

»Das geht doch nicht! Wenn du nicht fährst, wie soll's dann weitergehen? – Hör mir wenigstens erst mal zu!« rief der Langgesichtige, während er dem Fahrer, der in den Garten des Bauerngehöfts trat, hinterherlief. »Ich will nur dein Bestes. Der andere ist vielleicht gerade aus dem Krieg gekommen und nun so schön auf der Hochzeitsreise. Da ist es eine verdammte Gemeinheit, ihn zu verprügeln.«

»Aber wenn der so angibt, was soll man da machen? Wie die Dinge jetzt liegen, faß ich das Steuer nicht mehr an. Ich hab meinen Dienst quittiert.«

In dem Moment kam ein hochgewachsener alter Mann mit einer Meßlatte über der Schulter herbei.

»Reicht dir wohl immer noch nicht«, sagte der alte Mann ziemlich aufgebracht zum Fahrer. »Hab eben alles mit angehört. Wie kann man nur 'nen stillvergnügten Hochzeiter im Autobus verprügeln! Und das vor meinem Haus! Ist doch wirklich nicht zu glauben!«

»Meine Sache, wenn ich den Kerl verprügele. Da brauch ich kein schlechtes Gewissen zu haben.«

»Halt deinen Mund! Ich werd für die jungen Hochzeiter den Bus mit schieben helfen. Meine Alte packt auch mit an, und damit übernehmen wir den Anteil der beiden. Los, und du setzt dich ans Steuer!«

Mit lauter Stimme rief der alte Mann: »Mutter, komm mal her und faß mit zu!«

Etwas mürrisch erwiderte die alte Frau, die auf der Veranda hockte und Strohsandalen flocht: »Wieder so 'n Einfall, bloß um zu zeigen, wie nobel er ist.« Trotzdem stand sie auf und kam herbei. »Für diese jungen Dinger? Die sollen sich was schämen«, sagte sie und ging dann doch zusammen mit ihrem Mann zum Bus hinüber. Wir anderen folgten ihnen mit großem Hallo.

Ich warf einen Blick in den Bus und überzeugte mich davon, daß das junge Paar gar nicht daran dachte, klein beizugeben. Der Mann saß weit zurückgelehnt auf dem Sitz, die Nasenlöcher mit Papier verstopft, ein Auge zugeschwollen. Die Frau kam mit dem Wassereimer an die Tür. Einer aus der lärmenden Gruppe nahm ihn ihr ab und trug ihn zum Brunnen zurück.

Obwohl der Fahrer noch nicht eingestiegen war, stemmten sich der alte Mann und seine Frau gegen den Bus, aber ihre Kraft reichte nicht aus, um ihn in Bewegung zu setzen.

»Los, los! Alle Mann 'ran!« rief der Alte.

»Ja, dann man zu«, meinte der Mann in der Soldatenuniform und legte mit Hand an. »Alle Mann! Schieben! Schieben!« Und tatsächlich ließ sich niemand länger bitten.

Der Bus begann zu rollen. Der Fahrer bekam einen mächtigen Schreck.

»Seid ihr verrückt! Wartet! Wartet! Nun wartet doch, bis ich am Steuer sitze.«

Der Fahrer sprang flink in den Bus und griff, noch bevor er sich gesetzt hatte, zum Steuer. So brauchten wir gar nicht erst mit Schieben einzuhalten. Ganz im Unterschied zu vorher legten sich jetzt alle munter ins Zeug. Die Tracht Prügel, die der Fahrer dem eigensinnigen Fahrgast verabreicht hatte, spornte alle dazu an, mit ganzer Kraft zu schieben.

Unterhalb des Stausees verlief die Straße eine Weile schnurgerade. Der Bus rollte bedächtig dahin.

»He, Fahrer«, rief da der Uniformierte mit dem Trauerflor. »Springt denn der Motor noch immer nicht an? Du wirst doch nicht etwa den Motor absichtlich totlassen, bloß um's dem, den du verprügelt hast, zu beweisen.«

»So eine Unterstellung verbitte ich mir!« entrüstete sich der Fahrer. »Ich sag's nur Ihnen ganz im Vertrauen: Mit dem Bus hier ist überhaupt nichts mehr los. Das eigentliche Problem aber ist die Batterie. Doch was soll ich darüber reden, ein Laie begreift das sowieso nicht.«

»Schieben! Schieben!« sagte ein Mann mit Gamaschen und Strohsandalen an den Füßen. »Das heißt, wir als Laien haben den Mund zu halten und nur fleißig zu schieben.« Der Mann trug ein hellgelbes Hemd und darüber eine Schärpe mit einem buddhistischen Spruch darauf.

»Ob einer Lust hat zu schieben oder nicht, er ist verdammt dazu«, sagte der in der Uniform mit dem Trauerflor. »Na gut, wir wollen ja auch schieben. Haben eben nur einen Platz auf der Stehgalerie erwischt. Bloß zum Narren lassen wir uns noch lange nicht halten.«

Wenigstens der Schaffner begann ein bißchen was zu tun. Er kroch hinten auf den Bus 'rauf und verschraubte den Dekkel des Holzgasofens neu, sprang wieder herunter und machte sich an der Lüftungsklappe zu schaffen. Im Gehen war das bestimmt nicht einfach.

»He, Sie dahinten«, ließ sich der Fahrer vernehmen, eine Zigarette zwischen den Lippen. »Haben Sie gehört, was die anderen gesagt haben. So hört sich die Stimme des Volkes an. Das ist die öffentliche Meinung. Treiben Sie's bloß nicht zu weit in Ihrer Verstocktheit. Steigen Sie aus, und schieben Sie endlich!«

»Geht's Ihnen schon wieder gegen den Strich!« sagte der junge Mann im Bus. »Statt um mich sollten Sie sich lieber um die Batterie oder was weiß ich kümmern. Da bezahlt man eine Menge Fahrgeld, und dann wird von einem obendrein noch verlangt, daß man sich abquälen soll. Das ist ja noch schlimmer als Betrug! Nehmen Sie sich ja in acht!«

»Das ist eine Frechheit! Ich soll wohl noch mal ausholen.«

»Sie haben gesagt, ich soll auf die Stimme des Volkes hören. Und ich sage Ihnen, daß ich gar nichts anderes tue, als die Stimme des Volkes zu vertreten.«

»Spielt sich dieser verdammte Bursche schon wieder auf. Der glaubt wohl, er ist was Besseres. Na, schön ...«

Der Fahrer stand auf.

»Warte! Warte! Los, alle schieben!« rief der in der Uniform mit dem Trauerflor. »Nicht aufstehn! Das darfst du doch nicht machen! Schieben! Schieben, damit der Fahrer das Steuer nicht loslassen kann.«

Weil sich alle mächtig ins Zeug legten, kam der Bus ganz schön in Fahrt. Links von der Straße lagen unterhalb eines Felshanges Reisfelder und dazwischen ein paar Tümpel. Rechts floß ein seichter Bach. Wenn hier der Fahrer nicht aufpaßte, konnte wer weiß was für ein Unglück geschehen. Obendrein kam ihnen noch ein Auto entgegen.

»Moment mal! Stop! Stop!« rief der Fahrer, die Hände am Steuerrad. »Haltet an. Ich muß dem erst noch ein paar verpassen.«

»Kommt gar nicht in Frage. Schieben! Schieben! Feste! Feste!« befahl der Mann mittleren Alters in der Soldatenuniform.

Wir schoben. Wir strengten uns so an, daß sich unsere Rükken bogen. Natürlich dachte in dem Moment niemand daran, daß es auch noch so etwas wie eine Bremse gab. Wenn der Fahrer unbedingt anhalten wollte, brauchte er ja nur auf die Bremse zu treten. Auch ich schob, daß mir fast der Atem ausging.

»So ein Unfug, nein, so was!« schrie der Fahrer. »Wie kann man bloß so einen Burschen, der sich derart aufspielt, auch noch in Schutz nehmen! Ihr plagt euch für nichts und wieder nichts ab.«

»Angehalten wird nicht«, sagte der Mann mittleren Alters in der Soldatenuniform. »Und du behältst die Hände schön am Steuer. Denn wenn der Bus umkippt, dann hast du erst was!«

»Auch Sie leben in der Gnade Buddhas«, sagte der Mann mit der Schärpe über dem gelben Hemd zum Fahrer.

In dem Moment kam uns ein großer Lastwagen entgegen. Mit einem Ruck blieb unser Bus stehen. Und allen war sofort klar, daß der Fahrer jetzt auf die Bremse getreten hatte. Enttäuscht sahen wir uns an.

»Bis hierher sind wir nun gekommen. – Ja, war eine ganz schöne Quälerei. Ich sag auf Wiedersehn, alle miteinander.« Mit diesen Worten händigte der Mann mittleren Alters in der

Soldatenuniform seinen Gepäckschein dem Schaffner aus. Die Kreuzung, bei der wir angelangt waren, hieß »Zu den drei Ecken«. Am Straßenrand stand ein steinerner Wegweiser. Darauf war eingemeißelt: Rechts Kannon-Weg. Links Sekishū-Straße. Von hier aus waren es noch etwa dreihundert Meter bis zur Haltestelle des mit Benzin fahrenden Busses.

Ich entschied mich ebenfalls für den Benzinbus und ließ mir deshalb vom Schaffner meinen Rucksack vom Verdeck des Busses herunterreichen. Der evakuierte Maler, das Mädchen in dem Hosenrock und noch ein paar Leute schlossen sich uns an. Die anderen wollten den Bus weiterschieben, in der Hoffnung, daß der Motor doch noch anspringen würde. Einige von ihnen entschieden sich so, weil sie den Fahrer von weiteren Gewalttätigkeiten abhalten wollten, andere, um das Fahrgeld nicht ganz umsonst ausgegeben zu haben. Die neuen Leute, die an der Kreuzung auf den Bus gewartet hatten, wurden natürlich auch gleich zum Schieben angestellt.

Während der Bus hielt, ließen sich weder der hartnäckige junge Mann noch die Frau, die ihn begleitete, draußen blikken. Der Maler, den es während des Krieges in diese Gegend verschlagen hatte, holte seine Leinwand und seine Skizzenmappe aus dem Bus und berichtete dann, was hinter den mit Brettern vernagelten Fenstern vor sich ging.

»Die beiden sind gerade beim Frühstück. Sie haben eine Büchse Corned beef oder so etwas vor sich. Während es sich die beiden schmecken lassen, wird sich der Fahrer ja wohl nicht an dem jungen Mann vergreifen. Übrigens, sie haben sogar eine Flasche Whisky aufgemacht.«

Dann stand also fest, daß der eigenwillige Gast seine Fahrt mit dem Bus fortsetzte. Der Fahrer hatte die Motorhaube geöffnet und hantierte mit einem Schraubenzieher herum. Aber es sah mir sehr danach aus, als täte er das nur zum Schein. Der Schaffner schüttete neue Holzspäne auf und gab sich alle Mühe mit dem Ofen, vielleicht vertraute auch er noch immer auf den Motor.

Der alte Mann mit dem Meterstab auf dem Rücken war zusammen mit seiner Frau, ohne daß wir es recht gemerkt hatten, wieder verschwunden.

1952

YOSAKU DER SIEDLER

Im dritten Monat des Jahres sechzehnhundertvierundneunzig bestimmte das Lehen Kobatake, gelegen in der Provinz Bingo, die Heide von Senyō zur Urbarmachung und ermunterte die zweit- und drittgeborenen Bauernsöhne der Umgebung zum Siedeln. Außer einem Handgeld wurde denen, die sich zum Siedeln entschlossen, die Ausleihe von Ackergerät und Saatgut versprochen. Und wie beim Erschließen von Neuland üblich, sollten sie in den ersten drei Jahren auch von jeglichen Abgaben befreit sein.

Nun wußten die Bauern im Lehen aber, daß der Boden der Senyō-Heide nicht viel hergab. Sie wußten auch, daß auf dieser menschenabgeschiedenen Hochebene Wildschweine und Hasen sich über die Ernten hermachen würden. So waren nur die Allerärmsten oder aus den Dörfern Verstoßene zum Siedeln bereit. Nach und nach jedoch stellte sich auf der Suche nach einer neuen Bleibe auch allerlei bettelndes und geächtetes Volk aus anderen Provinzen ein. Nach einer Erhebung der Beamten des Lehens Kobatake zählte man im zwölften Monat des Jahres sechzehnhundertsechsundneunzig dreizehn Behausungen auf dieser rund vierhundert Hektar großen Ebene. Die Fläche des urbar gemachten Landes belief sich auf insgesamt neun Hektar, siebzig Ar und neunundsechzig Quadratfuß.

Im Südosten der Hochebene befand sich unterhalb des Passes in einem kleinen Hügel eine steinerne Gruft aus uralter Zeit. Es war, um es mit heutigen Worten zu sagen, ein Hünengrab vom Typ derer mit horizontaler Öffnung. Der Eingang war schmal. Die Grabkammer maß wenig mehr als drei mal vier Schritt. Die vier Seitenwände waren aus großen Steinen geschichtet. Die Decke bildeten drei mächtige Felsbrokken.

Im dritten Monat des Jahres sechzehnhundertsiebenundneunzig wurde vor diesem Grab ein Schild aufgestellt. Darauf stand:

Verboten ist
erstens jegliches Betreten und Verwüsten des Grabmals
zweitens das Nächtigen und das Unterschlüpfen bei Regen sowie das Glücksspiel in der Grabkammer
drittens das Lagern von Knollen in der Grabkammer während des Winters
viertens das Schneiden von Gräsern und das Fällen von Bäumen sowie
fünftens das Weiden von Kühen und Pferden in unmittelbarer Nähe.
Diese Anordnung ist streng zu beachten. Wer gegen sie verstößt, hat mit schwerster Bestrafung zu rechnen.

Die Kanzlei des Lehens Kobatake
Erster Tag des dritten Monats des
Jahres sechzehnhundertsiebenundneunzig

Einzelnen Punkten des Verbotes ist schon zu entnehmen, daß sich manch einer der Neusiedler in der steinernen Gruft dem Glücksspiel ergeben und der eine oder andere die Grabkammer als Lager für seine Knollen benutzt haben muß.

Solche alten Grabstätten sind zumeist an einem sonnigen Platz angelegt. Selbst im Winter ist es in ihnen warm, zudem sind sie trocken, weil sie auf aufgeschütteter Erde errichtet wurden. Zur Winterlagerung von Saatknollen sind sie also wie geschaffen. Deshalb hatten sich drei von den Neusiedlerfamilien zusammengetan und ihre Zehrwurzeln und Bergbataten, in Tragkörben zwischen Reisspreu wohlverwahrt, in einer Ecke der Gruft versteckt. Das kam so ganz nebenbei heraus, als man einen Bauern, der sich in der Steinkammer dem Glücksspiel hingegeben hatte, in der Kanzlei einem Verhör unterzog.

(Das Protokoll über dieses Verhör findet sich in den offiziellen Dokumenten der Kanzlei des Lehens Kobatake aus der ersten Hälfte des Jahres sechzehnhundertsiebenundneunzig. Diese sind zusammen mit anderen Schriftstücken in einem kleinen Depot ganz nahe den Resten der einstigen Kanzlei bis in unsere Tage hinein erhalten geblieben. Vor einigen Jahren habe ich mir die Akten über die Angelegenheit mit der steinernen Grabkammer einmal angesehen und jenen Teil, der das Verhör des Gesetzesbrechers enthielt, wie folgt in die heutige Sprache übertragen.)

- Der Bauer namens Yosaku, der sich dem Glücksspiel hingegeben hatte, Alter dreißig Jahre, wurde am achtzehnten Tag des zweiten Monats des Jahres sechzehnhundertsiebenundneunzig auf dem Wege zum Tempel des Großen Rechts von Kobatake, wo an jenem Tag eine Feier zu Ehren des Priesters Hōnen stattfand, festgenommen. Dem Priester Hōnen war am achtzehnten Tag des voraufgegangenen Monats durch kaiserlichen Erlaß postum der Ehrenname »Priester des Heiligen Glanzes« verliehen worden. Aus diesem Anlaß wurde in allen Tempeln der Sekte eine feierliche Totenmesse abgehalten. Yosaku fiel den Beamten der Kanzlei auf, weil er eine seiner sozialen Stellung nicht angemessene silberne Pfeife rauchte.
- Die Beamten, die Yosaku im Gericht des Lehens verhörten, waren Kosaka Yatarō und Mori Kimbee. Vom zweiundzwanzigsten Tag des zweiten Monats an wurde Miya Shume hinzugezogen, der dann auch die Verhandlung leitete. Vier weitere Beamte fungierten als Beisitzer.
- Anfangs protokollierte ein einziger Schreiber, vom zweiundzwanzigsten Tag des zweiten Monats an waren es drei.

Das Protokoll vom ersten Tag des Verhörs lautet:

Frage Name: Yosaku, Alter: dreißig, geboren in Takaya, Kreis Shitsuki, Provinz Bitchū; eine angeheiratete Tante ist wohnhaft im Dorf Kobatake des Lehens Kobatake; auf Fürbitte dieser Tante, die auch die Bürgschaft übernahm, wurde ihr im siebenten Monat des Jahres sechzehnhundertvierundneunzig gnädigst gestattet, auf der Senyō-Heide zu siedeln. Stimmt das?

Antwort Ja, es stimmt.

Frage Anläßlich der Messe im Tempel des Großen Rechts bist du den Umschau haltenden Beamten wegen einer deinem Stand nicht angemessenen silbernen Tabakpfeife aufgefallen. Bei der an Ort und Stelle vorgenommenen Leibesvisitation wurde dieser Geldbeutel bei dir gefunden. War es so?

Antwort Ja, so war es.

Frage Bei diesem Geldbeutel handelt es sich um ein Andenken vom Besuch des Großen Schreins in Ise. Dieser Beutel ist obendrein noch sehr neu, als wäre er soeben erst gekauft. Von wem hast du dieses Andenken aus Ise erhalten?

Antwort Von einem Bekannten aus der Nachbarschaft.

Frage Diese Antwort wird nicht akzeptiert. Pilgerfahrten zum Großen Schrein von Ise sind in jüngster Zeit allzusehr Mode geworden und haben überhandgenommen. Aus diesem Grunde hat die hiesige Kanzlei weder im vergangenen noch im vorvergangenen Jahr einem Bauern die Erlaubnis für eine Pilgerfahrt nach Ise erteilt. Mit Ausnahme von irgendwelchen Entflohenen hat somit in letzter Zeit nicht ein einziger Bauer aus unserem Lehen Ise aufgesucht. Zudem ist von den Neusiedlern auf der Senyō-Heide auch nicht ein einziger Antrag auf eine Wallfahrt nach Ise bei uns eingegangen. Von wem aus der Nachbarschaft also hast du diesen Geldbeutel erhalten? Sei nicht so töricht, uns hier Lügen aufzutischen!

Antwort Ich bitte um Verzeihung. Ich will die Wahrheit sagen: Ich habe den Geldbeutel von einem Fremden.

Frage Du hast dich also an einen Fremden herangemacht, hast ihn zum Glücksspiel verleitet und ihm diese Geldbörse zur Begleichung der Spielschuld abgenommen. Du verletzt das Gesetz und betreibst eine Spielhölle. Wir werden sogleich eine gründliche Hausdurchsuchung bei dir vornehmen. Du führst uns!

Antwort Euer Ehren, mit Verlaub, bei mir zu Hause wird nicht gespielt. Wir sind immer in die steinerne Kammer unterhalb des Passes gezogen.

Frage Solch eine Dreistigkeit ist mir noch nie begegnet! Da wird eine Grabstätte durch Glücksspiel entweiht! Dieses Grab unterhalb des Passes gilt in unserer Gegend als ebenso heilige Stätte wie das kaiserliche Grabmal von Hiba. Gleich dem Innersten eines Shintō-Schreins oder dem Altarraum eines Buddhatempels ist es als Ort der Seelenreinheit zu verehren. Keines Menschen Fuß sollte ihn betreten! Wer hat dich dazu verleitet, in die Gruft dort einzudringen? Sag uns den Namen!

Antwort Verleitet hat mich dazu niemand. Wozu auch? Denn die Heidebauern lagern in der Gruft doch schon lange ihre Saatknollen ein.

Frage Schweig! Welch eine Unverschämtheit, ein heiliges Grabmal zu einem Knollenkeller zu machen. Allein solche Worte in den Mund zu nehmen ist schon eine Sünde. Dennoch, hast du Beweise für deine Behauptung?

Antwort Erst jüngst verkroch ich mich mit einem Fremden in die Gruft. Und da standen dort Tragkörbe mit Bergbataten, mit Zehrwurzeln und Süßkartoffeln.

Frage Das sind absonderliche Reden! Wenn es keine Lügen sind, dann erzähle uns doch etwas mehr über die Tragkörbe mit den Knollen.

Antwort Das will ich gern tun, Euer Ehren. Die Körbe mit den Bergbataten waren angefüllt mit Reisspreu. Vier Körbe standen da. Ich habe sie mit beiden Händen angehoben, um mal zu sehen, wie schwer sie sind. Jeder Korb wird an die fünfzig Pfund gehabt haben. Das macht bei vier Körben insgesamt zweihundert.

Frage Gut! An die vierzig Pfund Saatknollen dürften je Familie völlig hinreichen. Wenn es sich tatsächlich um etwa zweihundert Pfund handelt, dann haben also vier oder fünf Familien dort gemeinsam ihre Saatknollen eingelagert.

Antwort So ist es. Bis auf die Saatknollen haben wir Bauern auf der Heide die anderen Knollen alle schon längst aufgegessen. Und wenn die zum Auspflanzen bestimmten Knollen im Hause bleiben, dann schreckt doch dieses dumme Bauernvolk nicht davor zurück, sich sogar darüber herzumachen. Bringt man nun die Knollen in die steinerne Gruft, dann geschieht das aus reiner Vorsorge, damit wenigstens die wertvollen Saatknollen unangetastet bleiben. Mit einer Schmähung der heiligen Stätte hat das gar nichts zu tun.

Frage Nun reicht es mir! Willst du damit etwa sagen, daß auch das Glücksspiel dort demzufolge keine Entweihung des Grabmals ist? Du schiebst eigene Schuld auf andere ab und versuchst dich herauszureden. Für was hältst du eigentlich die Kanzlei unseres Lehens, du Tunichtgut! Fürs erste geht es jetzt ab ins Gefängnis!

Nachdem der Beamte Kosaka Yatarō das Verhör an dieser Stelle abgebrochen hatte, unterzog er sich sogleich einer religiösen Waschung und begab sich in Begleitung von zwei Bediensteten und dem Hauptpriester des Shintō-Schreins zu dem Grabmal unterhalb des Passes. Nun betrat Yatarō zwar in Ausübung seines Amtes den heiligen Ort, trotzdem befahl er, bevor er in die Gruft hinabstieg, dem Priester, eine Zeremonie zur Beschwichtigung der Geister zu vollziehen.

Der Priester schwenkte den Weihstock und betete mit lauter Stimme: »Berg! Halte ein mit deinem Zorn! Halte ein! Und du, Erde, tief drunten, halte auch du ein mit deinem Zorn, halte ein! In der Kunde an die Gottheiten liegt kein Falsch. Berg! Halte ein mit deinem Zorn, halte ein! Und du, Erde, tief drunten, halte auch du ein mit deinem Zorn . . .« So beschwor er feierlich die Götter.

Daraufhin befahl Yatarō, die vorsorglich mitgebrachte Laterne anzuzünden, und kroch mit seinen beiden Leuten in die steinerne Grabkammer. Der Priester blieb als einziger draußen. Der Eingang war schmal, das Innere stockfinster. Die

Laterne mit der Aufschrift »Im Dienst«, die einer der Leute in die Höhe hielt, spendete zwar nur ein karges Licht, dennoch waren die an den Wänden aufgereihten Körbe mit den Knollen sofort zu erkennen: vier Körbe mit Bergbataten, zwei Körbe mit Zehrwurzeln und drei Körbe mit Süßkartoffeln.

Einer der Leute hob einen Korb mit Bergbataten an. »Gut und gern fünfzig Pfund«, meinte er.

»Näher heran mit dem Licht«, befahl Yatarō und malte, nachdem der Schein der Laterne auf ihn gerichtet war, mit dem Pinsel auf ein grobes Stück Papier eine Lageskizze der Körbe, der er noch einige kurze Erläuterungen hinzufügte.

»Hier ist auch noch was«, sagte plötzlich einer der Leute.

Als das Licht auf die entsprechende Stelle schien, sah man auf dem Fußboden angebissene Batatenstücke und einen Haufen Schalen liegen. Von Kerzen herabgetropftes Wachs zierte die Steine daneben.

(Sowohl die Vermerke über die Situation in der Grabkammer als auch das nächste Verhör sind in den amtlichen Dokumenten aus der ersten Hälfte des Jahres sechzehnhundertsiebenundneunzig enthalten. Offenbar hatte man in der Kanzlei von Kobatake Yosaku von allem Anfang an eines noch ganz anderen, großen Verbrechens verdächtigt. Denn alles, was ihn betraf, wurde bis in die letzten Einzelheiten hinein sorgfältig aufgeschrieben. Denkbar wäre natürlich auch, daß irgend jemand über eine frühere Straftat Yosakus etwas ausgeplaudert hatte und somit die silberne Pfeife den Beamten nur als Vorwand diente, Yosaku zu verhaften.

Das Gebiet von Kobatake in der Provinz Bingo unterstand, obwohl es gar nicht daran grenzte, dem Fürstentum Nakatsu auf der Insel Kyūshū. Im Hinblick auf mögliche spätere Komplikationen wurden deshalb alle Vorfälle, die einen Zusammenhang mit in einem anderen Landesteil begangenen Straftaten vermuten ließen, mit besonderer Strenge untersucht. So ist anzunehmen, daß der Denunziant auch von Missetaten Yosakus in anderen Provinzen gesprochen hat.)

Zwei Tage vor dem zweiten Verhör, also am zwanzigsten des zweiten Monats, nahmen die Beamten bei Yosaku, während dieser im Gefängnis saß, eine Hausdurchsuchung vor. Als Yosakus Frau von einem Beamten nach ihrem Namen und Alter gefragt wurde, erschlaffte sie wie ein Gemüseblatt, auf das Reif gefallen ist, und verharrte reglos neben einem Wasserkrug, bis die Beamten wieder gingen.

Das Haus unterschied sich in keiner Weise von den anderen Bauernhäusern der Umgebung: ein Vorraum von einem Dutzend Metern im Geviert, daran anschließend, aber weder durch Shōji noch durch Fusuma abgetrennt, ein mit Binsenmatten ausgelegtes Zimmer von etwa der gleichen Größe und dann ein Raum mit gedieltem Fußboden, ungefähr ein Drittel so groß, für die Betten und einige Habseligkeiten, die in mit Papier überzogenen Bambuskörben steckten. Das gedielte Zimmer durchsuchten die Beamten mit besonderer Sorgfalt, aber Verdächtiges fanden sie nicht.

»Wo befindet sich der buddhistische Hausaltar?« fragte der Beamte.

»Wir haben noch keinen«, antwortete die Frau.

»Und wo befindet sich der Hausschrein für den Shintō-Glauben?« fragte der Beamte weiter.

»Haben wir auch noch nicht«, antwortete die Frau.

Die Leute aus der Begleitung des Beamten hatten inzwischen die Binsenmatten in dem großen Zimmer aufgenommen. Unter den Matten kam ein grober Rost aus ungeschältem Bambus zum Vorschein, wenig dazu geeignet, um Geldbeutel und anderes darunter zu verstecken.

»Ja, dann verraten Sie mir mal, wo Yosaku für gewöhnlich das Geld verwahrt«, sagte der Beamte zu Yosakus Frau.

»Da oben«, antwortete die Frau und zeigte mit dem Finger auf ein Bord, das an dicken Seilen von der Decke herabhing. »In dem schwarzen Geschirrkasten dort auf dem Brett.« Die Frau war, wie es schien, etwas einfältig.

Auf dem Hängebord standen ein schwarzer und ein bräunlicher Kasten. Die Leute aus der Gefolgschaft des Beamten nahmen den schwarzen herunter, hoben den Deckel ab und holten außer einem Topf, der mit Bohnenpaste gefüllt war, Schüsseln und anderem einen Geldbeutel hervor. Der Beutel war aus Ziegenleder.

»Sie! Kommen Sie doch mal her!« sagte der Beamte zu Yosakus Frau. Aber da sie keinerlei Anstalten machte, sich vom Fleck zu rühren, ging der Beamte zu ihr und öffnete vor ihren Augen den Beutel. Er enthielt drei, vier Goldkörner und zwei Scheine über eine bereits getilgte Schuld. Der eine Schuldschein lautete auf eine Summe, so gering, daß sie überhaupt nicht der Rede wert war. Auf dem anderen standen aber immerhin zwölf Ryō vermerkt. Sie waren von einem Mann namens Kampachi aus Takaya in der Provinz Bitchū vor vier Jahren, das heißt im ersten Monat des Jahres sechzehnhundertdreiundneunzig, ausgeliehen, doch schon im zweiten Monat des gleichen Jahres wieder restlos zurückgezahlt worden. Wenn sich ein armer Bauer, der sonst kaum etwas zu beißen hat, ein so hübsches Stück Geld von zwölf Ryō borgte und es innerhalb einer Frist von noch nicht einmal einem halben Monat schon wieder zurückzahlte, dann war das mehr als verdächtig. Außerdem befand sich in dem Beutel noch ein sichelförmiges Schmuckstück aus Jade.

Auf der Stelle begann der Beamte Yosakus Frau zu verhören. Die Fragen und Antworten protokollierte jemand aus seiner Gefolgschaft.

Das folgende ist den amtlichen Dokumenten des Lehens Kobatake entnommen: Am zwanzigsten Tag des zweiten Monats verhörte der Herr Mori Kimbei im Hause des Yosaku im Neusiedlerdorf auf der Senyō-Heide die Ehefrau des Yosaku.

Die Frau des Yosaku, mit Rufnamen Kishi, ist aus Takaya, Provinz Bitchū, gebürtig. Alter: siebenundzwanzig.

Frage Wie lange sind Sie mit Yosaku verheiratet?

Antwort Fast vier Jahre.

Frage Erinnern Sie sich, diesen Schuldschein schon einmal

gesehen zu haben? Und wissen Sie, zu welchem Zweck Yosaku sich die beträchtliche Summe von zwölf Ryō lieh?

Antwort Ja, ich erinnere mich an diesen Schuldschein. Vor etwa fünf Jahren kaufte mich Yosaku aus dem Haus »Zum Brunnenrohr« in Kannabe frei. Damals zeigte er mir diesen Schuldschein nicht ganz ohne Stolz.

Frage Wie kam es zu der Bekanntschaft mit Yosaku, da Sie doch im Haus »Zum Brunnenrohr« dienten? Ein armer Bauer wie Yosaku konnte sich einen Besuch dort sicherlich nicht leisten.

Antwort Wir kannten uns schon seit unserer Kindheit. Weil Yosaku arm war, hat er sich das Geld geliehen, um mich freizukaufen.

Frage Können Sie lesen? Wenn Sie es können, dann lesen Sie hier die Zahl! Richtig, zwölf Ryō. Lesen Sie auch das Datum! Am fünfundzwanzigsten Tag des ersten Monats des Jahres sechzehnhundertdreiundneunzig wurde der Schuldschein über diese Summe ausgestellt. Das Datum der Rückzahlung ist der zehnte Tag des darauffolgenden Monats. Der Verleiher, ein Mann namens Kampachi, hat das geschrieben und mit seinem Siegel bekräftigt. Hat Yosaku etwa ein Stück Land verkauft, um diese Schuld tilgen zu können?

Antwort Für die zwölf Ryō hat Yosaku dem Herrn Kampachi drei grüne Edelsteine und einen ausländischen Spiegel gegeben.

Frage Wer ist dieser Kampachi?

Antwort Er ist einer der reichsten Männer von Kannabe. Ins Haus »Zum Brunnenrohr« kam er oft, denn er war ein regelmäßiger Gast von O-Tane, die für mich so etwas wie eine ältere Schwester war.

Frage Dann geschah es auf Vermittlung von O-Tane, daß Yosaku das Geld von diesem Kampachi geborgt bekam?

Antwort Ganz recht. Als ich im Haus »Zum Brunnenrohr« diente, traf ich eines Abends bei einem Fest Yosaku, den ich ja seit meiner Kindheit kannte. Für mich war das Dasein in dem Haus »Zum Brunnenrohr« bitter, und ich sagte ihm, ich würde gern seine Frau werden, wenn er mich aus dem Haus herausholte. Yosaku sagte: Geld habe ich nicht, aber ein paar kostbare Schmuckstücke aus Jade. Das habe ich O-Tane erzählt, und O-Tane hat es dem Herrn Kampachi erzählt.

Frage Sehr schön. Sie sind eine verständige Frau, darum werden Sie mir sicherlich auch sagen können, woher Yosaku diese Schmuckstücke hatte.

Antwort Er war auf einer heimlichen Wallfahrt nach Ise. Unterwegs überredete ihn jemand, sich zu verdingen und bei den Aufräumungsarbeiten nach dem großen Brand in der Hauptstadt mit zu helfen. Er mußte auch das Flußbett säubern, dabei hat er dann die Schmuckstücke aus Jade und den Spiegel gefunden.

Frage So hat Yosaku es Ihnen erzählt, nicht wahr?

Antwort Ja, ganz recht.

Nun war man der Sache schon ein ganzes Stück nähergekommen. In der Kanzlei wurde beschlossen, den beiden Beamten, die sich mit Yosaku befaßten, Miya Shume, einen Mann von großer Umsicht, als Vorsitzenden beizugeben und den Fall sehr sorgfältig zu untersuchen.

Vom zweiundzwanzigsten Tag des zweiten Monats an führte dann Miya Shume die Verhandlungen gegen Yosaku. Miya Shume, der am Tag zuvor zum Anwesen des Kampachi nach Kannabe geritten war, kam am Vormittag des zweiundzwanzigsten Tages nach Kobatake zurück. Bei den Kostbarkeiten, die Kampachi als Ausgleich für die zwölf Ryō von Yosaku erhalten hatte, handelte es sich um drei sichelförmige Schmuckstücke aus Jade und einen alten chinesischen Spiegel.

Am Nachmittag des zweiundzwanzigsten Tages begann Miya Shume mit dem Verhör. Yosakus Frau war als Zeugin geladen worden. Miya Shume nahm seinen Platz als Vorsitzender ein. Mori Kimbei, als Beisitzer, sah sich die Schriftstücke an und verlas als erstes das Protokoll über die Vernehmung von Yosakus Frau. Als er Yosaku dann fragte: »Entspricht das alles der Wahrheit?« antwortete Yosaku: »Ja, Euer Ehren!« Daraufhin wurde Yosakus Frau vorerst in ein anderes Zimmer geführt.

Kaum hatte Miya Shume das Verhör begonnen, als Yosaku geradezu enttäuschend rasch auch schon ein Geständnis ablegte. Allem Anschein nach aber war er sich der Schwere und Tragweite des von ihm begangenen Verbrechens überhaupt nicht bewußt. Die Kostbarkeiten hatte er nicht im Kamo-Fluß in der Hauptstadt aufgelesen, sondern er war in der Provinz Yamato in ihren Besitz gelangt. Auf seiner Wallfahrt zum Großen Schrein von Ise hatte er gehört, daß man in der Hauptstadt Leute für die Aufräumungsarbeiten nach dem großen Brand suchte, und um sich etwas Geld zu verdienen, war er auch tatsächlich in die Hauptstadt gegangen. Aber das verdiente Geld hatte er dann restlos verspielt und sich aus lauter Verzweiflung bettelnd auf den Weg in die Provinz Yamato gemacht. Unterwegs schlossen sich ihm zwei Männer an. Und diese Weggefährten waren es, die ihn dazu überredeten, gemeinsam ein Grabmal auszurauben. Hernach wurde die Beute geteilt.

»Ich möchte euer Ehren noch sagen, diese Grabkammer war viel größer als die Gruft unterhalb des Passes in der Senyō-Heide. Sie war wirklich ein Prachtstück. Vom Eingang führten sogar Treppen aus Stein hinab . . .«

Bei dieser Aussage Yosakus gerieten die verhörenden Beamten plötzlich in hellen Aufruhr. Man braucht nur einen einzigen Blick in die betreffenden Akten zu werfen, um auch heute noch sofort zu erkennen, wie erregt der Vorsitzende Miya Shume war. Er überhäufte Yosaku mit Fragen.

Frage Wie heißt das Grabmal? Wie sah der Eingang aus? Und die Form des Hügels? War er rund oder kürbisförmig? Wenn es sich um ein Grabmal in der Nähe der Hauptstadt handelt, dann war es ganz gewiß eine kaiserliche Grabstätte. Doch zuerst zur Form des Hügels. Rund oder kürbisförmig?

Antwort Es war Nacht und von der Form wenig zu erkennen. Aber mir ist, als wenn es so ein kleiner rundlicher Hügel war. Zwei Nächte hintereinander haben wir uns im Dunkeln mit der Steintür am Eingang abgequält, in der dritten waren wir dann endlich am Ziel.

Frage Dieser Kerl schreckt doch wahrhaftig vor nichts zurück! Dennoch will ich hoffen, daß du es nicht gewagt hast, deinen Fuß in das Allerheiligste zu setzen. Wie war das steinerne Portal angelegt? Schildere uns das genau!

Antwort Soweit das im Dämmerlicht am östlichen Horizont kurz vor Sonnenaufgang zu erkennen war, meine ich, lag der Eingang wohl an der Südseite. Rund um den Hügel verlief ein ausgetrockneter breiter Graben. Längliche Steine, gegeneinander versetzt, führten hinüber zum Eingang.

Frage Das heißt doch wohl, es gab dort einmal eine Steinbrücke, und die ist dann eingestürzt. Du sagtest, der Graben war trocken. Früher aber wird darin sicherlich Wasser geflossen sein. Doch wie lautet der Name des Grabhügels?

Antwort Danach habe ich nicht gefragt. Meine Weggefährten, die ja sozusagen meine Meister waren, haben auch immer nur gesagt, wir räumen eine Gruft aus. Der Ort liegt so an die fünf Meilen von der Straße, die von der Provinz Yamashiro nach Yamato führt, in einer ziemlich einsamen Gegend. Da ist ein Dorf hinter einer Wassermühle am Wegrand mit drei großen Zelkowa-Bäumen.

Frage Soviel Dummheit sollte man nicht für möglich halten! Weiß nicht einmal den Namen des Grabhügels, in den er eingedrungen ist! Weiß auch nicht, daß er einen unerhörten Frevel begangen hat! Er hat ja nur ein paar Kostbarkeiten gestohlen! Hoffen will ich nach wie vor, daß diese Schätze nicht aus dem Allerheiligsten geraubt wurden. Sicherlich war allein schon das Gewölbe am Eingang sehr beeindruckend. Erzähle uns von alldem ganz ehrlich ohne jede Lüge!

Antwort Ja, das will ich tun. Die Schätze lagen in einer großen steinernen Kammer, in die das schmale Treppengewölbe einmündete. Wir hatten drei Kerzen angezündet, und da konnte man deutlich erkennen, daß die Decke an die sechs Fuß hoch war. Lang war die Kammer zwölf, dreizehn Fuß und breit zehn Fuß.

Frage Kein Zweifel! Das war das Allerheiligste! Du solltest wissen, daß es schon ein Verbrechen ist, einen solchen weihevollen Ort zu betreten. Erzähle uns ausführlich, wie es darin aussah.

Antwort Also in dieser Steinkammer, ich meine, im Allerheiligsten standen vier kupfervergoldete Säulen. Darin waren ebenso kupfervergoldete Schwingtüren befestigt, so an die zwei Zoll dick. Mitten in dem Raum lag ein Stein wie so ein länglicher Wassertrog. Der war bis obenhin voll mit so etwas, was wie Bruchstücke von Pferdegeschirr aussah. Ja, und dicht daneben stand noch so ein länglicher Stein, und der von meinen beiden Weggefährten, der dauernd den Ton angab, sagte, das sei ein Sarg und ich solle ihn ja nicht anfassen, aber er selber tastete auf dem Boden von dem ausgehöhlten Stein herum und holte allerhand Schätze hervor. Rechter Hand von diesem Stein stand ein Kasten von einem Fuß im Geviert aus durchbrochener Bronze. Unser Anführer öffnete den Deckel mit der Spitze seines Dolches, und zum Vorschein kam ein bauchiger Krug voll Goldkörner. Außerdem lag darin ein mit Golddraht umwickeltes Bündel von Holzstückchen, die so aussahen wie Kienspäne für Fackeln. Unser Anführer sagte, das ist Duftholz, und ließ das Bündel in seiner Brusttasche verschwinden. Den Krug mit den Goldkörnern wickelte er in ein Tuch und meinte dabei, das teilen wir später. Der runde Krug mag etwa einen Liter gefaßt haben. Bis zum Rand war er mit Goldkörnern gefüllt. Aber nachher hat unser Anführer den Krug für sich ganz allein behalten. Und von dem Duftholz hat er mir auch bloß ein kleines Stückchen abgegeben. Wenn ich mir das jetzt recht überlege, dann war er ein rechter Geizhals ...

Frage Das Duftholz wird bestimmt Kernholz vom Aloebaum gewesen sein. Und dieses Aloeholz war mit Goldfäden gebündelt. Das nenn ich mir erlesenen Geschmack! Was habt ihr noch alles aus dem Kästchen geraubt?

Antwort Da war noch ein Tuschstein und ein hartes Stück Tusche, richtig, und außerdem eine Schnitzerei, rund wie ein Ball. Die Tusche hatte die wunderschöne Form eines Rhododendronblattes. Das ist chinesische Tusche, sagte unser Anführer. Auch die hat er sich selber eingesteckt. Ja, und in einer flachen kupfervergoldeten Schale lagen eine schwarz angelaufene silberne Wasserkelle und ein Trinkbecher aus Kristall oder so etwas. Und ein Gebetskranz aus Perlen, aufgezogen auf vergoldetem Draht, und so was, was wie ein aus Gold getriebenes Windglöckchen aussah, und noch so allerhand Kostbarkeiten lagen darauf. Aber ich erinnere mich nur an das, was sich unser Anführer alles einsteckte. Was mein anderer Weggefährte als Anteil erhielt, habe ich glattweg vergessen. Jedenfalls, nachdem wir aus dem Grab wieder herausgestiegen waren, haben wir einen großen Umweg über die Berge gemacht, sind dann auf eine Landstraße gestoßen und haben Unterschlupf in einer Tempelklause gefunden. Es schien so und dann schien es doch wieder nicht so, als würden sich der Einsiedler dort und unser Anführer kennen, aber immerhin konnten wir uns in aller Ruhe in der Klause ausschlafen. Mehr gibt es eigentlich gar nicht zu erzählen. Ich trennte mich von den anderen und bin dann allein nach Takaya in der Provinz Bitchū weitergewandert.

Frage Was hast du als deinen Anteil von den geraubten Schätzen bekommen?

Antwort Oh, das weiß ich noch ganz genau: vier grüne Schmucksteine, sieben rote Schmucksteine und so etwas Ähnliches, was wie ein Untersatz aus getriebenem Gold aussah, und dann noch ein bißchen von dem Duftholz. Von dem

Ding wie ein Untersatz hatte unser Anführer gesagt, das sei ein chinesischer Spiegel, an die hundert Ryō wert. Und wie großmütig er getan hat, als er mir das Ding gab! Dabei war das alles erlogen. Ich wollte nämlich den Spiegel bei einem Antiquitätenhändler verkaufen. Denn ich brauchte Zehrgeld, weil ich mich auf meinem Heimweg nach Takaya in Ōsaka doch recht ausgiebig umgesehen hatte. Aber da meinte der Händler, das sei zwar ein chinesischer Spiegel, doch weil es eine ungeschickte Arbeit sei, könne er mir nicht mehr als einen einzigen Ryō dafür bieten. So blieb mir am Ende bloß noch das bißchen Duftholz.

Frage Du hast dann den alten chinesischen Spiegel und drei grüne Schmucksteine dem Kampachi in Kannabe als Gegenwert für zwölf Ryō gegeben. Ein grüner Schmuckstein fand sich noch wohlverwahrt in deinem Geldbeutel. Als letztes blieb dir nur noch das Stückchen Duftholz, hast du gesagt. Was geschah damit?

Antwort Auf meinem Heimweg nach Takaya habe ich es dem Tempel der Wahren Lehre in Okayama gestiftet. Dafür wurde mir das Glück zuteil, dort übernachten zu dürfen. Als Gegengeschenk bekam ich außerdem noch fünf Goldkörner. Das ist es bis in alle Einzelheiten.

Frage So ungefähr wissen wir jetzt Bescheid. Hör zu! Ein derartiges Verbrechen, wie du es durch das Ausrauben eines kaiserlichen Grabmals begangen hast, ist ein Fall von Thronbeleidigung in solcher Schwere, wie sie du und deinesgleichen kaum begreifen können.

Antwort Ganz recht, Euer Ehren.

Frage Es gibt vielerlei Arten von Freveltaten. Das chinesische Gesetz nennt deren zehn, unser Gesetz kennt neun, als da sind: Widerspenstigkeit, Auflehnung, Aufruhr, Bösartigkeit, Verstoß gegen die Sitten, Mangel an Ehrerbietigkeit, Illoyalität, Ungehorsam gegenüber den Eltern und Verletzung der Gerechtigkeit. Das Plündern eines kaiserlichen Grabmals ist ein Schwerverbrechen, bei dem alle neun Freveltaten zusammenkommen. Deswegen ist es seit ältesten Zeiten äußerst selten, daß jemand in ein kaiserliches Grabmal eindringt. In zwei- oder dreihundert Jahren geschieht so etwas vielleicht nur ein einziges Mal, und dann auch nur in Zeiten von Wirren. Also nur alle zwei-, dreihundert Jahre begeht jemand ein so großes Verbrechen wie du.

Antwort Ja, Euer Ehren.

Frage Nun will es jedoch der Zufall, daß Maeda Shinshin, der große Gelehrte und Kenner unserer ältesten Geschichte und Literatur, auf seiner Reise durch das Land unsere Kanzlei heute mit seinem Besuch beehrt. Als ich ihm von deinem Verbrechen sprach, zeigte er großes Interesse für dich, und er sagte: »Ich habe Berge und Flüsse überquert und trotz eifrigen Nachforschens niemanden getroffen, der je das Innere eines kaiserlichen Grabmals zu Gesicht bekommen hätte. Dieser Übeltäter namens Yosaku ist für mich ein Mann von größtem Wert. Wenn es die Kanzlei erlaubt und dieser Yosaku dazu bereit ist, möchte ich mich gern mit ihm zu einer ihm genehmen Zeit unterhalten.« Soweit die Worte des Gelehrten. Bist du einverstanden, ihn zu treffen und ihm sehr genau darüber zu berichten, wie es in solch einem Grabmal aussieht? Er ist wirklich ein bedeutender Gelehrter. Wäre es nicht eine Gelegenheit, dir selber einen letzten Blumenkranz zu winden?

Antwort Euer Ehren, ich bin ein ungebildeter Mensch und folge Euren Weisungen. Als Verbrecher steht es mir nicht zu, selber darüber zu entscheiden.

Frage Hör zu! Der Gelehrte hat mir noch folgendes gesagt: In den vielen Büchern unseres Landes findet sich nur ganz selten ein Hinweis auf jemanden, der in ein kaiserliches Grabmal eindrang. In der »Chronik vom hellen Mond«, dem Tagebuch des Fujiwara Teika, soll von einem solchen Fall die Rede sein. Da drin steht angeblich, daß im vierten Monat des Jahres zwölfhundertfünfunddreißig, zur Zeit des Kaisers Shijō, Räuber in das Grabmal in der Nähe des Tachibana-Tempels im Kreise Takashi in der Provinz Yamato eingedrungen sind und die erhabenen Schätze in der Grabkammer geplündert haben. Dieser Grabhügel trägt den Namen Abuki. Dort wurden der Kaiser Temmu und seine Nachfolgerin, die Kaiserin Jitō, gemeinsam bestattet. Die Geschichte von den Räubern, die in die Ruhestätte dieser beiden Herrscher eindrangen, soll auch noch in der alten Schrift mit dem Titel »Chronik des Kaisergrabs Abuki« verzeichnet sein. Aber darüber, wie es in der steinernen Gruft eines kaiserlichen Grabmals aussieht, findet sich angeblich kaum ein Wort. Weitere Schriften, in denen von kaiserlichen Gräbern berichtet wird, gibt es offenbar nicht, worüber die Gelehrten allerorts, wie es scheint, sehr unglücklich sind. »Und jetzt ist hier jemand, der im Schein von drei Kerzen das Innere eines Grabmals deutlich zu sehen bekommen hat! Da ist mir wahrhaftig ein großes Glück widerfahren«, hat der Gelehrte Maeda gesagt. Wenn du ihm unter die Augen trittst, solltest du ihm gefaßt alles bis in die letzten Einzelheiten schildern. Sei dir bewußt, daß du der Wissenschaft damit einen großen Dienst erweist.

Antwort Euer Ehren, da ist mir soeben noch was eingefallen. In der Grabkammer stand noch etwas, das sah wie eine steinerne Truhe aus. Als wir den Deckel abhoben, erblickten wir allerlei Waffen, so was wie ein Kettenhemd, eine lange Speerspitze und ein goldenes Schwert. Aber das meiste war sehr verrostet.

Frage Das goldene Schwert und alles übrige habt ihr auch geraubt?

Antwort Nein, unser Anführer kramte die Sachen aus der Steintruhe hervor, warf sie dann aber alle zusammen in eine Ecke. Dabei sagte er: »Wenn meine Zeit gekommen ist, flüchte ich mich hierher und lege mich zum ewigen Schlaf in diese Truhe. Findet man dann später meine bleichen Gebeine, wird man glauben, sie gehören einem, der mit den anderen hier begraben wurde.«

Frage Unglaublich, welch niederträchtige Reden dieses

Diebsgesindel führt! Nun denn, für heute wird das Verhör an dieser Stelle abgebrochen. Du kehrst in den Kerker zurück und solltest versuchen, dir sehr genau in Erinnerung zurückzurufen, wie es in dem Grabmal ausgesehen hat.

Aus den offiziellen Akten geht hervor, daß sich das Verhör Yosakus bis zum Ende des zweiten Monats hinzog. Näheres aber ist nicht zu erfahren, denn sehr lakonisch heißt es: »Die Untersuchung führte Miya Shume, verhört wurde Yosaku.« Wahrscheinlich ist, daß man ihn dazu gebracht hat, die Namen seiner Spielkumpanen in der Gruft unterhalb des Passes anzugeben. Kein Wort ist darüber zu finden, ob Yosaku nun mit dem Gelehrten Maeda Shinshin zusammentraf oder nicht, kein Wort auch darüber, über das Allerwichtigste nämlich, welches Urteil gegen Yosaku erging.

Fünf von den Bauern, die ihre Saatknollen in der Grabkammer eingelagert hatten, wurden ebenfalls vorgeladen und verhört. Die Protokolle darüber sind auch in den offiziellen Dokumenten des Lehens enthalten.

»Wie ungebildet ihr auch sein mögt, die Grabstätte eines Edlen zum Knollenkeller zu machen ist unglaublich und unentschuldbar. Ihr habt ein schweres Verbrechen begangen.« Diese Worte heftiger Schelte finden sich in dem Vernehmungsprotokoll.

Die offiziellen Dokumente aus der ersten Hälfte des übernächsten Jahres sagen nun aus, daß die Bauern aus dem Neusiedlerhof auf der Senyō-Heide gemeinsam entflohen sind. Frost im Winter und Dürre im Sommer des Jahres zuvor hatten der Ernte schwer geschadet, so daß es den Bauern nicht möglich war, die Steuern zu entrichten, wozu sie ja nach dem Ablauf der dreijährigen Frist verpflichtet gewesen wären. Deshalb hatten sich die Dorfbewohner heimlich miteinander verabredet und in einer dunklen Nacht davongemacht. Der Beamte, der die Bauernhütten durchsuchte, beschrieb in seinem Bericht den Zustand der Behausungen, in denen auch nicht das geringste zurückgelassen worden war, mit den Worten: »In ihnen fand sich noch weniger als nichts.«

1955

DAS SOLDATENLIED »ALTE KAMERADEN«

Alle jene, die während des Krieges aus den Hörsälen an die Front geholt wurden, befinden sich heute, sofern sie mit heiler Haut davongekommen sind, im besten Mannesalter so um die Fünfundfünfzig. Die in eine Firma eintraten, scheiden dort nun seit dem vergangenen Jahr nach und nach aus, weil sie das Pensionsalter erreichen. Wer einen Posten in einem großen Unternehmen bekleidete, geht danach mitunter in eine Tochterfirma, wie unser Freund Okuyama. Nach gut zwei Jahren Universität war er zur Reserve einberufen worden, hatte dann bei der Marine gedient und war nach der Demobilisierung bei einer Firma untergekommen, hatte dort mit dem Erreichen der Altersgrenze Ende März dieses Jahres aufgehört und war zu einer Tochterfirma des Unternehmens übergewechselt. Anfang vorigen Monats machte die Firma einen Ausflug nach Atami. Alle, vom Direktor bis zum Boten, übernachteten im Urlaubsheim der Stammfirma.

Man bezog zu viert oder fünft ein Zimmer. Die Frauen wohnten für sich in einem Seitenflügel. Übrigens war auch das Thermalbad für Männer und Frauen getrennt. Nach dem Baden warf man sich über den leichten baumwollenen Kimono eine Kitteljacke und versammelte sich im Gesellschaftszimmer. Zuerst hielt der Direktor eine Begrüßungsansprache, danach sollten sich die neuen Mitarbeiter selbst vorstellen, und der Maitre de plaisir rief Okuyama auf.

»Nun bitte ich die neuen Mitarbeiter unserer Firma, sich vorzustellen. Herr Okuyama, der bereits viele Jahre in unserer Stammfirma gearbeitet hat, bevor er zu uns kam, macht den Anfang. Er hat, wie mir erzählt wurde, während des Krieges auf der Insel Iōjima gekämpft und gehörte dem Panzerregiment von Oberst Nishi an. Oberst Nishi ist, wie Sie vielleicht wissen, ein Held, dem der Lorbeerkranz gewunden wurde, als er, damals war er noch Oberleutnant, bei den Olympischen Spielen von Los Angeles im Großen Jagdspringen die Goldmedaille errang. Ich hoffe, Herr Okuyama wird uns auch über seine Fronterlebnisse auf Iōjima berichten.«

Hier war dem Sprecher des Abends ein Fehler unterlaufen, denn Okuyama hatte nicht der ehrenvoll untergegangenen Streitmacht auf Iōjima angehört, weder einer Infanterieeinheit noch dem Panzerregiment des Oberst Nishi. Als Oberleutnant zur See hatte er auf einem Transporter nur Nachschub nach Iōjima gebracht und war immer flugs in seinen Heimathafen Yokosuka zurückgekehrt.

Damals bestand nicht gerade das beste Einvernehmen zwischen Heer und Marine. Auch um allen klarzumachen, daß er der Kriegsmarine angehört hatte, holte er ziemlich weit aus, ereiferte sich und redete an die dreißig Minuten. Die Folge davon war niederschmetternd. Denn während sie alle im Gesellschaftszimmer saßen, schlichen sich Diebe in Okuyamas Zimmer und in das Zimmer daneben und leerten sämtliche Brieftaschen. Es war unklug von Okuyama, sich an den Differenzen zwischen Heer und Marine festzubeißen und so sehr in Eifer zu reden, daß darüber wohl nicht nur dreißig, sondern vielleicht sogar vierzig Minuten vergingen. Schließlich handelte es sich um das Heim einer Firma, und im Unterschied zu einem Hotel wurden die Zimmer und das Gelände ringsum nicht sehr sorgfältig bewacht.

Das Schiff, auf dem Okuyama fuhr, war ein Transporter der Klasse eins mit einer Wasserverdrängung von eintausendfünfhundert Tonnen. Es hatte keinen Namen, sondern trug einfach nur eine Nummer, und zwar die »Sechzehn«. Ausgerüstet auf einer Mitsubishi-Werft, war es bestückt mit einem 12,7-cm-Steilfeuergeschütz. Seine Geschwindigkeit war mit zweiundzwanzig Knoten angegeben, das heißt, es lief vierzehn, fünfzehn Knoten, und es konnte zweihundertsechzig Tonnen Fracht an Bord nehmen.

Zu der Zeit lagen außerhalb der Bucht von Tōkyō überall

verstreut schon amerikanische Unterseeboote, die den Auftrag hatten, die B 29 bei ihren Bombenangriffen auf die Hauptinsel zu unterstützen. Sichteten sie ein japanisches Schiff, feuerten sie sofort ihre sehr treffsicheren Torpedos ab. Bevor Okuyama mit seinem Schiff aus Yokosuka auslief, aß man zu Mittag. Das Abendessen wurde auf der Reede von Tateyama eingenommen. Dann wartete man die Nacht ab und verließ erst im Schutz der Dunkelheit die Bucht von Tōkyō. Die Izu-Insel Ōshima wurde auf der östlichen Seite passiert; am folgenden Tag erreichte man gegen Abend den Hafen Futami auf der Insel Chichijima. Sowie die Nacht hereinbrach, ging es dann Kurs Iōjima. Diese Insel liegt noch südlicher als die Ogasawara-Inseln, aber von der örtlichen Verwaltung her zählt sie zum Stadtgebiet von Tōkyō. Bis zum Ausbruch des Krieges wurde hier Schwefel gewonnen und Zuckerrohr angebaut. Außerdem war es eine Basis für Fischerboote.

Die Insel Saipan war schon gefallen und zu einem Stützpunkt der amerikanischen Streitkräfte geworden. Südlich der Bucht von Tōkyō hatte Japan sowohl die Luft- als auch die Seeherrschaft verloren, und die Transporter, bewacht von Zerstörern, in Geleitzügen wie zu Beginn des Krieges auf die Reise zu schicken war ein längst entschwundener Traum. Um das Jahr zweiundvierzig begann die Seeherrschaft zu zerbröckeln, und seit dem Jahr dreiundvierzig mutete es schon wie ein Wunder an, wenn einer von drei Transportern auf dem Wege nach den Philippinen oder nach Malakka seinen Bestimmungshafen erreichte. Im Jahre vierundvierzig und erst recht fünfundvierzig wurde es dann noch viel schlimmer. Aber der Transporter Nummer »Sechzehn« kam seltsamerweise durch.

Okuyama brachte am siebenundzwanzigsten Januar des Jahres fünfundvierzig zum erstenmal Nachschub nach Iōjima. Auf der wie verbrannt aussehenden braunen Insel gab es nicht mehr ein einziges Haus, das diesen Namen noch verdient hätte. Es stand dort nur noch eine verlorene Hütte, in der wahrscheinlich einmal Schwefelarbeiter gehaust hatten. Die Inselbesatzung lebte offenbar in unterirdischen Bunkern und in Höhlen. Die von Generalleutnant Kurihashi befehligte Streitmacht belief sich auf etwa zwanzigtausend Mann, davon zehntausend Mann Infanterie und tausend Mann eines Heereslandungskorps, so hieß es jedenfalls, und mehr war nicht zu erfahren. Bei den Gütern, die nach Iōjima geschafft wurden, handelte es sich wahrscheinlich um Proviant, Medikamente und Waffen, aber genau wußte man das nicht, denn die gesamte Ladung wurde in dichtverschlossenen Blechfässern an Bord genommen. Wenn Iōjima erreicht war, wurden diese Fässer ins Meer gerollt. Soldaten hievten sie in kleine Pontons und brachten sie an Land.

Die ganze Insel stank nach Schwefel. Und je nachdem, wie der Wind stand, bekam man das bald mehr, bald weniger zu spüren.

Zwischen der Besatzung des Transporters und den Soldaten kam es zu keinerlei Zwistigkeiten. Das einzige Ärgernis war, daß die Soldaten Scheinwerfer auf das Schiff richteten, wenn es sich im Schutz der Dunkelheit der Insel näherte, und zwar um ihm den Weg zu weisen. Nun konnte sich aber das Schiff auch in finsterster Nacht mit Hilfe seines Radargerätes zumindest im Umkreis von drei Meilen selber ganz gut zurechtfinden. Das hatte der Kommandant, ein Korvettenkapitän, der Insel ordnungsgemäß mitgeteilt. Trotzdem schalteten die Soldaten, die sehnsüchtig das Schiff erwarteten, die Scheinwerfer ein, weil sie offenbar fürchteten, das Schiff könnte wieder auf Gegenkurs gehen, wenn es die Lage der Insel nicht ausmachte. Auch bei der zweiten Fahrt flammten die Scheinwerfer wieder auf, was die Besatzung des Schiffes mächtig aufbrachte. Selbst der Kommandant stampfte vor Ärger mit den Füßen auf. Er hatte so seine Zweifel an der Führung in den Landstreitkräften.

Auf der dritten und letzten Fahrt hatten sie wieder Fässer

an Bord, insgesamt zweihundertsechzig Tonnen, also so viel, daß zweihundertsechzig Eintonner-Lastwagen damit hätten beladen werden können. – Wenn man es im nachhinein bedenkt, dann wurden die schrecklichen Leiden der Soldaten durch die Dinge, die man zur Insel schaffte, nur verlängert. – Das Entladen der Fässer war beendet, und um sich die Zeit bis zum Einbruch der Dunkelheit zu vertreiben, saß Okuyama im Offiziersraum neben der Kajüte des Kapitäns vor einem Grammophon. Plötzlich kam ein Offizier der Landstreitkräfte herein. Er hatte einen etwas stechenden Blick. »Eine Schallplatte? Ja, das laß ich mir gefallen!« sagte er. Als er näher trat, nahm man deutlich den Geruch von Schwefel wahr.

Es war ein hochgewachsener Offizier mit feinem Gesichtsschnitt. An seiner Tropenuniform prangten die Rangabzeichen eines Obersten. Er hatte Langschäfter mit Sporen an, wie sie vor dem Kriege in der Armee nur von Stabsoffizieren getragen wurden. Die Sporen der Generäle waren golden, seine aber waren silbern und stimmten insofern mit den Rangabzeichen überein. Trotzdem war nicht recht zu verstehen, daß er zu der einfachen Tropenuniform frischpolierte schwarzglänzende Stiefel mit Sporen trug. Denn auch die Generäle und andere Stabsoffiziere saßen nicht mehr hoch zu Roß. Und die Kavallerie war als Waffengattung schon zu Beginn des Krieges abgeschafft worden. – Wie sich später herausstellte, war dieser Oberst der frühere Oberleutnant Nishi, der bei den Olympischen Spielen in Los Angeles die Goldmedaille im Großen Jagdspringen gewonnen hatte.

Der Oberst setzte sich und lauschte dem »Tōkyō-Marsch«. Als das Lied zu Ende war, sagte er mit einem leutseligen Lächeln: »Ich würde mir ganz gern noch was anhören. Das Volkslied ›Sankai-bushi‹ aus Niigata wäre nicht schlecht. Wenn die Soldaten vom Niigataer Regiment das hören, dann geraten sie in Begeisterung. Die Platte haben Sie wohl nicht?«

»Nein, aber dafür das ›Kiso-Lied‹.«

»Dann legen Sie das auf. Und stellen Sie den Apparat ein bißchen lauter!«

Okuyama stellte das Grammophon lauter und legte die Platte mit dem »Kiso-Lied« auf.

Auf Iōjima waren die Schallplatten wahrscheinlich schon so abgespielt, daß sie keinen Ton mehr von sich gaben.

Der Oberst lehnte sich in den Stuhl zurück, verschränkte die Arme, schloß die Augen und lauschte hingebungsvoll. Er sah abgehärmt aus und war von der südlichen Sonne verbrannt, trotzdem wirkte sein feines Gesicht mit den buschigen Augenbrauen, dem kleinen Bärtchen auf der Oberlippe und dem frischrasierten Kinn recht jugendlich.

Als das »Kiso-Lied« verklungen war, sagte der Oberst: »Schade, daß es die Soldaten nicht hören können. Ich danke Ihnen! Übrigens der Mittmann, von dem da im Lied gesungen wird, das ist der Mann, dem die Flöße gehören. Die einzelnen Flöße werden zusammengebunden und dann flußabwärts gesteuert. Und auf dem Floß ganz in der Mitte, da hat der Besitzer seinen Platz.«

»Ich habe das mal auf einem alten Bild gesehen: Ein Mann sitzt mitten auf einem Floß und schmaucht seine Pfeife.«

»Deshalb ist das ›Kiso-Lied‹ ein Lobgesang auf den Floßherrn, verstehen Sie? ›Der Saum des Kleides ist durchnäßt, doch packt nur immer weiter feste zu. Vorwärts, joi, joi, joi ...‹ und so weiter. Da kommt so richtig das Gefühl der liebenden Frau zum Ausdruck, die sich nach dem Floßherrn sehnt.«

Das ist ein Arbeitslied, und dennoch preist es den Kapitalisten? Doch die Soldatenlieder verherrlichen ja auch bloß in den Worten das reine Gefühl, die Melodien werden immer verhunzter und dekadenter. Aber statt das auszusprechen, sagte Okuyama: »Das Lied ›Hunderte Meilen von hier in der Heimat‹ soll da jetzt im Heer verboten sein. Und dabei war es allen so vertraut.«

Der Oberst ging darauf nicht ein. Er zeigte vielmehr auf das

Goldfischglas, das im Regal stand, und sagte: »Überlassen Sie mir die? Unser Befehlshaber klagt über die Eintönigkeit hier. Auf der Insel gibt es nur braune Felsen, den Geruch von Schwefel und das blaue Meer. Ich möchte Exzellenz eine Freude mit den roten Goldfischen machen. Schenken Sie mir die mitsamt dem Glas?«

Das waren nur ganz kleine Goldfische, zehn Stück oder auch zwölf, dreizehn. Irgend jemand, der nicht mehr an Bord war, hatte sie einfach stehengelassen. Und sie galten ebenso als herrenlos wie der Kakteentopf und die abgegriffenen Spielkarten und Schachfiguren.

»Wenn es weiter nichts ist als die Goldfische, bitte! Nehmen Sie sie samt Behälter.«

»Danke!« sagte der Oberst und nahm das Glas in den Arm. »Kommen Sie von der Marineakademie?«

»Nein, aus der Studentenreserve.«

»Sagen Ihnen die Olympischen Spiele von Los Angeles etwas? Im Jahre zweiunddreißig. Es waren die zehnten.«

Zu der Zeit hatte Okuyama noch die Volksschule in seinem Dorf besucht und sich für die Ereignisse, von denen die Erwachsenen so viel Aufhebens machten, wenn sie eine Zeitung in die Hand bekamen, nicht so sehr interessiert.

»Allzuviel weiß ich darüber nicht«, antwortete er.

Daraufhin meinte der Oberst: »Das habe ich mir fast gedacht. Ich will Ihnen nur soviel sagen: Die japanischen Siege damals hatten mit einem Wunder nichts zu tun.«

Okuyama folgte dem Oberst an Deck. Längsseits hatte ein Ponton mit zwei Soldaten festgemacht. Was der Oberst mit seinem letzten Satz eigentlich sagen wollte, war Okuyama nicht gleich klargeworden. Später dachte er darüber nach. Bei den Spielen in Los Angeles hatte Japan viele Medaillen errungen, und die japanische Fahne war oft am Siegesmast emporgestiegen. Der Ruhm damals beruhte aber nicht auf Wunder. Und jetzt im Kriege sollte man sich auch nicht auf ein Wunder verlassen ... Das hatte er doch wohl gemeint. Jedenfalls deutete Okuyama seine Worte so. Daß der Radioreporter bei den Schwimmwettkämpfen geschrien hatte: »Machata, durchhalten!« – davon hatte auch Okuyama gehört.

Nach dem Krieg, als Okuyama schon in der Firma arbeitete, erzählte ihm ein Kollege von dem heldenhaften Untergang der japanischen Truppen auf der Insel Iōjima.

Den Amerikanern war bekannt, daß sich unter den Offizieren der auf der Insel verborgenen japanischen Streitmacht Oberst Nishi als Kommandeur eines Panzerregiments befand. Sicherlich wußten sie auch, daß Generalleutnant Kurihashi die japanischen Truppen befehligte, daß es ein Regiment standhafter Soldaten aus Niigata gab und daß viele Soldaten das Volkslied »Sankai-bushi« liebten.

Die Amerikaner zogen eine gewaltige Streitmacht von zweihundertfünfzigtausend Mann zusammen und landeten am neunzehnten Februar mit sechzigtausend Soldaten. Ihren mehrtätigen Artilleriebeschuß unterbrachen sie von Zeit zu Zeit und wandten sich in diesen Pausen über Lautsprecher in stockendem Japanisch an die Verteidiger.

»Wir rufen den Helden Olympias, Baron Nishi! Sie haben als ein hervorragender Soldat Ihre Pflicht erfüllt. Auch wir Amerikaner würden es unendlich bedauern, wenn wir Sie hier verlieren sollten. Baron Nishi, kommen Sie heraus! Wir wollen Sie nicht töten.«

Diese Aufforderung wurde mehrmals wiederholt. Aber Oberst Nishi ergab sich nicht. Die blutige Schlacht ging weiter. Der Gestank von Leichen und Schwefel benahm einem den Atem. Es fiel auch kein Regen. Der letzte Tropfen Trinkwasser war verbraucht. Es gab Männer, die wahnsinnig wurden und ihren eigenen Urin tranken. Oberst Nishi starb am zweiundzwanzigsten März. Zweiundzwanzigtausend japanische Soldaten verloren ihr Leben.

Im Unterschied zur Insel Saipan soll es auf Iōjima weder Frauen noch irgendwelche Einrichtungen gegeben haben, wo man hätte Trost und Zerstreuung finden können. Wenn die

Amerikaner aus der Luft angriffen, um den Gegner aufzuspüren, dann tauchte man in die unterirdischen Bunker und in Höhlen unter und verfolgte strikt die Taktik der Tarnung. Auf Saipan hatte man bei Luftangriffen das direkte Feuer auf die Flugzeuge eröffnet und damit dem Feind die eigenen Stellungen verraten. Es heißt nicht umsonst: Die beste Art, sich zu verteidigen ist, sich dem Gegner nicht zu zeigen. Die amerikanischen Streitkräfte werden auf Iōjima wohl ihre allerschwersten Verluste erlitten haben.

Baron Nishi hatte, wie man Okuyama kürzlich erzählte, seine Stiefel und Sporen über alles geliebt. Auch nachdem er von der Kavallerie zu den Panzern versetzt worden war, soll er ständig seine Reitstiefel getragen haben. In Gedanken an den Ruhm, der ihm zuteil wurde, als Pferd und Mensch eins geworden waren, mochte er sich von den Stiefeln mit den Sporen offenbar nicht mehr trennen. Es war ein feuriges Pferd, das er bei den Spielen in Los Angeles geritten hatte. Uranus hieß es, und er hatte es bei einer auf eigene Kosten unternommenen Europareise für sechstausend Yen gekauft. Drei Jahre lang hatte er es unter vielen Mühen trainiert und sozusagen zusammen mit ihm gegessen und geschlafen. Damals galt das Große Jagdspringen als Höhepunkt der Olympischen Spiele. Es wurde am letzten Tag unmittelbar vor der Abschlußzeremonie ausgetragen. Die Begeisterung der Teilnehmer und der Zuschauer schlug in jenen Stunden die höchsten Wellen.

»Ich kann mir ganz gut vorstellen, wie ergriffen Baron Nishi und seine Mannschaftskameraden damals in Amerika gewesen sein müssen«, sagte Okuyama.

In der nach dem Kriege erschienenen Großen Enzyklopädie steht nichts über Oberst Nishi. Aber in einem kurzgefaßten Personenlexikon findet sich folgende Eintragung:

Nishi, Takeichi (1902-1945) . . . Absolvent des 36. Jahrgangs der Heeresoffiziersschule; nahm 1932 als Oberleutnant der Kavallerie an den X. Olympischen Spielen (Los Angeles) teil und gewann das Große Jagdspringen auf Uranus; stand 1945 im Pazifischen Krieg als Kommandeur eines Panzerregiments auf der Insel Iōjima an der Front; gefallen am 22. März. Das Pferd Uranus (es war der Heeresveterinärschule zur Pflege anvertraut) starb sieben Tage später an einer Krankheit. Baron. Siehe auch Furuhashi, Kaizō: Nishi und Uranus, Tōkyō 1969.

Es war am Mittag des dreizehnten Februar des Jahres fünfundvierzig, als Okuyama dem Oberst Nishi die Goldfische schenkte. Okuyama hatte das anscheinend in seinem Notizbuch vermerkt. – Das waren genau sechs Tage, bevor die amerikanische Marine zum Angriff auf Iōjima ansetzte, und siebenunddreißig Tage, bevor Oberst Nishi fiel. Die japanische Inselbesatzung verbarg sich in den unterirdischen Stellungen und leistete in völlig aussichtsloser Lage einen ganzen Monat lang Widerstand. Sowohl der Befehlshaber, Generalleutnant Kurihashi, als auch Oberst Nishi werden sich im wesentlichen in ihren Bunkern aufgehalten haben. Die Goldfische standen vielleicht auf dem Tisch des Befehlshabers oder vielleicht auch neben seinem Bett. Ob der Generalleutnant am Ende seinen verdurstenden Stellvertretern und den Ordonnanzen das Wasser aus dem Goldfischglas zum Trinken gegeben hat?

»Was meinen Sie, hat er den durstigen Soldaten das Wasser gegeben?« wurde Okuyama gefragt.

»Wer weiß«, antwortete er. »Aber in dem Lied ›Alte Kameraden‹ heißt es ja: ›Selbst die Zigarette teilen wir ...‹«

Okuyama hatte sich auf dem geselligen Beisammensein vorstellen wollen und war dabei sogar auf dieses Goldfischglas zu sprechen gekommen. Dafür hatte er allerdings mehr als eine halbe Stunde lang geredet. Ansonsten scheint es ja heute immer mehr Mode zu werden, sich nur noch mit ein paar knappen Bemerkungen vorzustellen. Ein junger neuer Mitarbeiter der Firma, der nach Okuyama aufstand, nannte lediglich seinen Namen, sein Geburtsdatum, seinen Heimatort und die Schule, die er besucht hatte, dann verbeugte er sich und setzte sich wieder. Auch was der junge Bursche sagte, der sich danach erhob, hörte sich eher so an, als leierte er den bei der Firma eingereichten Lebenslauf herunter.

Das gesellige Beisammensein wurde zu einem fröhlichen Gelage. Auf Kosten der Stammfirma gab es Sake und Bier. Außerdem erhielt jeder ein Geschenk, und zwar getrockneten Fisch, eine Spezialität Atamis. Selbst die Älteren kamen in Stimmung. Einige trugen Volkslieder vor, und gemeinsam sang man dann Soldatenlieder. Okuyama war so betrunken, daß er sich an nichts mehr erinnerte.

Am nächsten Morgen stellten Okuyama, seine Zimmergenossen und die aus dem Nebenzimmer fest, daß der Inhalt ihrer Brieftaschen verschwunden war. Der geringste Verlust belief sich auf dreißigtausend, der größte auf fünfzigtausend Yen. Zwei Tage vor dem Ausflug hatte der Direktor angeordnet, daß niemand mehr als fünfzigtausend Yen an Taschengeld mitnehmen dürfte. Man wollte damit verhindern, daß sich die schlechten Sitten bei Gruppen- und Betriebsreisen auch auf die Manieren der Mitarbeiter auswirkten. Das ging auf eine Anweisung der Stammfirma zurück. Die gesamten Kosten für den Ausflug trug die Firma. Man wollte damit als Firma in althergebrachter Weise seinen eigenen Stil pflegen.

Der Verwalter des Heims rief bei der Polizei in Atami an, und es erschienen drei Polizisten in einem Streifenwagen. Daraufhin versammelten sich alle im Gesellschaftszimmer, und Hongō, der stellvertretende Leiter der Personalabteilung, der die Feier am Abend zuvor geleitet hatte, stand der Polizei Rede und Antwort.

Zwei der Polizisten hatten einen Stern auf dem Kragenspiegel, der andere zwei. Der mit den zwei Sternen sagte: »Das ist heute schon der dritte Fall von Diebstahl. Normalerweise kommen wir zu fünft. Aber heute am Sonntag sind wir so beschäftigt, daß die Leute nicht ausreichen.«

Die beiden Polizisten mit dem einen Stern packten allerlei Gerätschaften aus, um von jedem einzelnen der Mitarbeiter Fingerabdrücke zu nehmen. Erst kam der kleine Finger der linken Hand dran und dann die anderen Finger, bei der rechten Hand zuerst der Daumen und zuletzt der kleine Finger.

»Also, Sie sind alle in das Gesellschaftszimmer gegangen, ohne daß sich jemand vergewissert hat, ob die Türen auch verschlossen sind«, sagte der mit den zwei Sternen zu Hongō. Der Polizist schien niemanden von denen, die nicht bestohlen worden waren, auch nur im geringsten zu verdächtigen. Das beruhigte Okuyama sehr. Er vermutete, daß die Diebe während seiner etwas zu lang geratenen Rede eingedrungen waren.

»Haben Sie bei Ihrer Feier Soldatenlieder gesungen?« fragte der mit den zwei Sternen.

»Ja, mehrere«, antwortete Hongō.

»Und war darunter auch das Lied ›Alte Kameraden‹, das mit der Zeile anfängt: ›Hunderte Meilen von hier in der Heimat‹?« fragte wieder der mit den zwei Sternen.

»Ja, das haben wir auch gesungen«, bestätigte Hongō.

»Dann ist der Diebstahl in der Zeit ausgeführt worden«, sagte der Polizist.

Die Diebe, die sich die Gäste in den Firmenheimen aussuchen, scheinen also ans Werk zu gehen, wenn die Gesellschaft anfängt, Soldatenlieder im Chor zu singen. Und gerade das Lied »Alte Kameraden« hat vierzehn Strophen. Bis es zu Ende ist, vergehen dreißig Minuten. Und während es gesungen wird, verläßt niemand den Raum und begibt sich auf sein Zimmer.

»Auch wenn Reisegruppen in den Hotels etwas gestohlen wurde, dann haben sie meistens dieses Lied gesungen. Man sagt ja, dieses Lied muß getragen gesungen werden, sonst wirkt es nicht. Ich kann mir nicht helfen, irgendwie liegt darin auch ein bißchen Ironie«, meinte der mit den zwei Sternen.

Die drei Polizisten begaben sich in die beiden Zimmer, in

denen der Diebstahl passiert war. Der mit den zwei Sternen entdeckte mit scharfem Blick in einer Ecke ein Stück Papier und hob es auf. Als Okuyama die Hand danach ausstreckte, sagte der mit den beiden Sternen: »Nein, das geht nicht!«, wickelte das Stück Papier in ein Taschentuch und steckte es ein. Es war eine alte Eintrittskarte für ein Radrennen.

Seither sind zwanzig Tage vergangen, aber die Polizei hat sich wegen des Diebstahls noch immer nicht gemeldet. Übrigens, der Text des Soldatenliedes »Alte Kameraden« stammt von Mashita Hidemoto, die Melodie von Miyoshi Waki.

1976

NACHWORT

Statt ein halber Mensch,/in allem unvollkommen,/möcht viel lieber ich/ein Weinfaß sein und vom Wein/mich dann durchtränken lassen«, dichtete vor mehr als zwölfhundert Jahren Ōtomo no Tabito. Bei dem gar nicht so weit hergeholten Gedanken, daß dieser lebenslustige Vers ebensogut von Ibuse Masuji stammen könnte, versagen sich eigentlich alle großen Worte über den jetzt zweiundneunzigjährigen Schriftsteller, der hier mit einem Dutzend Geschichten vorgestellt wird, ausgewählt aus einer vorläufigen Gesamtausgabe seiner Werke, die mittlerweile auf vierzehn stattliche Bände angewachsen ist – für heutige japanische Verhältnisse nicht übermäßig viel, aber eben auch nicht wenig. Und bei der Erinnerung an das rundliche Gesicht, an das gütige, von der heiter gelösten Weisheit des Alters durchdrungene Lächeln und an die klugen, bisweilen sehr verschmitzt blickenden Augen hinter der einfachen Nickelbrille will sich erst recht jede hochgestochene Eloge auf ihn wie von selbst verbieten. Verärgern würde sie ihn wohl nicht. Dazu ist er zu nachsichtig. Harsche Schelte aus seinem Munde wäre ebensowenig zu befürchten. Dazu ist er zu gutmütig. Auch eine großzügig abwehrende Handbewegung würde ausbleiben. Denn er ist zu bescheiden, um falsche Bescheidenheit zu demonstrieren. Eher wäre ein Schmunzeln zu erwarten, versetzt mit Ironie und ein wenig Spott – beides ohne Bissigkeit. Die liebt er nicht, die große Attitüde auch nicht. Sie geht ihm gänzlich ab, in seinem Schaffen wie in seinem Wesen. Sie entspricht nicht seinem Naturell.

Er umgibt sich nicht mit der Gloriole weltentrückter Geistigkeit und feinnervigen Ästhetentums. Auch jener seltsame Narzißmus, der vor allem seit der Jahrhundertwende so viele japanische Schriftsteller befiel und zumeist von einer geradezu unerträglichen Wehleidigkeit begleitet ist, blieb ihm fremd oder vermochte ihm nur zu Beginn seiner literarischen Laufbahn etwas anzuhaben: In der offensichtlich autobiographische Züge tragenden Geschichte *Der Karpfen* sind Anklänge daran nicht zu übersehen. Doch sobald er in Gefühlen zu ersticken droht, setzt er rasch Selbstverspottung und Humor dagegen. In der Erzählung *Pflaumenblüten in der Nacht* ist es die Fähigkeit zur Selbstironie, die das Gefühl der eigenen Hilflosigkeit, des Verfolgtseins, der kreatürlichen Angst vor der Einsamkeit und des Verdrossenseins überwindet.

Trotz des sicherlich nicht ausbleibenden ironisch-spöttischen Schmunzelns dessen, von dem die Rede ist, sei es dennoch gesagt: Ibuse Masuji ist einer der letzten großen alten Männer der japanischen Literatur und ihr »diensältester« Vertreter von Rang. Über fast sechs Jahrzehnte hinweg hat er ihre Entwicklung mitbestimmt und sie auf seine eigene unverwechselbare Art bereichert. So mancher, der nach ihm kam, hat von ihm gelernt. Dazai Osamu, der elf Jahre nach ihm Geborene und das Schriftstelleridol der studentischen Jugend Japans unmittelbar nach dem Krieg, gehört dazu ebenso wie der 1989 verstorbene Kaikō Takeshi – bei uns bekannt geworden durch die 1967 erschienene deutsche Übersetzung seines Romans »Japanische Dreigroschenoper«. Jedenfalls verbindet Ibuse und Kaikō mehr als nur die gemeinsame in Japan weitverbreitete Leidenschaft fürs Angeln. Schon im *Karpfen* wird von dieser Leidenschaft gesprochen, der Ibuse zu seinem Bedauern, wie er bekennt, wegen seines Alters heute leider nicht mehr frönen kann.

Sofern es ein Wertmesser ist: Es gibt kaum einen bedeutenden japanischen Literaturpreis, mit dem Ibuse nicht geehrt worden wäre. Und doch hat er nie oder höchst selten im grellen Rampenlicht der Öffentlichkeit gestanden und für spektakuläres Aufsehen gesorgt. Sein Aufstieg war auch nicht kometenhaft. Jahre hat es nach der Veröffentlichung seines Erstlingswerkes, der gleichnishaften Geschichte *Der Salaman-*

der (1923), gebraucht, bis er Anerkennung fand. Daß ausgerechnet dieses Werk später sogar in Schullesebücher Eingang fand, mag ihm ein nachträglicher Trost gewesen sein, falls er dessen bedurft hat. Heftige Kontroversen, an denen Japans jüngere Literaturgeschichte nicht gerade arm ist, hat sein Schaffen nie ausgelöst. Auch außerhalb Japans hatte man lange Zeit kaum Kenntnis von ihm genommen. Zwei, drei kleinere Übersetzungen ins Deutsche und eine ins Englische bis zum Ende des Krieges, das war alles.

Um so größer war die Überraschung, als Ibuse 1965 mit seinem Roman *Schwarzer Regen* ein Buch vorlegte, das ohne jede Manipulation schnell auf die Bestseller-Listen kam und seinen Autor ziemlich unvermittelt in den Blickpunkt einer sehr breiten Öffentlichkeit rückte. Der Roman *Schwarzer Regen*, die Geschichte des Mädchens Yasuko, das an den Spätfolgen der radioaktiven Strahlung, freigesetzt bei der Atombombenexplosion über Hiroshima am 6. August 1945, unrettbar dahinsiecht, und zugleich die Geschichte des Unterganges einer Stadt, fand wie selten ein literarisches Werk zuvor die nahezu ungeteilte Zustimmung der professionellen Literaturkritik und – was bestimmt wichtiger ist – sehr bald eine in die Hunderttausende und schließlich eine in die Millionen gehende Leserschaft, nicht nur in Japan. Denn kurze Zeit nach seinem Erscheinen wurde der Roman ins Englische, Polnische und Deutsche übersetzt. Man war sich einig: Dies ist eine künstlerisch-literarisch überzeugende Gestaltung des Themas »Hiroshima«, vielleicht die bisher überzeugendste überhaupt.

Ein paar Jahre später schrieb Ibuse Masuji in einem Vorwort zu einer Anthologie kürzerer Prosaarbeiten anderer Autoren über den 6. August 1945 gleichsam als ein nochmaliges Bekenntnis zu dem Thema: »Ein so grausiges, sich der Beschreibung entziehendes Ereignis wie ›Hiroshima‹ ist kein Gegenstand, den ein einzelner, selbst wenn er Zeuge dessen war, bewältigen könnte. Eine vernünftige, ehrliche Methode, ein literarisches Werk über die Atombombe zu veröffentlichen, ist meiner Meinung nach, das Gesehene und Gehörte vieler Augenzeugen getreu aufzuschreiben, es abzuwägen, es zu einem Ganzen zu ordnen und es einem Verlag zu übergeben. Ob es die beste Methode ist, sei dahingestellt, aber es dürfte eine der Methoden sein, den Leser zu dem Gedanken zu führen: Das ist die Wirklichkeit. Nie wieder Atombomben!«

Ibuse als Bekenner zu einem Thema von menschheitsgeschichtlicher Relevanz – darin mag für manch einen das Überraschungsmoment gelegen haben. Doch gar so überraschend, wie es auf den ersten Blick erscheinen wollte, war das nicht. Schon 1951 hatte Ibuse in der Erzählung *Schwertlilien* das Thema »Hiroshima« aufgegriffen. Nicht nur der Gegenstand als solcher, sondern auch Bilder und Motive daraus kehren vierzehn Jahre später im *Schwarzen Regen* wieder, und damit ist dieses Werk eigentlich »nur« eine Fortsetzung der Erzählung *Schwertlilien*. Aber auch sonst steht der Roman *Schwarzer Regen* in keiner Weise außerhalb des Schaffens von Ibuse, weder in seinen Stärken, noch in seinen Schwächen.

Ibuse Masuji hat mehrere Romane geschrieben. Zumindest klassifiziert die japanische Literaturkritik einige Werke von ihm als Romane. Doch Ibuse ist im Sinne europäischer Literaturvorstellungen kein Romancier, der eine Fabel erfindet und wohldurchdacht eine Handlung aufbaut. Wie denn überhaupt die große Form des Romans in der japanischen Literatur, abgesehen von einigen Ausnahmen, erst nach dem zweiten Weltkrieg ihren Platz gefunden hat. Sie entspricht nicht den Traditionen japanischen Literaturschaffens. Mit der »Vermarktung« von Literatur hatte es allerdings auch etwas zu tun. Und selbst heute, wo sich die Situation grundlegend gewandelt hat, erscheinen einem viele Romane auch jener jüngeren Autoren, die fast ausschließlich an europäischen und amerikanischen Vorbildern geschult sind, immer noch mehr wie in die Länge gezogene Erzählungen oder wie eine lose Abfolge von ungebündelten Episoden.

Ein Romancier ist Ibuse nicht, sondern eher ein Poet oder ein poetischer Geschichtenerzähler. In seinem ganzen künstlerischen Gestus bleibt er dabei den japanischen Literaturtraditionen stärker verpflichtet als manch anderer Schriftsteller seiner Zeit, wenngleich auch er wie fast ein jeder seiner Zeitgenossen nicht wenig Impulse von der europäischen Literatur empfing. Noch heute erzählt er offenbar gern und oft die näheren Umstände, wie er als junger Student Tolstois *Krieg und Frieden* voller Begeisterung gleich viermal hintereinander gelesen hat. Und daß er seinen Tschechow auch sehr gut kannte, beweist nicht nur sein Erstlingswerk. Überhaupt stand ihm späterhin Tschechow stets näher als Tolstoi oder irgendein anderer Autor der Weltliteratur.

Aber Ibuse ist nicht nur ein poetischer Geschichtenerzähler, sondern auch ein malender Poet. Neben dem Studium der französischen Literatur, das er 1920 an der berühmten Waseda-Universität in Tōkyō aufnahm, doch nicht zu Ende führte, widmete er sich ab 1921 für einige Zeit auch dem der Malerei im europäischen als auch im japanischen Stil, bis er sich schließlich, was wiederum bezeichnend für ihn ist, gänzlich der traditionellen ostasiatischen Tuschmalerei zuwandte. So ist es denn kein Zufall, daß bisweilen der Eindruck entsteht, als sähe er die Welt mehr mit den Augen eines Malers. Oft bleibt sein Blick an einem Ausschnitt aus der Realität haften. Mitunter malt er ihn naturgetreu und mit naturalistischen Effekten aus – besonders augenfällig in den Erzählungen *Heute keine Sprechstunde*, *Ehrerbietung aus der Ferne* und *Opa Stiertiger*. Dann aber umreißt er das Detail oder den Gegenstand wieder nur ganz flüchtig, mit wenigen, doch sehr sicheren Pinselstrichen, eben ganz in der Manier der ostasiatischen Tuschmalerei. Vieles bleibt in der Schwebe. Das Ausmalen überläßt er dem Leser und gibt dessen Phantasie weiten Spielraum, vor allem dort, wo die Pinselstriche an sich von starkem Symbolgehalt sind, in der Kurzgeschichte *Der Salamander* etwa, die von vornherein als Allegorie angelegt ist und die vieles von dem vorwegnimmt, was hernach eines der »Markenzeichen« Ibuses werden sollte: Spott, feinsinnig und häufig verborgen und meist mehr auf sich selber als auf andere gemünzt, Ironie, die weniger intellektuellem Überlegenheitsgefühl entspringt, Humor, der eher spröde und trocken wirkt, Komik, die dem Anschein nach bisweilen in die Nähe bloßer Situationskomik rückt, wie in der Erzählung *Opa Stiertiger* mit diesem trotz seines furchterregenden Namens liebenswerten, durch und durch freundlichen Alten, der seine Zeit überlebt hat und dessen Zuchtbullen – was sollen sie auch noch, da es die viel perfektere Einrichtung einer Besamungsstation gibt – sich folgerichtig über Nacht in Luft auflösen.

Weil Ibuse all dies mehr oder weniger sicher als Mittel der Selbstverteidigung zu handhaben versteht, vermag er auch jedem künstlichen Pathos zu entgehen. Selbst dort, wo im Grunde eine tiefe Tragik vorliegt, enthält er sich des Pathetischen. Und tragisch ist das Geschehen schon seines Erstlingswerkes zweifellos. Die Tragödie des Salamanders ist sogar total. Erst tröstet er sich – und das klingt gleichsam wie ein Programm Ibuses: ». . . aus dem Dunkeln heraus einen hellen Ort zu beobachten, das ist doch interessant . . . Und man sieht niemals so viele Dinge, als wenn man aus einem kleinen Fenster hinausblickt.« Dann die Auflehnung, aber der Kopf ist zu dick für das kleine Loch im Felsen. Die Erkenntnis: eingekerkert auf Lebenszeit! – Die Erstfassung dieser Geschichte trug bezeichnenderweise den Titel *Einkerkerung*. – Es folgt laute und schließlich immer stiller werdende Verzweiflung. Am Ende bleibt nur noch Resignation, anfangs ein wenig überspielt durch hämische Bemerkungen über den Schicksalsgenossen.

In diesem ersten Versuch Ibuses, sich selbst zu artikulieren, drückt sich zugleich die Bewußtseinslage eines großen Teils der kleinbürgerlichen japanischen Intellektuellen aus, damals in den zwanziger Jahren, als sich der Klassenkampf in unerhörter Weise verschärfte und das Proletariat sich immer machtvoller nicht nur politisch zu formieren, sondern auch geistig und kulturell zu emanzipieren begann, also anfing, sich als alternative Gesellschaftskraft zu erweisen. Der bürgerliche Schriftsteller geriet angesichts der neuen Zeichen der Zeit objektiv und unabhängig davon, ob er diese neuen Zeichen zu entschlüsseln vermochte oder nicht, in ein ständig zunehmendes Dilemma. Mancher verschrieb sich dem Inhumanen, geriet dann besonders seit dem Ende der dreißiger Jahre folgerichtig in den Sog des Chauvinismus und stimmte mit schrillen Hurrarufen in das Kriegsgeschrei mit ein, dem Ibuse in den beiden Erzählungen *Ehrerbietung aus der Ferne* und *Das Soldatenlied »Alte Kameraden«* voller Sarkasmus entgegentritt, als ähnliche Töne von neuem laut wurden. Letztere Erzählung ist zweifellos ein Höhepunkt im Schaffen Ibuses und überhaupt eines der bemerkenswertesten Werke der japanischen Kurzprosa des ansonsten literarisch nicht gerade sehr ertragreichen Jahres 1976. Mancher ging auf die Seite der Arbeiterklasse über. Aber das Gros spann sich ein in das private Ich, eine Tendenz, die mit dem Eintritt des japanischen Kapitalismus in sein imperialistisches Stadium um 1910 ohnehin immer stärker geworden war. Manch einer resignierte dann in einem solchen Maße, daß er sich am Ende selbst negierte: Die Freitode so persönlich integrer und künstlerisch bedeutender Schriftsteller wie Arishima Takeo (1923) und Akutagawa Ryūnosuke (1927) hatten bei Anerkennung aller privaten Beweggründe ihre letzte Ursache in der gesellschaftlichen Situation.

»Als ich den *Salamander* las«, schrieb Dazai Osamu später, »wurde ich so aufgeregt, daß ich nicht mehr stillsitzen konnte.« – Eine Äußerung, die sicherlich nur aus den damaligen Verhältnissen heraus gänzlich zu verstehen ist. Das »Erregende« an der kleinen Geschichte, wie es ein Dazai Osamu empfand, ist wegen der Zeitgebundenheit nicht mehr nachvollziehbar, für einen Leser, der andere geschichtliche und literarische Erfahrungen hat, gleich gar nicht. Was am Ende bleibt – und auch das ist vielleicht nicht wenig –, ist der Spaß am leicht Skurrilen, das Nachsinnen über menschliche Erfahrungen schlechthin und nicht zuletzt der Einblick in ein wesentliches Merkmal japanischer Mentalität, geprägt durch die Eigenheiten der natürlichen, historisch-sozialen und geistig-kulturellen Lebensbedingungen des Volkes auf dem langgestreckten, schmalen fernöstlichen Inselbogen: das oft überraschend schnelle Sichdreinschicken in wirklich oder nur scheinbar Unvermeidliches nach kurzer innerer oder äußerer Rebellion, das fatalistische Sichfügen und im Zusammenhang damit das Vermeiden eines harten, kompromißlosen Aufeinanderprallens oder das stete Bemühen um einen versöhnlichen Ausgleich. Bei Ibuse klingt dies immer wieder an, und möglicherweise ist es dieser Grundtenor, der die meisten seiner Geschichten bei aller Ernsthaftigkeit, bei aller bisweilen aufkommender Wehmut so liebenswert freundlich und eben so »japanisch« macht.

Fast drei Jahrzehnte nach seinem Erstlingswerk erschien die Erzählung *Der Autobus*. Die dazwischen liegende Zeit waren zuerst Jahre des Suchens und des unsteten Wanderns, im wörtlichen wie im übertragenen Sinne, eines bohemehaften Daseins, wie es sich in der recht bizarr, aber so fremdartig eigentlich gar nicht anmutenden Erzählung *Pflaumenblüten in der Nacht* spiegelt; 1927 erhielt er zum erstenmal ein Honorar für eine literarische Arbeit, und im gleichen Jahr wurde er endgültig in Tōkyō seßhaft; 1930 erschien sein erstes Buch, eine Sammlung von zuvor in nichtkommerziellen Zeitschriften veröffentlichten Erzählungen, die Literaturkritik begann, ihn zu beachten; 1940 druckte die 1931 gegründete, weniger auf einen elitären Leserkreis abzielende Literaturzeitschrift »Ouro yomimono« (zu deutsch etwa »Lesestoff für alle«), die bald nach ihrem Erscheinen eine Auflagenhöhe von dreihunderttausend Exemplaren erreichte, die Kurzgeschichte *Die Pilgerherberge*; seither gehört Ibuse zu den Stammautoren dieser Zeitschrift. – *Die Pilgerherberge* entstand nach eigenen Aussagen bei einem Besuch auf der Insel Shikoku aus der Phantasie heraus in Erinnerung an die selten schöne Farbe der immergrünen Sträucher dort am Strand. (Der für die feinsten Farbnuancen empfängliche Blick des Malers?) »Auf dem Sandboden neben dem Gasthof wuchsen ein paar Strandrhododendren. Der Kontrast zwischen dem dunklen Strandsand und dem Grün der Sträucher war von einer ganz ungewöhnlichen Art.« Dieser lapidare Schlußsatz der Geschichte findet somit seine Erklärung. Die japanische Literaturkritik zählt *Die Pilgerherberge* zu einem Kleinod in Ibuses Schaffen. Ein Leser der Übersetzung wird vielleicht anders urteilen, weil ihm die Assoziationsmöglichkeiten und damit auch der Zugang zu der Psychologie der drei hochbetagten Frauen der Herberge sowie zu dem Komischen der Situation weitgehend fehlen (ganz im Gegensatz zu der etwas idyllischen Atmosphäre und der recht wehmutsvoll herbstlichen Stimmung in der Geschichte von der Wildgans Sawan). – 1941 wurde Ibuse zu einer Propagandakompanie eingezogen und nach Singapur geschickt, wo er sich jene Detailkenntnisse vom südostasiatischen Kriegsschauplatz erwarb, die in der Erzählung *Ehrerbietung aus der Ferne* eine wesentliche Rolle spielen; ein Jahr später wurde er aus dem Armeedienst entlassen und 1944 aus Tōkyō in das ländliche Kōfu in der Präfektur Yamanashi evakuiert. Von dort kehrte er im Juli 1945 in sein Heimatdorf zurück, nach Kamo in der Präfektur Hiroshima, wo er am 15. Februar 1898 als zweiter Sohn einer einst offenbar ziemlich wohlhabenden und gebildeten Grundbesitzerfamilie geboren worden war. – Die in ihrer Psychologie etwas befremdende Erzählung *Zu Hause bei Herrn Tange* ist, zumindest was das Milieu betrifft, auch ein Stückchen Autobiographie.

So wird aus den persönlichen Lebensumständen Ibuses zweierlei verständlich: sein enges persönliches Verhältnis zu Hiroshima und seine Vertrautheit mit der ländlichen Umgebung und ihren Menschen, wie sie aus der historisierenden, ein wenig als Kriminalgeschichte angelegten Erzählung *Yo-*

saku der Siedler, in den anderen schon mehrfach erwähnten Werken mit dörflichem Hintergrund oder auch aus der Erzählung *Der Autobus* spricht.

Direkte Parallelen zwischen dem Erstlingswerk *Der Salamander* und der Erzählung *Der Autobus* lassen sich kaum ziehen. Die Schreibweise Ibuses hat sich in den drei Jahrzehnten erheblich gewandelt. Und doch verbirgt sich, wenn auch auf andere Art, hier wie dort hinter dem Dargestellten ein tieferer Sinngehalt. Das Erzählte im *Autobus* nimmt sich wie das einfache Abbilden eines realen Vorfalls aus. Es will aber wohl nicht nur in einzelnen Szenen, sondern insgesamt symbolhaft eher als Satire, und zwar als politische Satire, auf das Japan der beginnenden fünfziger Jahre verstanden werden. Ob die vorhandene Ambivalenz im Wechsel zwischen Realem und Symbolischem im einzelnen künstlerisch überzeugt, kann angezweifelt werden. Doch daß den Gestalten und Personengruppen zugleich Symbolwert zukommt, ist offensichtlich: der an das Steuer des klapprigen Busses zurückgekehrte Fahrer in seiner Arroganz und Niederträchtigkeit als Sinnbild für den Militarismus und die nichtbewältigte Vergangenheit; die schiebenden Passagiere als Symbol für das Volk, das zwar aufmuckt und sich unwillig zeigt, sich am Ende jedoch fügt; schließlich das junge Paar als Symbol für den bloßen Nonkonformismus und das, was er bewirkt und einbringt, nämlich nichts weiter als eine blutige Nase und zeitweilig ein bißchen Mitgefühl.

Immer dort, wo Ibuse skizziert, rasch Szene gegen Szene setzt, seinen Pinselstrichen Symbolkraft verleiht und seine Geschichten mal mehr, mal weniger pointiert erzählt, hat er zweifellos seine größten Stärken. Aber sobald er allzusehr ins Episch-Breite verfällt und gleichsam Genrebilder zu entwerfen beginnt, verplaudert er sich bisweilen, der Stoff droht ihm zu zerfließen, und statt der Menschen geraten ihm dann manchmal die Umstände in den Mittelpunkt. So jedenfalls will es dem Leser scheinen, der an diese Art der Darstellung, die ebenfalls in japanischen Traditionen wurzelt, und zwar sehr tief, nicht gewöhnt ist, und seine Langmut wird gefordert, zumal ihm in der Regel die emotionale Beziehung zu den Umständen fehlt. Er blättert in dem, was sich wie ein Bilderbogen vor ihm ausbreitet, ist hier und dort vielleicht ein wenig amüsiert, doch manchmal wohl auch irritiert, weil er bestimmte Farbtupfer einfach übersieht oder nichts damit verbindet.

Die Erzählung *Heute keine Sprechstunde* ist so ein Bilderbogen, auf dem ohne jede Verschlüsselung und unter Verzicht jedes Kunstvoll-Künstlichen auf dokumentarische Weise Momente aus dem Leben eines einfachen Arztes inmitten eines ärmlichen Viertels der Hauptstadt, die von der Zerstörung des Krieges und vom Elend der ersten Nachkriegsjahre gezeichnet ist, dargestellt sind. Dabei bleiben reißerische Effekte aus, jede äußerliche Dramatik und jede Sentimentalität auch. Nüchternheit und Zurückhaltung dominieren. Es werden Lebensberichte geliefert, wenn auch nur andeutungsweise in Ausschnitten. Das Material fügt sich am Ende zu einem Ganzen, zu dem grauen, doch von menschlichem Leben in seiner Vielfalt erfüllten Alltag jener Jahre, zumindest für den, dem die gezeigte Welt nicht fremd ist und der sich zu ihr nicht erst mühsam allein über den Verstand einen Zugang schaffen muß. Wer indessen mit Erwartungsmustern liest, die von anderen Lebens- und Literaturgewohnheiten geprägt sind, wird die Geschlossenheit vermissen und den Erzählfluß, der durch die häufigen Reflexionen des Arztes obendrein immer wieder unterbrochen wird, als zu gemächlich empfinden. Doch gerade ein Ibuse Masuji will gewiß alles andere als Langeweile erzeugen, und deshalb dürfte es auch in seinem Sinne sein, wenn die Erzählung *Heute keine Sprechstunde* in der Übersetzung behutsam um einige Seiten gekürzt wurde. Die Atmosphäre der Erzählung bleibt dabei unangetastet, die Atmosphäre, aus der sich die stille Sympathie für den um seine Existenz ringenden, zu solidarischem Handeln fähigen Menschen mitteilt. In ihr hat auch der Nimbus, mit dem sonst üblicherweise der Beruf des Arztes umgeben wird, keinen Platz. Es ist, als porträtierte Ibuse sich in der Gestalt des Doktor Mikumo ein wenig selber. Für das Extravagante hat er nur Spott, schmierige Unredlichkeit ekelt ihn an, alle kleinen menschlichen Schwächen indessen sind ihm nichts Fremdes. Dafür stehen, um nur ein Beispiel zu nennen, jene in der Erzählung sicherlich nicht zufällig aufeinanderfolgenden und stark miteinander kontrastierenden drei Sequenzen: die Auslassungen über die Damen der »höheren Kreise«, die Untersuchung der heruntergekommenen kleinen Diebin auf dem Polizeirevier und die Begegnung mit ihrem Kumpan auf der Treppe und schließlich der Krankenbesuch bei der Schifferfamilie.

Ibuses wache Anteilnahme an den Alltäglichkeiten des Lebens, seine Lebensklugheit, die ihn auch das Ungewöhnliche, das Veränderung bewirkende Nichtalltägliche, den Humor und das Komische entdecken läßt, machen ihn zum Moralisten, der sein humanistisches Credo vor allem von den »kleinen Leuten«, von den Vertretern der »breiten Masse des einfachen Volkes«, getragen weiß, die für ihn in einer sich wandelnden, herkömmliche Werte negierenden und in ihrer Existenz gefährdeten Welt das beharrende Moment, die soziale Mitte und den moralischen Ausgleich darstellen. Aus dieser Mitverantwortung heraus, die sein nüchternes Wirklichkeitsverständnis und auch seine geradlinige Schreibweise prägt, wendet er sich dann auch solchen Themen zu, von denen er selber nur allzu genau weiß, daß er sie in toto nicht zu bewältigen vermag, ob es die Schrecken und Gefahren der Atombombe sind oder das Grauen und Mörderische des Krieges.

Die Dimensionen dieser Themen füllt Ibuse nicht aus; er exemplifiziert sie an Schicksalen, die – mögen sie im einzelnen noch so unauffällig erscheinen – jedoch aufs Ganze gesehen die unerschöpflichen Lebenskräfte des Volkes versinnbildlichen.

Über weite Strecken tritt uns aus Ibuses Werken ein anderes Japan entgegen, als wir es – wenn überhaupt – zu sehen gewohnt sind oder als es häufig auch selber gern gesehen werden will. Weder mit dem romantisch verklärten und exotisch mystifizierten Japanbild von einst und jetzt noch mit dem Bild von dem heute scheinbar total industrialisierten, von Hektik, Spannungen und Reizen überfluteten Japan hat Ibuse etwas gemein. Er schildert keine der extremen Seiten der japanischen Wirklichkeit, doch jener gültige Einblick in diesen spezifischen Ausschnitt japanischen Lebens, Fühlens, Denkens und Handelns sowie das Erlebnis des charakteristischen, oft von einer Art Scheu und Schamhaftigkeit geprägten Verhaltens, das Ibuse auf verschiedene Weise, aber stets mit menschlicher Wärme vermittelt, sollten ein Gewinn sein und den Ausflug in so weite Fernen lohnen.

Jürgen Berndt